La figura
del mundo

JUAN VILLORO

La figura del mundo

El orden secreto de las cosas

RANDOM HOUSE

La figura del mundo
El orden secreto de las cosas

Primera edición: abril, 2023
Primera reimpresión: junio, 2023
Segunda reimpresión: julio, 2023

D. R. © 2023, Juan Villoro

D. R. © 2023, derechos de edición mundiales en lengua castellana:
Penguin Random House Grupo Editorial, S. A. de C. V.
Blvd. Miguel de Cervantes Saavedra núm. 301, 1er piso,
colonia Granada, alcaldía Miguel Hidalgo, C. P. 11520,
Ciudad de México

penguinlibros.com

Fotografía de la pág. 10 cortesía del autor
D. R. © 2014, Moysés Zuñiga / cuartoscuro.com, por la fotografía de la pág. 269

ISBN: 978-607-382-850-5

Impreso en México – *Printed in Mexico*

A mi madre

Yo no lo sé de cierto, pero supongo
que una mujer y un hombre
un día se quieren,
se van quedando solos poco a poco,
algo en su corazón les dice que están solos,
solos sobre la tierra se penetran,
se van matando el uno al otro.

Todo se hace en silencio. Como
se hace la luz dentro del ojo.
El amor une cuerpos.
En silencio se van llenando el uno al otro.

Cualquier día despiertan, sobre brazos;
piensan entonces que lo saben todo.
Se ven desnudos y lo saben todo.

(Yo no lo sé de cierto. Lo supongo.)

JAIME SABINES

Luis Villoro hacia 1956.

PRÓLOGO

La dificultad de ser hijo

—Los intelectuales no deberían tener hijos —comentó mi vecina de asiento en el avión en el que viajábamos a la Feria del Libro de Guadalajara.

Suspendida en el aire, la gente hace confesiones. Mi amiga y yo estábamos ahí por coincidencia, pero ella actuó como si nos hubiéramos dado cita para hablar de algo importante; hablaba movida por una urgencia especial. Bebió de un trago el tequila que le habían servido en un vaso de plástico y comentó que su hijo amenazaba con quitarle la casa a cualquier precio, incluido el de acabar con su vida.

Mi amiga pertenece al mundo del arte y es viuda de un célebre escritor. Con la controlada elocuencia de quien ha contado varias veces lo mismo, habló del desorden emocional que destruye a los hijos de los creadores.

Su marido había tenido dos hijas de un matrimonio previo y en una ocasión me preguntó si alguna vez las había visto de buen humor. En ese mismo diálogo, me habló de su hijo pequeño, que entonces tendría siete años, y le auguró un futuro destacado en la policía judicial:

—Es un hampón incorregible.

Con ironía, buscaba aliviar las heridas de tres destinos que parecían carecer de rumbo.

Quince años más tarde la viuda del novelista confirmaba el oscuro presagio sobre su hijo. Posiblemente, otra persona habría llorado al hablar del tema. Ella contenía sus emociones; juzgaba que la reconciliación era ya imposible y reconocía, con dolorosa franqueza, el error de tener hijos cuando se sigue una carrera artística. Su argumentación se basaba en el temperamento egoísta y demandante de los creadores y en el ambiente tóxico que los rodea.

Ante un problema insoluble, la gente suele acudir a otro más grave para aliviar su situación. Mi amiga recordó a un amigo común, un pintor al que su hija había apuñalado por la espalda. Él es una persona de enorme simpatía, capaz de animar cualquier reunión, pero no había podido conservar una familia. Tardíamente, recuperó la proximidad con su hija, a la distancia adecuada para ser víctima de un arma blanca.

—Los intelectuales no deberían tener hijos —repitió mi amiga.

Mi hija Inés era pequeña cuando ocurrió esta conversación. Poco antes de aterrizar, mi amiga se limitó a decir:

—Ya es demasiado tarde para ti.

Una y otra vez he escuchado historias como éstas. No es casual que la obra mayor de nuestra narrativa, *Pedro Páramo*, trate de un padre que no supo estar con su familia. "El olvido en que nos tuvo, mi hijo, cóbraselo caro", dice la madre de Juan Preciado al comienzo de la trama.

Mi padre ejerció la filosofía, pero prefería verse como un profesor y no como el creador de un sistema de pensamiento.

"La filosofía no es una profesión; es un modo de pensar", llegó a decir.

Este libro trata de alguien que se dedicó a esa tarea, sin duda demandante e inclinada al aislamiento. No es casual que muchos filósofos hayan sido célibes. Descartes, Spinoza, Pascal, Leibniz, Malebranche, Hobbes, Hume, Voltaire, Kant, Schopenhauer, Nietzsche, Kierkegaard y muchos otros se libraron de la molestia de compartir su vida sentimental con alguien más.

Al hablar de mi padre no puedo ser ajeno a su trabajo, que influyó en sus decisiones, pero tampoco pretendo atribuir toda su conducta a su vocación. Éste no es un libro sobre un filósofo, sino sobre un padre que desempeñó ese oficio. Puede ser leído sin conocer la *Crítica del juicio* o la *Fenomenología del espíritu*.

A mi padre le divertían las chifladuras de Kant y me hablaba de ellas cuando yo era niño. La puntualidad de ese filósofo era tan obsesiva que la gente de Königsberg ajustaba sus relojes cuando él pasaba frente a sus casas en su inmodificable paseo (sólo interrumpido el día en que se enteró de la Revolución francesa).

Mi padre usaba pañuelo y lo guardaba hecho bolas en un bolsillo. Le atraía que Kant colocara el suyo al otro extremo de la habitación donde escribía para hacer algo de ejercicio cada vez que se sonaba.

Estas escenas se me grabaron en la infancia como ejemplos de un temperamento singular sin necesidad de leer al filósofo. Quien conozca la obra de mi padre encontrará aquí el sustrato emocional de algunas de sus convicciones, pero en modo alguno se trata de un requisito para interesarse en su persona.

En varios ensayos acudió a una misma metáfora para explicar su cometido; ante las variadas aventuras de la inteligencia valoraba, por encima de todas las cosas, la capacidad de buscar un trazo esencial, un dibujo capaz de definir la inestable "figura del mundo".

La filosofía procura dotar de sentido al desordenado universo. Perplejo y lleno de curiosidades, el niño que observa a los mayores trata de hacer lo mismo.

Podría pensarse que quienes nacen en un entorno donde se cultivan la sensibilidad y el pensamiento disponen de cierta ventaja para su vida futura. Sin embargo, el privilegio de crecer rodeado de libros e ideas también implica crecer rodeado de variadas formas de la neurosis. El documental *Bloody Daughter*, realizado por la hija de la pianista Martha Argerich, es uno de los muchos testimonios que reflejan los inconvenientes de descender de una personalidad fuerte.

Sin obsesión y sin ciertas dosis de egoísmo no se hace obra perdurable. La egolatría y la falta de interés por los demás suelen acompañar a intelectuales y artistas.

Y hay épocas en que esto se exacerba.

Nací en un momento en que la paternidad perdía la brújula. En los años cincuenta y sesenta del siglo pasado, los universitarios (especialmente los de Ciencias Sociales y, más especialmente, los de la Ciudad de México) repudiaron las convenciones y buscaron nuevas formas de encarar la vida. Tiempos de amor libre, minifaldas, nuevas drogas y whisky a gogó. Aunque hubo intelectuales de conducta monacal, la atmósfera de conjunto invitaba a soltarse el pelo. No fue lo mismo ejercer la paternidad durante la Revolución mexicana que durante la Era de Acuario.

En un país que parecía inmodificable, donde la mayoría de los habitantes eran católicos y el mismo partido ganaba todas las elecciones, los universitarios crearon una pequeña reserva liberada y aceptaron una atractiva e inverificable ecuación para justificar su rebeldía: quien rompía códigos confirmaba su talento.

Esta actitud disruptiva produjo daños secundarios en mi generación. Hace algún tiempo, coincidí en una cena con la hija de dos conocidos escritores. Tuve la suerte de sentarme junto a ella y no perdí oportunidad de preguntarle:

—¿Te hubiera gustado que tus papás se dedicaran a otra cosa?

—Me hubiera gustado tener papás —respondió sin vacilar.

Quien vive para concebir una realidad alterna suele desatender a los seres menores que medran a su lado, en la limitada realidad donde se derrama la leche y el gato estornuda.

De niña, mi hermana Renata solía ver a mi padre tendido en el sofá, sin ocupación aparente. Siendo la más sociable de los cuatro hermanos, no vacilaba en preguntar:

—¿Qué haces, papá?

—Estoy pensando —el filósofo respondía desde una dimensión a la que no teníamos acceso.

En numerosas ocasiones los hijos se convierten en obstáculos de la vocación intelectual. Algunos padres buscan superar esta incomodidad declarando que sus incomprensibles hijos son geniales.

A los diez años me llevaron a la Casa del Lago a ver la exposición de un pintor de mi edad, hijo de un director de cine y de una actriz. Tal vez pensaron que ese chico me serviría de ejemplo. Cuarenta años después, él me diría:

—A los diez era un genio, a los dieciséis me había vuelto insoportable, a los veintidós era alcohólico y luego fui a dar al hospital psiquiátrico.

Un veloz inventario de los hijos de intelectuales mexicanos nacidos en los años cincuenta y sesenta arroja suicidios, adicciones, desempleo crónico, embarazos no deseados, pedantería extrema y un amplio repertorio de disfunciones.

El egregio Thomas Mann tuvo seis hijos y trabajó con el sentido del orden que sólo puede tener quien cree en el Diablo pero lo mantiene a raya. Fue un esposo devoto que reprimió sus pasiones homosexuales y se limitó a explorar el lado oscuro de la realidad en su poderosa imaginación. Sus hijos nunca lo vieron llegar borracho ni seducir a la mejor amiga de su madre. Sin embargo, todo en aquella casa giraba en torno a la figura o, más precisamente, al escritorio del incansable renovador de la prosa alemana.

Michel Tournier escribió un hermoso ensayo sobre el hijo mayor de Thomas Mann, al que he robado el título de este prólogo: "El *Mefisto* de Klaus Mann o la dificultad de ser hijo", que incluyó en su libro *El vuelo del vampiro*. Ahí describe las tribulaciones de un autor dotado de indiscutible talento, pero que tuvo la desgracia de crecer bajo la opresiva sombra del mayor novelista alemán de la época y que resolvió su desacuerdo con el destino tomando una sobredosis.

La comunidad intelectual parece más inclinada que otros sectores sociales a padecer los desfiguros de la psique, pero en modo alguno ostenta la exclusividad de esos padecimientos. A fin de cuentas, todas las familias son disfuncionales y la mayoría de ellas puede reclamar el prestigio de contar entre sus filas con un loco certificado.

Cuando mi amiga se reprochaba en el avión haber dado a luz a un hijo que amenazaba con matarla, asumía la responsabilidad de no haber sido buena madre. Se culpaba en exceso, pues no todo depende de la voluntad; también la genética juega un papel en el asunto. El arte y la reflexión extrema son anomalías de la conducta que pueden colindar con la locura. Lo que en una generación contribuye a la originalidad, en la siguiente puede implicar una alteración psicótica.

En *La melancolía creativa*, el neurólogo Jesús Ramírez-Bermúdez, hijo del novelista José Agustín, recuerda el célebre *Problema XXX* atribuido a Aristóteles, en el que la creatividad se asocia con un "dolor de mundo" (el *Weltschmerz* de los románticos alemanes). Tanto el proceso creativo como las perturbaciones mentales dependen de un "pensamiento divergente": proponen algo que no está en el mundo.

¿En qué medida la creación colinda con la enfermedad? Ciertas personas componen una sinfonía o escriben un tratado de fenomenología para soportar el peso de una realidad adversa y otras compensan sus desajustes con alucinaciones o inventando un lenguaje incomprensible. ¿Cómo se transmite esto de padres a hijos? Ramírez-Bermúdez escribe al respecto: "Nancy Andreasen estudió casos célebres, como el de Albert Einstein y su hija, portadora de esquizofrenia, o el caso de James Joyce y Lucia Joyce, y planteó una posible relación genética entre las habilidades creativas dependientes de procesos lógico-secuenciales (como la literatura y las matemáticas) y la psicopatología esquizofrénica. De acuerdo con su hipótesis, la esquizofrenia podría aparecer como una forma frustrada o fallida de los procesos que, en su estado óptimo, hacen posible la creatividad".

Ramírez-Bermúdez menciona significativos estudios de campo que comprueban el delicado vínculo entre la creatividad y los trastornos mentales, y la predisposición a trasladar a la siguiente generación tanto la sensibilidad como los desajustes psicológicos.

No es fácil llegar al mundo con alguien que pretende estar en otro mundo, pero se puede vivir con ello, e incluso se puede valorar esa peculiar manera de existir. Este libro procura contar la singularidad de mi padre desde la normalidad que tuvo para sus hijos, asumiendo, desde luego, que toda normalidad es imaginaria.

No pretendo erigir una estatua al Gran Hombre ni desacreditarlo por medio de infidencias. Por lo demás, el punto de vista elegido para narrar define más al autor que al protagonista retratado.

Mi padre fue contradictorio, como todos los que no son santos, y esas contradicciones valieron la pena de ser vividas.

Luis Villoro Toranzo no participó del todo en el ambiente artístico de los sesenta, donde las fiestas terminaban con cuerpos sobre la alfombra, entrelazados en una "tarántula". Por contraste, parecía alguien serio, casi solemne. Cuando el director de teatro Héctor Mendoza debutó como cineasta en el primer Concurso de Cine Experimental, acudió a aficionados para representar los papeles de su ópera prima, *La sunamita*. Mi padre le pareció perfecto para encarnar a un sacerdote. No en balde, había estudiado en internados de jesuitas y su hermano era miembro de la Compañía de Jesús.

Después de profesar una honda devoción cristiana, Luis Villoro buscó otro sentido para la existencia. Podía pasar días en soledad, sin más contacto que sus libros. Carecía de las extravagancias de sus colegas. Uno de sus mejores amigos dirigía la Facultad de Filosofía y Letras mientras disputaba por teléfono partidas simultáneas de ajedrez. Especialista en Hegel, usaba guantes de piloto para conducir su Mustang y llegar en veintisiete minutos a su casa con alberca en Cuernavaca. Esos gestos, que a mi padre le parecían frívolos, a mí me cautivaban. Era el más divertido y afectuoso de sus amigos y con los años obtendría los logros y se metería en los problemas de los hombres divertidos y afectuosos.

Mi padre sonreía con facilidad, pero no era extrovertido. Su mundo interior estaba hecho de temas, no de anécdotas. Se interesaba poco en las personas y mucho en la humanidad. Hablaba muy bien en público, pero debía hacerlo con un propósito apropiado: una clase, un discurso, una conferencia. Era reflexivo y eso lo hacía lucir severo; al debatir en silencio consigo mismo creaba la falsa impresión de estar en desacuerdo con su interlocutor, al que tomaba menos en cuenta de lo que podría pensarse.

Fue feliz en el internado de Bélgica, donde estudió después de la muerte de su padre, y lo hubiese sido en cualquier sitio donde lo dejaran pensar en paz. Como a todos, le tocó una época para la que no estaba preparado. Era muy apuesto y carecía de malicia mundana; clasificaba las ideas con rigor y se equivocaba con los temperamentos. Después de una juventud de fuerte represión sexual, se encontró en un ambiente de liberadora contracultura, rodeado de chicas que disfrutaban del mayor invento de la época: la píldora anticonceptiva.

Nadie quiere conocer la vida sexual de sus padres y no pienso romper ese tabú. Baste decir que el filósofo entendió el cuerpo como un instrumento de placer y no siempre como el sustento de una persona. El erotismo le interesaba más que las relaciones. Le incomodaba que alguien le confiara problemas emocionales. Fue injusto con varias mujeres, lo cual afectó a sus hijos, pero en su funeral, a los noventa y un años, estuvo rodeado de exesposas, amantes y una legión de novias platónicas.

Nacido en Barcelona en 1922, nunca se adaptó del todo a México y pasó sus días más dichosos en ciudades del extranjero, principalmente en París. Sin embargo, no regresó de manera definitiva a Europa y concibió otro país posible, una arcadia más pura y noble que la del México criollo, derivada de los pueblos originarios. Su patria verdadera estuvo lejos, en el terreno de las conjeturas, la necesaria tierra del filósofo.

Cuando se refería a su papel como padre, decía que su apoyo había sido insuficiente. Le costaba trabajo expresar cariño. Prefería que yo le hablara de "mis cosas" y desviaba las preguntas sobre su persona. "Pero ¿a quién le importa eso?", decía, como si yo no lo interrogara por interés propio, sino en nombre de una vaga causa.

Detestaba los chismes, las historias íntimas, las confesiones no pedidas y los reproches, tanto los injustos como los justificados. No quería ser materia literaria: quería pensar.

Cuando publiqué "El libro negro", una crónica sobre el tiempo en que tuvo prohibida la entrada a Estados Unidos, que incluí en mi libro *Safari accidental*, me llamó para decir con voz entrecortada:

—He sido un mal padre, no merezco esto.

Su elogio fue una autocrítica.

Las relaciones entre padres e hijos suelen ser tan complejas que en ocasiones uno se castiga en favor del otro. Freud hizo un viaje en el que se privó de ver un sitio arqueológico que anhelaba visitar. Al reflexionar al respecto, advirtió que también su padre había querido ir ahí, sin haberlo logrado. El psicoanalista se abstuvo voluntariamente de llegar a la meta que no pudo alcanzar su padre, y juzgó que su renuncia se debía a una "piedad filial". Lo peculiar es que el padre hubiera deseado lo contrario.

Mis padres se separaron cuando yo tenía nueve años, de modo que mis recuerdos de su vida en común son limitados. Sin embargo, no puedo olvidar las vacaciones en las que mi padre nos llevaba a la playa, vestido con su eterno traje gris y zapatos de calle. Al llegar a Veracruz, Acapulco o Mazatlán, nos instalaba en el hotel, le daba a mi madre las llaves del coche (ella manejaba mucho mejor que él, pero lo dejaba conducir para respetar el código viril de la época) y regresaba a la capital en el primer autobús. Sus contactos con la naturaleza y la realidad eran efímeros.

Su mundo dependía de los libros. Me costó trabajo acercarme a los que conformaban su biblioteca porque pertenecían al remoto territorio de la epistemología y la filosofía de la historia, pero los aprecié de otro modo a partir de los quince años, cuando la novela *De perfil*, de José Agustín, me reveló, por primera vez y para siempre, que la vida mejora por escrito.

Por aquel tiempo escribí un relato llamado "Círculo vicioso", que en realidad era un juego visual: las frases trazaban una circunferencia. Se lo mostré a mi padre y preguntó:

—¿De dónde lo copiaste?

La respuesta resultó alentadora. Había encontrado una manera de comunicarme con él, así fuera como otro, es decir, como un autor.

En cierta forma, escribir se convirtió en una permanente carta al padre. He abordado el tema de la figura paterna en el teatro y en algunas novelas. *El filósofo declara* cita frases de

Luis Villoro y sus amigos; en clave satírica, esta pieza procura reflejar el idiotismo de la inteligencia, los errores en los que sólo incurre la gente que sabe mucho; *Cremación* recoge los parlamentos de cuatro personajes en el funeral de su padre, y *La desobediencia de Marte* comienza como una discusión de dos astrónomos sobre los confines del cosmos y termina con un enigma más insoluble y próximo: la paternidad. A estas tres obras de teatro se agregan la novela *Arrecife*, que alude a un padre ausente; *La tierra de la gran promesa*, donde un sueño transmite una revelación paterna, y *Materia dispuesta*, novela de aprendizaje donde las personalidades del padre y el hijo son comparadas con los dos lados de una toalla, el áspero y el terso.

Curiosamente, mi padre nunca se dio por aludido cuando yo escribía de la figura paterna. Antonio Castro, que dirigió *El filósofo declara*, y yo temíamos que se ofendiera al asistir a esa comedia de la conciencia. Sin embargo, no dejó de reír durante la función, con un pañuelo en la boca para mitigar sus carcajadas, y encontró que los personajes eran "fantásticos". El hecho de que pertenecieran al orden de lo literario le permitió verlos como apariciones del todo ajenas a él.

Por contraste, mi madre se identifica con cualquier figura materna presente en mi escritura. No sé si llegué a comunicarme por escrito con mi padre, pero sé que al tratar de lograrlo me comuniqué con mi madre.

La forma en que los distintos miembros de una familia reconstruyen el pasado es fascinante y temible. Los parientes existen para discrepar de tus verdades. Cada hermano tiene un padre diferente; escribo del que me tocó en suerte y, sobre todo, del que he elaborado a lo largo de sesenta y seis años.

Como he dicho, este libro no es un ajuste de cuentas ni una hagiografía. Tampoco es un estudio biográfico, género que un especialista puede abordar con más pericia que un pariente. Nada mejor para un filósofo que procurar una *construcción de sentido*. Intento entenderlo y entenderme en él.

Hoy mi padre habría cumplido cien años. Mientras escribo esta línea una campana suena en la iglesia de mi barrio. En unos minutos, ahí se pronunciará la oración más reiterada de Occidente.

Nada más antiguo, nada más actual que el tema de este libro: un hijo habla de su padre.

Ciudad de México,
3 de noviembre de 2022

1

El cartaginés

Cuando yo era niño, mi padre me hablaba de antiguas civilizaciones. Nada estimulaba tanto su conversación como las épocas desaparecidas. Sin ser tímido, solía hablar poco en las reuniones y rehuía los diálogos de circunstancia (prefería perderse en la ciudad que abordar a un desconocido para pedirle una dirección). Pero tenía un hijo que a los cuatro años pedía que le contara un cuento.

Podría haber recurrido al repertorio habitual de las historias infantiles; no era ajeno a esos textos e incluso había traducido uno de los más célebres, según me enteré muchos años después, cuando el erudito Adolfo Castañón me dio una noticia curiosa: en la hemeroteca del periódico *El Nacional* descubrió la versión de *El principito* que mi padre tradujo en 1950 para el suplemento *México en la Cultura*. Yo nací seis años después de esa traducción, pero no se le ocurrió compartir conmigo una historia tan apropiada para vincular sus preocupaciones de filósofo con mi imaginación infantil. Prefería contar cosas que venían de más lejos, de las arenas pisadas por los hititas, los sumerios, los egipcios, hasta llegar a sus favoritos, los griegos (luego vendrían los romanos imperiales que no acababa de aceptar).

El caso es que, cuando le pedía una historia, contaba un episodio de la *Odisea* o narraba la batalla de las Termópilas. Lo hacía con palabras sencillas, pero sin rebajar el dramatismo o la crueldad de las tramas. Le encantaba el momento en que Odiseo (o Ulises) decía que se llamaba Nemo, que en griego significa "nadie", lo cual llevaba al cíclope a exclamar: "¡Nadie me ha golpeado!". Como todos los que cuentan un cuento, procuraba que esas tramas también fueran interesantes para él.

En la casa recibíamos el periódico *Excélsior* y él compartía conmigo la sección de "monitos". También en los cómics mostraba un gusto por historias de otro tiempo. No se perdía un episodio del *Príncipe Valiente*, cuyo hilo argumental era de extrema gravedad. Esa historia épica, y muchas veces melancólica, me había llevado a tener una pesadilla recurrente en la que en rigor no sucedía nada. El Príncipe estaba solo, junto a una gran roca, bajo una lluvia incontenible; el cielo era de un azul acerado. Esa imagen, donde lo único que se movía era el agua, me producía una angustia insoportable.

También como dibujante mi padre ejercía el modo clásico. Nunca olvidaré mi traumático primer día de clases. A los cuatro años, volví a casa con una hoja en la que había hecho un "dibujo" que constaba de líneas sinuosas:

—Serpientes —dije para justificarme.

Mi abuelo, que había sido pastor de ovejas en los Maragatos leoneses, oyó la respuesta y dijo que esos bichos eran horrendos:

—Además, no hay víboras moradas.

Mi madre intervino en mi defensa, diciendo que yo podía pintar lo que me viniera en gana. La discusión sobre los animales que yo debía dibujar subió de tono hasta sacar a mi padre de su estudio. Para acabar con la disputa, dijo:

—Voy a dibujar algo.

Se sentó en la mesa del comedor y se mordió la lengua, gesto de concentración que heredó mi hermana Carmen y que la ayudaría a ser campeona nacional de tenis de mesa.

En un santiamén dibujó un caballo perfecto. Me sorprendió que esa persona que nunca hacía dibujos tuviera ese talento. También podía trazar un rostro de perfil, con sombras y matices. Como las historias que me contaba (Circe abandonada por Teseo en la isla de Naxos, Ulises en el Hades), el caballo a lápiz me cautivó como algo perfecto y remoto. Mi padre llevaba en su interior mitologías y caballos que podían ser dibujados.

Décadas después, Alejandro Rossi me contaría que en Barcelona mi padre había tenido un maestro excepcional que en los años veinte daba clases de dibujo a domicilio: Joan Miró. Curiosamente, el genio en ciernes enseñaba a los niños a hacer representaciones de esmerado realismo mientras él se preparaba para dibujar como los niños. "Tenemos de genios lo que conservamos de niños", escribe Baudelaire.

Cuando supe que Miró había sido su maestro, le pregunté al respecto y dijo que dibujar caballos carecía de importancia, como nadar o andar en bicicleta, habilidades que también dominaba sin ponerlas en práctica.

Mi padre tenía un estupendo sentido del humor pasivo; no contaba chistes, pero disfrutaba toda clase de bromas. Las historietas de *Pancho y Ramona* lo hacían reír mucho, pero les dedicaba mucho menos atención que al *Príncipe Valiente*. El *Excélsior* de aquel tiempo era inmenso y mi padre lo doblaba cuidadosamente en seis partes para concentrarse en la saga del rey Arturo. En mi afán de imitarlo, empecé a soñar con el Príncipe que se mojaba sin remedio.

Vivíamos en un dúplex en el barrio de Mixcoac, construido por mi abuelo con la solidez de quien concreta ahí algo definitivo. Llegó a México desde León, España, huyendo de la gleba que llevaba a los niños pobres al ejército, y prosperó lo suficiente para tener una casa con muros de convento. La planta baja era ocupada por mis abuelos y yo no perdía oportunidad de visitarlos, porque quería oír las desaforadas historias de mi abuela y porque ellos sí tenían televisión. En la parte baja del dúplex se podía hablar de *Combate*, *El Superagente 86* o *Mi marciano favorito*.

Nada de eso formaba parte de las sobremesas en las que mi padre contaba un cuento.

Su trato con los sumerios, los fenicios y los babilonios era tan familiar que a los seis años yo pensaba que él había vivido todas las épocas previas de la humanidad. La edad del mundo era la suya. En una ocasión le pedí que me contara de su vida entre los romanos y él tuvo que aclararme que las personas de las que hablaba ya habían muerto y sólo pertenecían al recuerdo.

Yo quería cosas nuevas —pistolas de plástico, discos de 45 revoluciones, una capa de superhéroe, una guitarra eléctrica—; sin embargo, para mi padre, los hititas eran más cercanos que los Beatles. Naturalmente, no le reproché su gusto por los desaparecidos, que él llamaba "civilizaciones"; al contrario, me sentía en falta y suponía que crecer significaba volverse antiguo.

La autoridad de mi padre era incontestable. No recurría a castigos físicos ni levantaba excesivamente la voz, por la sencilla razón de que bastaba que ordenara algo para que se cumpliera. De un modo seco, jamás rudo, dictaba sentencia.

Cuando me habló de la Ley del Talión, lo malinterpreté y pensé que podía aplicarla en casa. Mi madre me dio un manazo y yo le di otro. Esa tarde, mi padre me arrestó en su cuarto. Después de unos minutos de silenciosa detención, en los que pensó con cuidado lo que debía decir, me aclaró, como si el futuro ya hubiera sucedido, que yo no volvería a agredir a mi madre y que debía pagar por lo que había hecho en el pasado (es decir, unas horas antes). Me puso las manos en la espalda y me propinó unas nalgadas ejemplares.

Cuando estaba contento, me daba una palmada en la espalda con la misma reciedumbre con que ocasionalmente me castigaba. No era una persona de caricias. Sólo una vez me dio un beso: cuando cumplí los canónicos veintiún años, que en su época habían señalado la mayoría de edad, y me regaló el reloj de cadena de su padre, que yo jamás usaría.

Pasé la primera infancia al lado de una persona de trato cordial, lejana en el afecto e incontrovertible en sus decisiones. Lo admiraba como se admira un peñasco. Quizá la roca que veía en mi sueño del Príncipe Valiente era él. Es posible que también su trabajo contribuyera a que yo lo apreciara así. Me imponía de un modo a la vez contundente y abstracto.

Sabía que la gente hablaba con respeto de él y que se dedicaba con seriedad a algo inescrutable. ¿Qué enseñaba? Quise averiguarlo y la respuesta me inquietó más que la pregunta:

—Estudio el sentido de la vida.

Cuando entré a la escuela descubrí que había tres modos de catalogar a los padres: su equipo de futbol, la marca de su coche y el oficio al que se dedicaban. Mis compañeros de clase tenían padres comprensibles; uno era piloto aviador, otro vendía alfombras en un conocido almacén, otro más trabajaba en una fábrica de pinturas de aceite. Cuando llegaba mi turno de definir la profesión paterna, repetía como quien recita una sura del Corán: "Mi papá estudia el sentido de la vida". Esta respuesta era recibida con el respetuoso silencio que provoca el sinsentido. Luego suscitaba otras interpretaciones. Mis amigos imaginaban que mi padre buscaba el sentido de la existencia en las cantinas, bebiendo tequila al compás de los mariachis.

Yo trataba de acercarme a su figura como puede hacerlo un niño, preguntándole cosas. Lo veía desayunar cinco panes con mermelada (su favorita era la de naranja, con trocitos de cáscara cristalizada) y le pedía que me contara algo, lo que fuera. Él suspendía por un momento su apasionada ingesta dulce y pensaba en algo que fuera de interés, no sólo para mí, sino para él. Su mirada se iluminaba de repente, como si dentro de él viviera otra persona. El indiferenciado entorno, en el que jamás se preocupó de colgar un cuadro o poner flores en un jarrón, desaparecía por completo. Entonces se concentraba y movía las manos para impulsar su narración. Sus palabras se cargaban de energía, imitaba acentos y encontraba raros adjetivos (el mar se volvía "proceloso" y el rostro de un villano "plúmbeo"); lo más sorprendente de este entusiasmo es que se dirigía a mí. Para que eso sucediera, los argonautas tenían que volver a navegar. Él se volvía cercano en la Grecia clásica.

Cuando empecé a leer por gusto, hacia los quince años, me regaló un libro previsible: los *Diálogos*, de Platón.

—Son los pininos de la humanidad —dijo el Sócrates de la familia.

Nací en el hospital de las Américas de la Ciudad de México, en 1956. A los pocos meses, mi padre fue invitado a fundar la Facultad de Filosofía en Guadalajara y nos mudamos de ciudad. Vivíamos en la esquina de Unión y Vidrio, nombres perfectos para describir el triste matrimonio de mis padres. Ahí aprendí a caminar y ahí escuché las primeras notas de *rock and roll* en las cafeterías cercanas al Parque Alcalde al que me llevaba mi madre. Tengo fugaces recuerdos de ese tiempo —la Fuente de los Mil Chorros, los coches coloridos de la Carrera Panamericana—, pero el más preciso es el siguiente. Mis padres han ido a una fiesta y yo duermo en casa de unos amigos suyos. Cuando pasan por mí, me envuelven en una cobija y mi padre me carga en su hombro. En ese momento despierto. Veo la casa que se aleja, la sala-comedor con los muebles modernistas de los años cincuenta, idénticos a un *set* de *Mad Men*. Viajo suspendido en los hombros de mi padre.

En *El rey de los alisos*, Michel Tournier se refiere a la foría, que tiene su origen en el verbo griego *foreo* que significa "llevar". San Cristóbal, patrono de los navegantes, que transporta al pequeño Jesús en su hombro, es un ejemplo de héroe fórico. En la novela de Tournier, el protagonista se detiene en el Museo del Louvre ante las estatuas de los fornidos portadores de niños: Hércules, Hermes, Héctor, y advierte que esos gigantes pueden ser vulnerables. Viven para custodiar, pero a veces fallan. El título de la novela proviene, precisamente, del poema de Goethe en el que un niño cabalga con un padre que trata infructuosamente de protegerlo. En el último verso, el niño muere. En forma admirable, la escena se repite en el cuento "No oyes ladrar los perros", de Juan Rulfo.

La pasión fórica puede ser descrita como el intento de una figura tutelar de llevar a cuestas a quien no puede moverse por su cuenta. El gesto resume el sentido de la paternidad. Curiosamente, el primer recuerdo que tengo de mi padre es de ese tipo: me lleva en hombros hacia un destino incierto, la casa de Unión y Vidrio.

Mi madre tenía veintiún años cuando se casó con un hombre de treinta y dos. Ella había crecido en Mérida, Yucatán, que entonces no sólo era una provincia remota, sino casi otro país. Era una lectora sensible y estudiaba Letras Hispánicas, pero carecía de experiencia mundana. Muchas decisiones se tomaban en su nombre. Una de ellas era que las sirvientas vinieran de Villa de Reyes, en San Luis Potosí, donde la familia de mi padre conservaba los contactos de los tiempos en que habían sido hacendados. Cata y Consuelo, dedicadas a cocinar, lavar la ropa y cuidarnos a Carmen y a mí, eran las únicas personas que, de cuando en cuando, hacían alguna broma. Dudo que, en su condición subordinada, fueran muy dichosas, pero aparte de ellas nadie mostró alegría en esa casa.

Un poco ausente, mi madre era una mujer hermosa que trataba de adaptarse a una vida ajena que curiosamente era la suya. Mi padre la invitaba a guardar silencio en las escasas reuniones a las que asistían y se dirigía a ella con el respeto que se le confiere a una desconocida. Nunca los vi tomarse de la mano, compartir un guiño cómplice o hacerse una caricia. Por mi madre sé que tenían escaso trato íntimo y que él prefería desahogar sus pasiones con alumnas que integraron un séquito cada vez más amplio.

Mis padres se separaron sin pleitos ni escándalos en una época en que el divorcio era motivo de pleitos y escándalos. De cualquier forma, mi abuela materna, que representaba en la vida los papeles que hubiera querido desempeñar en la ópera, consideró que su hija era una descastada que no sólo se atrevía a fumar y a manejar un coche con intrépida audacia, sino a tener vida propia.

Con la separación, nos mudamos a un departamento en la colonia Del Valle. Mi madre continuó sus estudios, ahora en Psicología, se hizo cargo del Centro de Teatro Infantil y, posteriormente, del Pabellón de Día del Hospital Psiquiátrico Infantil. Con tesón extraordinario, tuvo un destino que nadie parecía atribuirle y pasó por varias relaciones sentimentales sin atarse a nadie. A diferencia de mi padre, compartía sus emociones de un modo volcánico y tenía arrebatos de ira que compensaba con sobredosis de cariño. Disputaba absurdamente con mi hermana Carmen, a la que atribuía intenciones imposibles de justificar, y esperaba de mí una perfección que por supuesto me condenó al fracaso. Quererla era fabuloso, imprescindible y extenuante.

Mi padre pasaba por nosotros al colegio, varias veces a la semana comía en el departamento y dormía ahí la siesta. En rigor, la forma en que mis padres se llevaban después del divorcio era idéntica a la que habían tenido durante el matrimonio.

Cuarenta años después de su separación, cuando mi madre ya se había doctorado en Psicología con una tesis sobre la condición mental de August Strindberg y contaba con notable reputación como psicoanalista, mi padre hablaría de ella con admiración filosófica:

—¡Ha tenido una *Anhebung*!

En efecto, mi madre se había elevado por encima de sus circunstancias.

En la autoentrevista que Carlos Monsiváis incluye en la *Autobiografía precoz*, publicada a los veintiocho años, se refiere a su formación intelectual y habla de sus múltiples lecturas de infancia. Como reportero de sí mismo, hablándose de usted, pregunta: "¿No se está usted adornando?". La respuesta es contundente: "Si no tuve infancia, por lo menos déjeme tener currículum". El futuro cronista compensó su falta de aventuras con los libros. También yo tuve una infancia de puertas adentro, sin demasiadas acciones callejeras, pero dominada por la molicie. Me acostaba en la cama a frotar fichas de parcasé que me ayudaban a imaginar cosas. Décadas después leí en un manual de budismo zen que tener ocupadas las manos ayuda a la meditación (los dominicos trajeron el rosario de Medio Oriente con ese propósito). En mi caso, las fichas sólo contribuyeron a que me distrajera. Dediqué horas, meses, tal vez años, a mover los dedos sobre la rugosa superficie de las fichas pensando en un lugar de mi invención, la Ciudad Peligrosa, donde el equipo Central, de uniforme naranja y rojo, ganaba el campeonato. ¿Era una burda imitación de mi padre, cuyo oficio le permitía reflexionar acostado?

Obviamente, hay infancias mucho peores que la mía, marcadas por la pobreza, la enfermedad, la muerte, la guerra o el exilio. Los recuerdos de mis primeros años son tristes sin llegar a ser trágicos.

Lo peor que me pasaba era el dentista. Una tarde, después de tomar una cucharada de miel, sentí el aguijón de una caries. Mi madre me llevó a un doctor de aspecto amenazante. Era un hombre corpulento, ya entrado en años, al que le faltaba una pierna y que se desplazaba por el consultorio en muletas de madera. Me pidió que abriera la boca para introducir el espejito inquisitorial. De inmediato diagnosticó dos problemas. Tenía la dentadura dañada por el uso excesivo de antibióticos (nací en 1956 y la penicilina se había convertido en una panacea que se usaba al primer estornudo) y por apretar demasiado los dientes:

—Tienes el mal de las trincheras —dijo, y explicó que los soldados de la Primera Guerra Mundial habían regresado a casa con las mandíbulas trabadas después de padecer los bombardeos en zanjas cubiertas de lodo.

El dentista no me curó de ese malestar de soldado. Además, me sometió a otra guerra. Su enfermera era una mujer frágil, semihistérica, de la que por alguna razón no podía deshacerse, y que se desmayaba al ver una aguja. Por lo tanto, el doctor atendía sin anestesia.

—Aprieta los puños como boxeador —me dijo, y procedió a barrenarme.

Para compensar la tortura a la que era sometido, mi madre me compraba un cochecito de metal al salir de ahí. El consultorio estaba enfrente de Sears, almacén que me encantaba por razones olfativas: la planta baja olía a cacahuates, palomitas y perfumes, y el sótano despedía un delicioso artificio: la edulcorada fragancia de la *root-beer* y el olor a plásticos decididamente futuristas de los neumáticos que ahí se ofrecían.

La colección de coches que formé a cambio de que me perforaran los dientes sin anestesia me deparó otro aroma que a veces vuelve a mí. Al respirar el chasís de esos modelos a escala percibía un olor acerado, de metal en estado bruto, aún no cubierto de pintura. La parte más primitiva de mi cerebro era estimulada por ese olor que de manera confusa, pero intensa, me conectaba con el violento pasado de la especie:

respiraba una espada, una bayoneta, un puñal, una daga, el filo de un cuchillo. Ésa era mi guerra.

Mi abuela paterna solía escribir un diario y, al cabo de cierto tiempo, tomaba una estrafalaria decisión. Lo mandaba encuadernar y lo rifaba entre sus nietos. Por lo común, los diarios se publican de manera póstuma, lo cual garantiza que hayan sido escritos con total sinceridad. La confesión escrita llega con un cadáver.

En el caso de mi abuela, la escritura privada terminaba en manos conocidas. Antes de que acabara la década de los sesenta, me hice acreedor de uno de sus diarios, que sigue en mi poder. Mi abuela lo mandó encuadernar y le imprimió un lema: "A Juanito, por rifa". Supuestamente el azar lo llevó a mí; sin embargo, creo que ella calculó con esmero lo que hacía. Era una mujer intuitiva; no necesitaba que le contaran chismes porque los adivinaba. Mis padres se llevaban mal y durante mucho tiempo le ocultaron que se habían separado. Ella se enteró por su cuenta del asunto y fingió no saber nada. Su forma de incidir en la vida de los otros sin ser demasiado intrusiva eran los diarios que presuntamente llevaba para sí misma. El libro que me llegó por "fortuna" no iba a ser leído por mí sino por mi madre. Ahí, mi abuela lamentaba que mis padres se hubieran separado y atribuía a eso mi excesiva timidez y la tristeza que me dominaba. Una llamada de atención para que alguien me rescatara del pozo en el que había caído.

Hasta los trece años estuve deprimido. Sólo cuando descubrí que la vida podía ser *representada* mi carácter mejoró. El cine, el rock, los cómics, el futbol, la literatura y la más intrincada de las tramas —la posibilidad de un romance— me aliviaron. De un modo confuso pero inquebrantable, entendí que nadie está contento por decreto y que hay que esforzarse para ser feliz.

El carácter que me determina desde entonces procura negar la tristeza que no superé de niño. Si la vida adulta es un espejo distorsionado de la infancia, no es difícil suponer que ahora hablo para sobreponerme al silencio que guardé en los años más importantes de mi vida. Sin embargo, diga lo que diga, nunca compensaré lo que no dije entonces.

También mi padre pasó por una infancia silenciosa a la que se adaptó mejor que yo. En un cumpleaños, mi abuela le regaló un cenicero con una caricatura que decía: "El Solitario". El aislamiento del que tanto disfrutaba no le impidió tener varios matrimonios (y cuatro hijos de dos de ellos) ni romances pasajeros, así como formar parte de grupos académicos o movimientos políticos de izquierda. Necesitaba compañía ocasional, pero todos sabíamos que se sentía mejor solo.

En su cubículo de la Torre de Humanidades, que dominaba el campus de la Universidad, tenía una reproducción de *El filósofo en meditación*, de Rembrandt, que, naturalmente, está solo y recibe la luz de una ventana (la de mi padre daba al maravilloso campus de Ciudad Universitaria). Ese espacio, lleno de papeles y libros en desorden, me fascinaba porque tenía un cajón en el que siempre había lunetas de chocolate. Imagino las infinitas horas de dicha que mi padre pasó en ese cuarto elevado, en apartamiento relativo, pues tarde o temprano volvería a la planta baja donde lo esperaban el pequeño jardín de entrada con el busto de Dante Alighieri, las novedades editoriales dispuestas sobre el piso, las consignas políticas en las paredes, motivos de interés que sin duda disfrutaba, aunque no tanto como estar solo allá arriba, viendo los árboles, la silueta del Ajusco a lo lejos, la luz de Rembrandt en la cercanía, con una luneta dulce en la boca.

Luis Villoro Toranzo nació en Barcelona el 3 de noviembre de 1922, año de la publicación del *Ulises* de James Joyce, *Trilce* de César Vallejo y *La tierra baldía* de T. S. Eliot. La persona que me hablaba de antiguas civilizaciones llegó al mundo cuando la literatura mostraba su cara más moderna.

Su madre era una rica hacendada de San Luis Potosí y su padre un médico barcelonés que provenía de una familia menos acomodada de la Franja aragonesa (mi bisabuelo había sido ferroviario y sabía que, para prosperar, sus hijos debían elegir la estación de Zaragoza o la de Barcelona; mi abuelo se decantó por esta última y estudió Medicina en la Ciudad Condal).

La Portellada, el pueblo del origen, ubicado en las colinas del Matarraña, era un sitio endogámico donde casi todos llevaban el mismo apellido (mi abuelo se llamaba Miguel Villoro Villoro). Cuando fui ahí por primera vez, lo primero que oí al descender del auto fue la voz de una mujer que gritaba:

—¡Juan Villoro eres la hostia!

La señora no se refería a mí, sino a un niño que corría frente a la iglesia de San Cosme y San Damián.

Acostumbrado a que en México sólo los parientes se apelliden como yo, me sorprendió que en el registro civil del pueblo doscientos de los trescientos habitantes se llamaran Villoro.

Mi abuela, María Luisa Toranzo, venía de un sitio aún más restringido, la hacienda de Cerro Prieto, en la parte semidesértica de San Luis Potosí, cercana a Zacatecas, donde se producía mezcal. Era hija única, fruto de una relación fuera del matrimonio, y había crecido sin otra compañía que los libros y los instrumentos musicales.

Ningún sitio mejor que Barcelona, ciudad abierta al mar y cercana a Francia, para que mis abuelos se liberaran de la limitada vida de La Portellada y Cerro Prieto. Miguel Villoro llegó ahí en busca de un futuro sólido y María Luisa Toranzo huyendo de las turbulencias de la Revolución mexicana. Durante poco más de una década encontraron un buen refugio en la Ciudad Condal. Sus tres hijos crecieron en un apartamento que miraba a la Universidad, mi abuela se aficionó a las óperas del Liceo y mi abuelo a las tertulias en los muchos cafés de la ciudad.

Un mal diagnóstico y dos guerras modificaron para siempre a la familia. Miguel Villoro había trabajado como médico en el Hospital Sant Pau y tenía trato con numerosos colegas. Uno de ellos consideró que debía operarlo del apéndice; ya abierto el cuerpo, detectó que el problema estaba en la vesícula y siguió operando sin considerar que el desgaste sería excesivo para mi abuelo.

María Luisa Toranzo enviudó en los albores de la Guerra Civil. Había huido de un México convulso y se encontraba en otro país a punto de correr la misma suerte. Decidió volver a su país y les habló a sus hijos de un sitio fabuloso que pronto conocerían: Chapultepec. Pero tardó en cumplir su promesa. Mi padre y sus hermanos (mi tío Miguel y mi tía María Luisa) fueron enviados a estudiar a Bélgica, en internados de jesuitas. Mi padre y mi tío ingresaron a Saint Paul, enorme bastión educativo en Godinne sur Meuse, cerca de Namur, y mi tía María Luisa a un internado para mujeres.

Luis era el menor de los tres y el que mejor se adaptó al internado, es decir, a la soledad. Extrañaba poco la vida barcelonesa y su nostalgia no dependía de personas, sino de un solo lugar: el parque de la Ciudadela.

Siempre habló con gusto de Saint Paul. Alguna vez le pregunté si había tenido amigos ahí y mencionó uno, Philippe de la Faye (si recuerdo bien el nombre), al que nunca volvió a ver.

Sus notables calificaciones hicieron que los maestros lo apreciaran y su cordialidad, rara vez comprometida con motivos personales, le permitió circular entre sus compañeros con un talante imparcial, como si no fuera un cómplice sino un árbitro de las relaciones.

Años después, quienes trataron de acercarse más a él toparon con pared. Alejandro Rossi dejó un testimonio de las discusiones filosóficas que sostuvo con mi padre. Salían de la facultad y caminaban durante horas, hablando de algún tema. Costaba trabajo que mi padre cambiara de opinión, pero Alejandro se empeñaba en que eso sucediera. Ponía toda su energía y su notable capacidad suasoria para convencerlo de algo. Antes del crepúsculo, cuando ya estaban a punto de despedirse, su amigo decía: "Es posible, tal vez". Alejandro quedaba con la sensación —la metáfora es suya— de haber demolido un muro. Sin embargo, al día siguiente, cuando retomaba la conversación, se daba cuenta de que, durante la noche, el muro había vuelto a levantarse.

Mi tía María Luisa escribió un poema autobiográfico en el que habla de sus hermanos y se refiere al voluntario aislamiento de mi padre. El título es, precisamente, "El muro":

Eran tres hermanos
Tres almas pequeñas.

Una tuvo hogar
Y vida serena.
Al otro tocó
La mejor parcela:
Vivir con Jesús
Dentro de su hacienda.
Pero el más pequeño
Tenía una reserva;
Se construyó un muro
De cal y de piedra.
Con cuatro paredes,
Y una sola puerta.
Los dos varias veces
Quisimos que se abriera.
La dejó cerrada
Por nuestra torpeza.

Cuando nos herían
(Un niño es de cera,
De plumas de alondra
Y nubes ligeras)
Yo gritaba fuerte
Mi dolor y afrenta
Quedando después
Vacía y contenta.
Mi hermano callaba
Lleno de prudencia;
Pero el pequeñito
Se escondía afuera
Mojando su llanto
El muro de piedra.

Los años pasaron
Y el gozo y la pena
Me enseñaron cosas
Muy sabias y ciertas.

Un hombre sensible
De alma de poeta
No quiere herir nunca,
Ni que a él lo hieran.
No volví a tratar
De tocar la puerta.

Pero con los años
Se ha abierto una grieta
Muy chiquititita
Como una lenteja.
Yo me asomé un día
Llena de impaciencia,
Pensando ver sólo
Lo gris de la piedra.
Por el agujero
Vi una bella huerta.
Hay árboles grandes
Que dan sombra fresca
Una bugambilia
Da flores bermejas
Y en la fuente clara
El agua gorjea.
Pero lo más bello
Es ver que la piedra
Triste y gris del muro
Una huerta encierra

Con flores y frutos
Con agua y con siembra.

En este texto, mi tía se reconcilia con el hermano solitario que nunca le abrió la puerta, pero que no desperdició el tiempo y construyó un jardín interior, a escondidas de los otros. También habla de las paredes mojadas por su llanto. Su hermano menor era capaz de sentir, detrás del muro, en el lugar al que nadie tenía acceso.

Me pregunto si la figura paterna me interesaría tanto en caso de haber tenido un padre más abierto y sociable, alguien que no tuviera que ser indagado. El interés —el anhelo de proximidad— proviene de la distancia.

Mi padre olía a Aqua Velva, y a veces a sudor, combinación que me encantaba. Cuando yo era niño, imponía sus hábitos de manera irrestricta y uno de ellos era el muy europeo de bañarse poco. Mi abuela materna, que había nacido en Progreso, Yucatán, padecía la obsesión contraria y contaba los días que mi padre llevaba con la misma camisa. La sudoración masculina —respirada en los equipos de futbol en los que milité, en los dos barcos cargueros en los que trabajé en el servicio militar, en los colectivos que frecuenté en el Partido Mexicano de los Trabajadores— siempre me remitió, de un modo preciso y agradable, a mi padre. Más que un olor a suciedad era un olor a esfuerzo. Sé que a él le gustaría esta descripción.

Podía olerlo, pero no tocarlo. Estaba ahí, de un modo intangible. Ajeno a los besos y las caricias, y se acercaba a mí con rigidez. Cuando me acostaba en la cama, pedía que me colocara boca arriba y alzara las manos; él doblaba las sábanas y las cobijas de un modo estricto y me ordenaba que bajara los brazos para presionarlas. Era como estar acostado en posición de firmes, menos listo para el descanso que para planchar las sábanas.

En mi percepción infantil, las pisadas de mi padre hacían que la casa retumbara. El primer temblor del que tuve noticia ocurrió de noche. Yo estaba en la cama y no me asusté al sentir que la casa se movía. Pensé que era mi padre que caminaba por el pasillo.

Crecí con esa imagen fuerte, telúrica, en compañía de mi madre, que era lo contrario. Cuando yo nací ella tenía veintidós años. Estaba siempre dispuesta a conmoverse o a irritarse, pero se contenía por la estricta educación que recibió de su madre. Era demasiado inexperta para vencer las resistencias de un filósofo descrito por su hermana y su mejor amigo como un muro. Se había casado con alguien conveniente, un buen partido, al que deseaba querer como una loca. No sabía cómo hacerlo y lloraba a escondidas. Nadie tenía la clave de esa caja fuerte. Con generosidad, mi tía María Luisa escribió que el blindaje permitió a mi padre cultivar su jardín. También mi madre y yo intuimos que ese jardín existía y quisimos atisbarlo. Ella se dio por vencida al cabo de diez años. Entrenado a suponer lo que mi padre sentía en secreto, yo me dediqué a la literatura.

Con la llegada de la buena vejez, mi padre mostró fisuras en el muro que lo había protegido, con menos necesidad de la que él le confería. Entonces comprobamos que, en efecto, el jardín estaba ahí.

El pasado tiene muchas formas de volver. Giordano Bruno aconsejaba organizar la memoria como un escenario. Si a cada recuerdo se le asigna una recámara, pensar en ese "lugar" significa ir a ese pasado.

Pero el teatro de la memoria también admite efectos de distanciamiento. El proceso es opuesto al *déjà vu*, que implica un retorno integral y permite vivir algo por segunda vez. En *Pirámides de tiempo*, Remo Bodei comenta que el *déjà vu* es un sueño al revés: "Mientras que al soñar se confunde una alucinación con la realidad, en este último caso [el del *déjà vu*] se confunde la realidad con una alucinación". En rigor, este tipo de recuerdo no está en el pasado porque no reitera algo lejano, sino que vuelve a suceder y trae su propio presente.

Por medio del *Verfremdungseffekt* (efecto de distanciamiento) Bertolt Brecht propone una crítica de la ilusión teatral: ver una obra sin perder conciencia de que se trata de una representación. Para evitar que el espectador caiga en una ilusoria ensoñación, la obra debe recordar que la realidad existe y el actor debe mostrar que está mostrando. De manera equivalente, en el teatro de la memoria es posible recordar que se recuerda.

Elijo un efecto de distanciamiento para la historia familiar; no recupero de manera integral ese momento, como quien se somete a un *déjà vu*, sino una escena interpretada desde el presente en el que escribo, una foto de grupo presidida, nada más y nada menos, que por el propio Bertolt Brecht. El poeta y dramaturgo está al centro de varios parientes que posan con apropiada rigidez (hubo épocas en que fue elegante estar tieso).

En la foto en cuestión, mi padre aparece, como siempre, al margen del grupo. Mira hacia fuera de la cámara, quiere irse. Luce demasiado flaco, nervioso; lleva en el rostro anteojos pesados, de economista soviético. Es un asocial en traje de etiqueta. Al centro, Brecht preside el grupo. Su cara redonda, sus ojos negros, perspicaces, su nariz levemente femenina, sus mofletes redondeados sin llegar a la gordura, su palidez insana, sus manos entrelazadas con rigor, expresan, como todo en él, un temperamento superior. El semblante transmite la seguridad de quien sabe que los demás son sus personajes (modificable dramaturgia). La ropa remata esta actitud. Brecht es el único que no está de etiqueta. Lleva un batón gastado, los hombros protegidos por una manta raída, unas babuchas toscas, proletarias. Pero no hay duda de que está al mando. Su vestimenta confirma que no tiene que vestirse para la ocasión. Los disfraces son para los otros. ¿Qué hace Bertolt Brecht en mi familia? Sobre sus labios finos se alza el leve bigote del descuido; la boca se tuerce apenas en una sonrisa. Ese Bertolt Brecht es mi abuela. María Luisa Toranzo viuda de Villoro se le parecía mucho.

No era atractiva, pero lo fue para dos hombres armados. Hija natural, creció en un entorno enrarecido: estudiaba idiomas y tocaba el arpa en un desierto donde los demás se divertían matando coyotes. Sabía de la existencia de su madre y la vio en algunas ocasiones. No convivió con ella porque se trataba de una descastada, alguien pobre, soslayable. Mi bisabuelo ha perdurado en la memoria familiar como un solterón más o menos chiflado. Afecto a la pintura, combinaba el dispendio del coleccionista con la austeridad monacal en los muebles y las ropas.

En la adolescencia, María Luisa se mudó con él a la Ciudad de México. Se instalaron en una casa frente a la Alameda. Dos hechos criminales marcaron esa estancia en la capital. A principios del siglo XX, el ochenta por ciento de los mexicanos vivían en el campo. La delincuencia carecía de signos específicamente urbanos. Todo cambió en 1915, con la llegada de la

Banda del Automóvil Gris. Aquellos asaltantes que parecían venir de Chicago encandilaron la imaginación de la ciudad. Fueron detenidos y fusilados. Su caída se volvió leyenda: México ya estaba listo para *gangsters*. No es casual que el gran éxito cinematográfico en tiempos de la Revolución fuera, precisamente, *La Banda del Automóvil Gris* (filmado por Enrique Rosas en 1919). La cinta reproduce las escenas en el sitio donde ocurrieron e incluye una filmación del fusilamiento real de los asaltantes. En una escena aparece la Casa Toranzo. Mi abuela es representada como una chica coqueta, nada indiferente a los avances de un apuesto ladrón.

El asalto fue una desgracia que aportó el placer compensatorio del miedo que se supera al volverse anécdota. El segundo episodio fue más grave.

Durante diez años, la Revolución mexicana transformó el país en territorio de emboscadas. Como otras familias, la de mi abuela se refugió en la capital, esperando que la desgracia fuera contenida en la sede del poder. Cien años después, los capitalinos tenemos la misma percepción ante la amenaza del narcotráfico. La metrópoli que en tiempos normales es un sitio inseguro, se convierte en el último refugio en la tragedia.

La Revolución llegó a la casa de la Alameda en la figura de un general que planteó, sin muchos rodeos, su deseo de quedarse con mi abuela.

La salvación dependió de una persona con nombre de fábula: Celestino Bustindui, vasco de legendaria corpulencia y amigo de la familia. Enrique Pérez, administrador que fungía como tutor de María Luisa a la muerte de su padre, contactó con él y le pidió que arreglara una huida a San Sebastián. Sin embargo, según me contó Margarita Valdés Villarreal, segunda esposa de mi padre, se trató de una salida en falso.

Nada más atractivo para una hija natural que tener una familia de adopción, pero los Bustindui la trataron como a una entenada que por un exceso de generosidad había sido salvada.

María Luisa recordó entonces que en la Beneficencia Española de México había conocido a un joven médico, muy apuesto, que favorecía los trajes de tres piezas y usaba bigotes de manubrio: Miguel Villoro Villoro, que acababa de volver a Barcelona.

El romance entre ellos se inició en plan grande, como un rescate, y pasó por una etapa muy apropiada para la época. Miguel no podía llevar a la chica mexicana a su casa sin poner en duda la reputación de ambos, de modo que la dejó en un convento.

La joven que había estado a punto de ser raptada en la Revolución mexicana fue cortejada en Barcelona como una novicia. Hizo tan buenas migas en el convento que cuando salió de ahí para casarse con mi futuro abuelo conservó sólidas amistades, entre ellas las de unas monjas mexicanas que le mandaron guisos durante años (fue el primer contacto de mi padre con nuestra gastronomía).

Miguel apareció en escena como salvador de una chica a la deriva y, con los años, se hizo cargo de más asuntos de los que podía resolver. No tenía mayor talento como administrador, pero fue él quien se encargó de vender la casa frente a la Alameda. Cuando encontró un cliente difícil de hallar en tiempos de turbulencias, el dueño de los Chocolates Larín, fijó un precio por la casa y la vendió con todo lo que había adentro, sin reparar que entre las pertenencias había cuadros de Murillo y dos cómodas pintadas por Watteau. Acaso por el miedo que le daba gestionar cosas en su país, mi abuela no participó en esa transacción, que bautizó como "la gran vendimia".

Eso no le impidió instalarse con holgura en Barcelona. Proselitista de las costumbres que debían cumplir las chicas decentes, escribió libros de autoayuda que fueron auténticos *bestsellers* en escuelas católicas: *Azahares, espinas y... rosas*, *Charlas con mi hija*, *Átomos tontos* y una crónica sobre Chopin donde describe a George Sand como un marimacho repugnante. Esos textos de militancia conservadora son un dato significativo para entender la rebeldía de su hijo Luis.

Gracias a mi primo Ernesto, esmerado archivista de la familia, pude revisar cientos de documentos en los que María Luisa Toranzo se ocupaba de sus cuentas, los regalos que debía hacer a los empleados el día de su cumpleaños, los banquetes que preparaba con extremo cuidado. Era una Gran Dama que detestaba el ocio y se dedicaba a administrar las rentas y los pagos sin perder detalle. Muchos de esos documentos están escritos en la papelería de distintos hoteles españoles a los que no iba de vacaciones, sino donde se instalaba a trabajar.

No parecía tener mucha pasión por los niños y, según confesión propia, fue egoísta. Asistía al Festival de Bayreuth, era patrona del Liceo en Barcelona, escribía libros, tocaba el arpa y la mandolina, disponía de un coche Hispano Suiza y ropas de Balenciaga. Sus hijos repudiaron ese lujoso alejamiento de los afectos familiares y luego ella misma lo repudió. Ya anciana, para pagar sus culpas, compró un ruinoso departamento en Bucareli, en el edificio del Buen Tono, que hoy tiene encanto hípster, pero entonces era una vecindad de rentas congeladas. Dejó de salir a la calle y se vistió con dos batas harapientas, a las que bautizó con nombres de comediantes: Cantinflas y Tin-Tan. Tenía una alergia en las piernas y la combatía con violeta de genciana; grandes manchas moradas cubrían su piel. A sus nietos les permitía todo lo que les negó a sus hijos. A cada uno le reservó una pared para que pintara lo que se le ocurriera. Mi primo Ernesto, estudiante de arquitectura, trazó un diablo impecable y lo tituló: "Yo". Los grafitis dieron a las paredes, de por sí desastradas, un logrado aire de manicomio.

La madre ausente se transformó en una abuela benévola, interesada en las tribulaciones del romántico vaquero que protagonizaba la radionovela *Alma Grande*. De un modo sigiloso seguía siendo la regenta que reunía a la familia en las comidas de los sábados, daba complejas recomendaciones en los diarios que "rifaba", hacía regalos a todas las gentes que conocía y rezaba por numerosas causas. Para sentirse cercana a los ciegos, recorría el departamento con los ojos cerrados y el rosario en la mano. Pidió por ellos hasta que rodó por las escaleras.

Una tarde recibió una visita inesperada. Un sacerdote había llegado a despedirse. Tenía buen trato con la abuela y no quería emprender un largo viaje sin ponerla sobre aviso. Al día siguiente, ella supo que el cura había muerto en España.

De manera progresiva, mi abuela se relacionó con el mundo en forma sobrenatural. Encerrada en su departamento, ignoró las transformaciones de la Ciudad de México, tan difíciles de entender como las causas que apoyaba con novenarios y su trato con los difuntos.

Mi padre repudió el mundo conservador, de valores huecos y trato gélido en el que pasó su infancia, y en buena medida le dedicó a su madre la misma frialdad que él recibió de niño. Cuando ella murió, mostró poco dolor. El filósofo español Juan Nuño, que vivía en Venezuela, visitó México dos meses después del sepelio y al encontrarse con mi padre le dio el pésame. Mi padre se mostró muy sorprendido:

—¡Eso fue hace mucho! —dijo en relación a lo que había pasado.

De su padre casi no tenía recuerdos. Era el gran ausente. Le había hecho falta, pero no lo decía.

Sólo una vez lo vi llorar. En 1969 me llevó a España. Vimos al gorila albino Copito de Nieve, al Barça disputar un épico 3-3 con el Real Madrid, al payaso de la guitarra, Charlie Rivel, pero lo más importante ocurrió en el cementerio de Montjuïc, donde visitamos la tumba de mi abuelo.

Terminaba el verano y la brisa agitaba los cipreses. Las criptas estaban dispuestas de manera vertical, como los cajones de una estantería, de cara al mar. El sitio era hermoso, hasta donde puede serlo un cementerio. Junto a la tumba de mi abuelo estaba la de mi tía abuela Isabel, que murió de niña. Según rumores, padecía una especie de demencia, aunque quizá sólo haya sido una solitaria ejemplar.

Mi padre no era gente de ritos ni supersticiones, pero un día llevó a su hijo a la tumba de su padre y lloró, en forma rara, con una torpeza esencial, pues no estaba acostumbrado a hacerlo. Se limpió las lágrimas con el dorso de la mano, como si el llanto lo obligara a actuar al revés. Yo no sabía que los papás lloraban.

Supe que nunca hablaríamos de eso. Diríamos: "Montjuïc", diríamos: "El abuelo". No hablaríamos del llanto.

En la novela de caballerías *Tirant lo Blanc*, un hijo es abofeteado repentinamente por su padre. No hay causa aparente para ello. El hijo pregunta por qué ha sido golpeado. "Para que no olvides este momento", responde, pedagógico, el agresor. Las heridas fijan la memoria. Mi padre no recurrió a un método violento. No tuvo que hacerlo. Sus reacciones emocionales eran tan escasas que no puedo olvidar su único llanto.

En 1997 volvimos a encontrarnos en Barcelona. Por casualidad, también mi primo Ernesto Cabrera, custodio de las noticias familiares, estaba en la ciudad. Fuimos a comer al Agut d'Avignon, uno de los muchos restaurantes de gran tradición desaparecidos en la Ciudad Condal. En la sobremesa, recordé la visita de 1969 al cementerio de Montjuïc y propuse que fuéramos de nuevo. Mi padre se entusiasmó con la idea, pero mi primo le explicó que eso ya no era posible. Durante años dejamos de pagar por nuestros muertos. Miguel Villoro Villoro y su hermana Isabel habían sido enviados a la fosa común. Algún aviso se había publicado en el *Avui* y *La Vanguardia,* pero en México leíamos *La Jornada.*

—¡Mejor así! —exclamó mi padre—: ¡La fosa común es la democracia de los muertos, el comunismo primitivo! ¡Es más divertido estar con los demás!

Después de esta expansión eufórica guardó silencio, vio las migajas y las manchas de vino en el mantel, y sin solución de continuidad dijo:

—Quisiera volver a vivir en Barcelona.

La fantasía del regreso que había suprimido celosamente se expresó de golpe. ¿A qué deseaba regresar? No a lo que había perdido, sino a lo que nunca tuvo.

Su iniciativa nos pareció estupenda, pero entonces él argumentó que estaba demasiado viejo. Se dio así un curioso desplazamiento: yo me iría a Barcelona para que él regresara de visita. Kierkegaard habla de la reanudación como de un "recuerdo hacia delante". Lo mismo puede decirse de la filiación. Lo que ahí se transmite es un pasado que perdura hasta ser futuro: un recuerdo que recuerda.

Escribir significa desorganizar sistemáticamente una serie, el alfabeto. Del mismo modo, evocar significa desorganizar sistemáticamente el tiempo. ¿Hasta dónde debemos hacerlo? Vivir en estado de retentiva absoluta, como el Funes de Borges, es un idiotismo de la conciencia. El olvido sana y reconforta. Sobrellevamos el peso de lo real porque podemos borrar las moscas, los escupitajos, las vergüenzas. La amnesia selectiva alivia la mente. Pero algunas cosas desaparecen al margen de la voluntad.

En el epílogo a *Kriegsfibel*, libro de Bertolt Brecht sobre la guerra, la actriz Ruth Berlau, que estuvo muy cerca del dramaturgo, comenta: "No escapa al pasado quien lo olvida". La frase tiene una carga poderosa: el pasado existe por sí mismo. Tarde o temprano tendrá su hora.

La sentencia de Berlau no apela a un rigor neurológico sino moral: hay pasados que no deben olvidarse.

¿Hasta dónde podemos recuperar una memoria ajena? ¿Es posible entender lo que un padre ha sido sin nosotros? Ser hijo significa *descender*, alterar el tiempo, crear un desarreglo, un desajuste que se subsana con pedagogía, a veces con afecto o transmisión de conocimientos.

En los últimos encuentros con mi padre, llegaba un momento en que la conversación se inclinaba a un tema inevitable. "Chiapas", decía él, y comenzaba a hablar de lo que en verdad le interesaba. El resto, el territorio de lo anecdótico, se derrumbaba en escombros. Si busco la vida personal detrás de sus ideas, es precisamente porque él se negaba a hacerlo; no le interesaba que la mente tuviera vida privada, un padre perdido y enviado a una fosa común, la soledad en un internado de jesuitas, la mudanza a otro país, una patria conquistada con esfuerzo, un pasado que pudo ser, un presente que actualiza ese pasado.

Para el hijo de un profesor, entender es una forma de amar. Cuando mi padre decía "Chiapas", a sus ochenta y ocho años, y se despedía para ir a la selva a asesorar al movimiento indígena rebelde, había que entender otras cosas, los misterios de los que trata este libro.

¿Es posible recuperar a alguien que dijo tan poco de sí mismo?

"Nadie les enseñó a querer", me dijo un día mi primo Ernesto para explicar el carácter huraño de su madre y de mi padre. El más próximo a los afectos era Miguel, nuestro tío sacerdote; por eso mismo, era quien más se quejaba de haber sido enviado a Saint Paul.

Ciertos rigores del colegio marcaron para siempre las costumbres de mi padre. Detestaba lavarse la cara y el torso con agua helada y descubrió que es posible evitar la tortura de bañarse. Aprendió a dormir una siesta de quince minutos que podía practicar en cualquier sitio, boca arriba, con los zapatos puestos, las manos entrelazadas como un cadáver ejemplar. Pero, sobre todo, adquirió una pasión general por el conocimiento que nunca lo abandonó. Su mente era lo contrario a la de un especialista. Cualquier desafío intelectual lo apasionaba, aunque estuviera muy lejos de sus propias preocupaciones. Leía libros sobre los hoyos negros, las leyendas artúricas, la vida de un compositor o la tecnología de los egipcios, sin el menor sentido utilitario, por el gusto de seguir aprendiendo. Desde luego, tenía limitaciones. No le interesaba la cultura popular, que para él se reducía a las noticias.

Su familia era monárquica, católica y culturalmente provinciana (a pesar de los años en Barcelona). En México, los enemigos habían estado en el bando revolucionario y en España estuvieron en el republicano.

Desde el internado de Saint Paul, mi padre le escribía cartas a su madre para mantenerla al tanto de su educación con el esmero de quien cumple una tarea más del colegio. Al despedirse, se encomendaba a Dios y le deseaba lo mejor al rey.

Estaba solo, pero había descubierto la magia de aprender cosas, entre ellas, la más inesperada: el orgullo de pensar por cuenta propia. Para los padres de familia, Saint Paul era un baluarte de la convención, el sitio ideal para formar a los descendientes de las élites. Ignoraban que las escuelas de los jesuitas también han sido fábricas de radicales, según demuestran, entre muchos otros casos, Simón Bolívar, James Joyce, Fidel Castro, Julio Scherer García y el subcomandante Marcos.

Con el director de teatro Luis de Tavira, que estuvo a punto de ordenarse como sacerdote jesuita, he hablado del carácter indeleble que imprime esa educación. El poeta Álvaro Mutis, también egresado de un internado jesuita en Bélgica, donde se divertía escuchando a un padre que hablaba por larga distancia en latín, me comentó que la oratoria de mi padre y su estilo expositivo tenían el inconfundible sello de la Compañía de Jesús.

Regreso, pues, a esa etapa de formación definitiva. Es posible que la mayor disyuntiva intelectual de mi padre haya ocurrido en esas aulas. Para fomentar una pedagogía competitiva, los salones se dividían en dos bandos: romanos y cartagineses. Las guerras púnicas tenían ahí una nueva oportunidad.

Pertenecer a romanos o cartagineses significaba asumir un destino. De un lado estaba el imperio que dominó el Mediterráneo; del otro, los derrotados de África que desafiaron el poder y la lógica, y remontaron los montes de Europa a bordo de inverosímiles elefantes.

Es posible que los propios profesores dividieran a los alumnos en bandos. Sin embargo, mi padre siempre habló de su grupo con el orgullo de quien lo ha elegido. Se trataba de una valoración retrospectiva, marcada por lo que pensaba como adulto, pero la asumía como si desde su infancia se hubiera situado voluntariamente en la causa que le correspondía.

Desaparecidos de la historia, los derrotados podían volver. Estudiar implicaba ganar otra batalla, lograr con los conocimientos las victorias que no se consiguieron con las armas. La legión de Aníbal y de Asdrúbal aún podía desafiar al imperio.

Mi padre fue cartaginés.

2

1968: los pasos del sonámbulo

*El hombre, que a la edad de dos años aprende a
caminar, percibe la felicidad del escalón porque,
como criatura que tiene que aprender a andar,
recibe al mismo tiempo la gracia de poder elevar la cabeza.*
ABY WARBURG

*Es totalmente inocente la costumbre de
mucha gente de caminar más despacio
cuando intenta recordar alguna cosa.*
AVISHAI MARGALIT

El encierro suele ser un espacio fecundo para el recuerdo. La memoria y la imaginación son escapatorias del hombre encarcelado. En un gesto de congruente ironía, el Archivo General de la Nación se encuentra en el antiguo "Palacio Negro" de Lecumberri, la cárcel prestigiada por el pintor David Alfaro Siqueiros, los protagonistas del movimiento ferrocarrilero, los escritores José Revueltas y José Agustín, los líderes del 68 y los muchos olvidados que purgaron ahí sentencia injusta.

La venganza del hombre o la mujer cautivos consiste en detener el tiempo para fijar los hechos; con más rigor del que padecen en su celda, buscan que no escapen sus recuerdos. Elena Poniatowska entrevistó en la cárcel de Lecumberri a los miembros del Consejo Nacional de Huelga y de la Coalición de Maestros detenidos por el gobierno del presidente Gustavo Díaz Ordaz. Esas conversaciones, reunidas en *La noche de Tlatelolco*, prefiguraron el archivo que hoy es resguardado entre los muros del antiguo presidio.

En su diálogo con Poniatowska, un líder de la Facultad de Ciencias, Eduardo Valle, cuyo apodo de El Búho resultaba idóneo para las profecías, comentó:

Yo creo que el Movimiento repercutió en los niños en tal forma que si se puede confiar en este país es precisamente porque en él hay una inmensa cantidad de niños. En las generaciones que vivieron el Movimiento desde las aceras, viendo pasar a sus hermanos mayores, tomados de las manos de sus padres en las propias manifestaciones, los que oyeron los relatos de los días de terror, o los sintieron en su carne, en ellos está la revolución. El gobierno de este país deberá tener mucho cuidado con aquellos que en 1968 tenían diez, doce o quince años. Por más demagogia que se les inocule, por más droga que se les aseste, ellos recordarán siempre, en lo más íntimo de su mente, las golpizas y los asesinatos de que fueron objeto sus hermanos… Recordarán —por más que el gobierno se empeñe en hacerlos olvidar— que de pequeños sufrieron la ignominia de los garrotazos, las bombas lacrimógenas y las balas.

La infancia es el principal acervo de la emoción y la memoria. La vida se define esencialmente por lo que sucede antes de los doce años. El psicoanalista Santiago Ramírez resumió esta operación en un aforismo que daría título a un libro: *Infancia es destino.*

Quienes fuimos niños en el 68 estamos destinados a recordar aquellos días de esperanza y sangre con la mirada que tuvimos entonces. Otros periodos, más remotos, pueden ser recuperados con una curiosidad no interferida por la emoción. Puedo imaginarme como adulto durante el cisma papal del siglo XIV y situarme en plazas de desconocidas ciudades europeas, cubiertas por cadáveres de la peste bubónica. En cambio, sólo puedo ver el 68 a la altura de mis doce años, con la mirada inamovible del testigo de cargo.

Si toda forma de escritura depende de establecer contacto con una sensibilidad primera, de recuperar al niño que respalda con su asombro y su novedad al narrador adulto, el relato memorioso de lo que pasó durante mi niñez me lleva a asumir esa perspectiva por partida doble. El 68 es mi infancia, lo que conocí de la mano de mi padre, profesor de Filosofía que no pudo cambiar el mundo, o sólo lo cambió en una medida subatómica que me propongo desentrañar en estas páginas.

El Búho depositó una esperanza infinita en mi generación: "En ellos está la revolución". Un luchador cautivo delegaba su ilusión en quienes crecerían para justificarlo. Hacia 1976, a mis diecinueve años, visité al líder estudiantil en su casa del sur de la Ciudad de México en compañía de otros jóvenes militantes del Partido Mexicano de los Trabajadores. Eduardo Valle había aceptado unirse a nuestra lucha. Comimos tamales mientras él hablaba con elocuencia de orador de lo que pensaba hacer en el partido. Puso énfasis en la cultura ("como soy negro admiro a Nicolás Guillén") y nos hizo sentir con emoción que la profecía lanzada a Poniatowska estaba a punto de cumplirse. Según sabemos, el PMT no gobernó y se disolvió en favor de otros grupos de izquierda que tampoco gobernaron.

Volvamos a los años inmediatamente posteriores al 68. También el gobierno entendió la amenaza potencial que representaba la siguiente ronda generacional y mitigó el clima de protesta ofreciendo insólitas opciones para los posibles herederos del 68. Así las cosas, mi generación creció entre los signos contrastados del oprobio, la radicalidad y las nuevas oportunidades para los jóvenes.

Después de Tlatelolco, hubo un intento de recuperar a la clase media a través del Colegio de Ciencias y Humanidades, el Colegio de Bachilleres, el Instituto Nacional de la Juventud, la tarjeta Plan Joven, ofertas de becas y viajes, renovadas oportunidades de integración a una sociedad que en octubre de 1968 mostró una fractura extrema.

En los años setenta, la "apertura democrática" del presidente Luis Echeverría fue ante todo un éxito retórico. Esa política dio asilo a los exiliados de Chile después del golpe de Pinochet y cautivó a ciertos intelectuales (Carlos Fuentes llamó a optar por una falsa disyuntiva: "Echeverría o el fascismo"); al mismo tiempo, el gobierno reprimió a los estudiantes el 10 de junio de 1971, emprendió la Guerra Sucia en el estado de Guerrero, que masacró a campesinos y maestros rurales, prohibió conciertos de rock y orquestó el golpe al periódico *Excélsior*, principal baluarte de la libertad de expresión.

Echeverría no pretendía fomentar una genuina democracia, sino crear válvulas de escape para perpetuar un modelo de dominio. Esta extraña situación permitió que nos formáramos entre variados signos de la izquierda, leyendo el *Libro rojo* de Mao (que incluso se vendía en los supermercados), *Los agachados* de Rius, *Los conceptos elementales del materialismo histórico* de Marta Harnecker. Me inscribí en un seminario de lectura de *El Capital*, subrayé *Lo que todo revolucionario debe saber sobre la represión* de Victor Serge, me afilié al Partido Mexicano de los Trabajadores, presidido por el ingeniero Heberto Castillo, destacado líder del 68, estudié Sociología en la UAM-Iztapalapa, donde el marco teórico era rigurosamente marxista, y me recibí con una tesis sobre el concepto de enajenación.

Como es sabido, esta pedagogía radical no logró que mi generación cambiara el país (aunque algunos, como el subcomandante Marcos, se acercaron bastante). La herencia del 68 tuvo para nosotros mayor impacto cultural que político, entre otras cosas porque el movimiento estudiantil también fue un fenómeno de la contracultura, que articuló búsquedas para cambiar no sólo un sistema de gobierno, sino una manera de vivir. En este sentido, aún está por determinarse la forma en que la Era de Acuario se combinó con una lucha cívica cuyas principales demandas, vistas a la distancia, eran sumamente moderadas: respeto a la Constitución y diálogo público con el presidente.

Toda rebelión rediseña el futuro. El 68 no prometía una aurora socialista, aunque muchos de sus miembros y algunas pancartas profesaran el marxismo-leninismo. Se trataba, en lo fundamental, de un movimiento democratizador. Su idea de futuro no era utópica ni desmedida, y en ese sentido parecía tangible. Sin embargo, estos razonables ideales serían absorbidos y pervertidos por las reformas políticas del gobierno. En las siguientes décadas, el PRI perfeccionaría sus métodos de represión directa (de la Guerra Sucia a la cacería selectiva de disidentes), seducción blanda (oportunidades de trabajo para los opositores), la liberalización discrecional de los espacios en los medios y los artilugios del fraude electoral.

Numerosos militantes de la izquierda pensábamos que la democracia era el nombre implícito de nuestra causa y que un país de libertades avanzaría necesariamente hacia una mayor igualdad social. Pero en el canónico año 2000 el Partido Oficial no sería vencido por una tendencia socialdemócrata, sino por un antiguo director de la Coca-Cola, un candidato populista y conservador, Vicente Fox, del Partido Acción Nacional.

La valoración del 68 obliga a revisar un doble fracaso: un movimiento democratizador fue cancelado y su herencia no sirvió para transformar la sociedad desde la izquierda. En lo que toca a mi generación, en la que El Búho depositó sus más generosas adivinaciones, también obliga a otro cuestionamiento. Las nuevas opciones para la clase media tuvieron un efecto mediatizador; de la impugnación se pasó a la solicitud de becas y empleos. Este acatamiento de la norma no sólo se refiere al trato con el Estado, sino con la tradición. Seguimos de manera cordial a los mayores; no hubo muchos impulsos para crear espacios propios. Las revistas y las editoriales independientes que fundamos no representaron alternativas perdurables; fueron el campo de entrenamiento donde hicimos nuestras primeras armas para pasar a las publicaciones establecidas. No hay nada condenable en esta conducta. Ninguna generación está obligada a ser rebelde por decreto ni a tomar por asalto la Bastilla o el Palacio de Invierno. Lo peculiar en los hermanos menores del 68 es que conocimos el miedo y la esperanza, crecimos como cachorros de la rebelión, pero no optamos por la confrontación en grupo, sino por la radicalidad de las búsquedas individuales.

Desde que empecé a escribir, me inquietaba la falta de correspondencia entre una educación que parecía destinada a transformar radicalmente la sociedad y las oportunidades y beneficios que los miembros de la clase media recibíamos para asimilarnos de manera tranquila y mediatizada al México de los años setenta.

Traté de plasmar esta contradicción en uno de mis primeros cuentos, "La época anaranjada de Alejandro", incluido en *La noche navegable* (1980). Si a ciertos pintores se les asigna un color para determinar una etapa de su pintura, me pregunté si habría un tono moral para definir a un aprendiz de revolucionario. Alejandro, mi protagonista, atraviesa por una fase "anaranjada", en espera de ser "rojo". Durante esta educación sentimental, viaja a Londres y visita la tumba de Marx en el cementerio de Highgate. Es lo último que hace antes de volver a México. Ante el busto de cemento de El León de Tréveris piensa lo siguiente:

Casi no había tenido tiempo de reflexionar sobre su visita al cementerio, el último empalme europeo. Sí, porque entonces vendría el regreso al altiplano y se iba a enfrentar a lo de siempre. Alejandro se sentía miembro de una generación a la que le tocó la última parte de una obra de teatro, no la última escena, sino el momento final, recibir la respuesta del público sin saber cuál era la obra representada; él formaba parte de los que venían después, después de todo, del movimiento del 68 y el festival de Avándaro. Había sido muy joven para participar, pero no para darse cuenta de que algo estaba sucediendo. Y, por si fuera poco, en el momento en que le tocaba actuar, la escena era una tarima desierta; los actores y el público abandonaban la obra para irse a merendar a algún café.

Estas líneas, escritas a los veinte años, resumen la perplejidad de quien sabe que las cosas deben ser distintas y desearía pasar al convulso territorio de la acción, pero pertenece a una realidad donde eso es imposible. La rebelión colectiva volvió a ser atributo de la siguiente generación, la del CEU, que tomó la UNAM. Nuestros hermanos mayores y nuestros hermanos menores se apropiaron de las calles. Nosotros perfeccionamos nuestra condición de testigos, algo no menos importante.

Eduardo Valle tuvo razón al decir que el gobierno debía cuidarse de las nuevas generaciones, y el gobierno reaccionó con más reflejos de los que podía preverse. De 1976 a 1980, los cuatro años en que cursé Sociología, tuve profesores chilenos, argentinos, brasileños y uruguayos que habían sido perseguidos políticos en sus países y que encontraron en México un refugio esquizoide donde se podía vivir de enseñar marxismo mientras el PRI consolidaba un sistema injusto en nombre de la Revolución.

Echeverría renovó pactos sociales y otorgó inesperada flexibilidad al dinosaurio. La "apertura democrática" consolidó lo que el PRI siempre ha buscado: la impunidad, el dominio sin fisuras y utilizar los recursos públicos como propios.

En 1976, debuté como votante en las urnas en unas elecciones en las que hubo un solo candidato. Hartos de la farsa electoral, los partidos de oposición se negaron a presentar opciones. José López Portillo, candidato del Partido Oficial, competía contra sí mismo. En esos días, Jorge Ibargüengoitia escribió en el *Excélsior* un artículo que comenzaba así: "El domingo son las elecciones. ¡Qué emocionante! ¿Quién ganará?".

La profecía de El Búho se refería a los testigos de cargo: los niños en las banquetas, los que vieron la ignominia. ¿Qué pasaba con los otros niños? Ellos crecieron sin saber lo ocurrido en Tlatelolco. La prensa y la televisión mintieron de manera sostenida.

Recuerdo las calumnias que se decían en el patio de mi colegio, no muy distintas a las que el 7 de octubre de 1968 Elena Garro vertió en *El Universal*:

Asistimos mi hija y yo a dos reuniones del CNH, celebradas en el anfiteatro bautizado como Ernesto "Che" Guevara, en la Facultad de Filosofía y Letras. En la primera había cuatro mil estudiantes y un considerable número de líderes del CNH e intelectuales, entre ellos Telma Haro, José (*sic*) Escudero, José Luis Cuevas, Leonora Carrington, etcétera, y se pidió que se boicotearan los XIX Juegos Olímpicos, primero evitando que los deportistas universitarios seleccionados participaran en la competencia y luego mediante otras maniobras. En otra reunión celebrada en ese mismo anfiteatro que presidieron Sergio Mondragón, Eduardo Lizalde, Jaime Shelley, Leopoldo Zea y otros intelectuales, y en la que fungió como principal orador Luis Villoro —catedrático universitario—, se acordó boicotear la Olimpiada Cultural mediante el retiro de todos los exponentes nacionales y de muchos extranjeros. Me pareció criminal, desde la primera ocasión, la idea de boicotear los Juegos Olímpicos, y asistí a esas reuniones porque se me invitó y porque se pensaba que en un momento dado yo formaría parte de la subversión.

La campaña de la escritora continuó en la arena internacional. En su diario sobre Borges, Adolfo Bioy Casares habla del telegrama que Elena Garro les pidió que firmaran para felicitar al presidente Díaz Ordaz por la matanza de Tlatelolco. Dos de los mayores escritores de la lengua cedieron a ese delirio. En cambio, Silvina Ocampo, esposa de Bioy, se negó a firmar.

Muchos años después confronté a mi padre con las declaraciones de Garro; sin el menor asomo de rencor, dijo que se trataba de una mentira intrascendente. Eso hubiera podido perjudicarlo, pero no fue así. Más valía olvidar el tema.

Cuando se desclasificaron los informes de la policía política relacionados con el caso, se supo que la escritora había sido intimidada y presionada por Gobernación para hacer esas declaraciones. Un gobierno sin escrúpulos se valió de su fragilidad emocional para calumniar a los universitarios.

Lo significativo, para esta crónica, es que en el entorno común (los amigos del barrio y del colegio) el movimiento estudiantil era visto de manera muy similar a lo que Garro declaró en *El Universal*.

A los doce años, yo no acababa de entender la participación de mi padre en una contienda vigilada en las calles por los tanques del ejército. El presidente Díaz Ordaz criticó a los universitarios por desestabilizar el orden, propagar injurias y lanzar consignas extranjerizantes. En respuesta, los maestros y los estudiantes organizaron la Manifestación del Silencio. Para el siguiente acto, mi padre fue elegido como orador sustituto, para hablar en caso de que Heberto Castillo no pudiera hacerlo, pues había rumores de que lo iban a detener.

Mi padre se refería con amargura al momento en que no pudo reemplazar a Heberto Castillo. Su decepción no venía de un afán de protagonismo, sino de algo más complejo: hubiera querido correr la misma suerte que los compañeros que fueron encarcelados. Lamentaba haberse quedado en la orilla. Las declaraciones de Garro eran el antisuceso que podía ignorar; no haber participado más era el antisuceso que le dolía.

Yo no mencionaba el tema en la escuela porque me sabía en minoría en un ambiente paranoico. Poco a poco, comencé a sospechar de mi padre. La presión social hacía que fuera más sencillo pensar que era él quien estaba equivocado. Su vida era bastante rara para mí: se dedicaba a la Filosofía, profesión indefinible, se había separado de mi madre, era español, pero hablaba con fervor mexicanista de la Independencia. Todo eso resultaba confuso y era lógico que estuviera en problemas. En su breve pieza teatral "El soplón", Bertolt Brecht hace que unos padres desconfíen del hijo que finalmente los denuncia ante los nazis. Quienes delatan suelen ser seres próximos. El temor de que eso ocurra invade la vida íntima, traslada ahí las reglas de los represores y lleva a desconfiar de la gente más cercana.

Los hermanos menores del 68 conocimos el momento de crispación en el que todo parecía mejorar si se aceptaba la razón de Estado en vez de la razón minoritaria de nuestros parientes.

¿Cómo recuperar lo sucedido para quien ha visto los hechos de niño, con visión de infantería? Los acontecimientos suelen ocurrir dos veces: en la realidad y en la mente de los testigos. En ocasiones, la reelaboración memoriosa debe luchar con lo que se fijó en el impacto inicial y parece ya inmodificable. Además, ciertas distorsiones permiten atenuar el drama y hacerlo llevadero. El autor que vuelve a su infancia debe disolver los filtros que lo protegen de miedos lejanos para convertirse, en cierta forma, en su propio escritor fantasma para volver atrás como si fuera otro, recuperando el rastro andando con pisadas ingrávidas, tentativas, exploratorias. Quien recuerda, aminora el paso.

La televisión y los periódicos hacían causa común contra la versión de mi padre. La idea dominante, compartida por mis vecinos y mis compañeros de clase, era que los comunistas (que ya habían invadido Checoslovaquia) se aprovechaban de los estudiantes mexicanos para impedir los Juegos Olímpicos programados para el 12 de octubre de 1968. La matanza del 2 de octubre fue vista por muchos como un acto de seguridad para garantizar las Olimpiadas.

El recelo que me producía la postura de mi padre aumentaba con su silencio y sus explicaciones a medias. Él se comportaba así para protegerme de temores que sólo lograba ahondar. El 68 se convirtió en mi casa en algo mencionado con dificultad, un secreto que no sabíamos guardar. Los hijos de los universitarios recibíamos una versión distinta, pero mutilada en nuestro beneficio, para ahorrarnos una inmersión en el horror.

Jorge Volpi, que nació justo en el 68, pudo escribir una relatoría objetiva del tema, *La imaginación y el poder*, sin ser afectado por su propia versión de los sucesos. En cambio, quienes tuvimos una proximidad definitiva y al mismo tiempo sujeta a una interpretación fantasmagórica, plagada de sospechas y cosas no dichas, debemos buscar un "camino de regreso", renovar la memoria para que los datos coincidan al fin con las sensaciones.

Los recuerdos avanzan en laberintos y recovecos. Tuvieron que pasar cuatro o cinco años para que entendiera las cosas de otro modo. Me enteré de los sucesos por *Los días y los años*, la entrañable novela autobiográfica de Luis González de Alba, escrita en la cárcel de Lecumberri, y, posteriormente, por la imprescindible narración coral de *La noche de Tlatelolco*, de Elena Poniatowska.

Gracias a esa lectura, pude mezclar los hechos con mi propia emoción y entendí por lo que había pasado mi familia. Mi perspectiva de niño de doce años, que observaba el mundo desde la cintura de los adultos, se cargó de otros significados.

Con el paso de las décadas, la revisión del 68 no ha dejado de cobrar sentido. Los responsables quedaron impunes. No se hizo justicia a los muertos ni a los detenidos. Esto otorga un valor moral a la memoria. Es atributo del recuerdo buscar una forma demorada de paliar agravios: "La memoria abre expedientes que el derecho y la historia dan por cancelados", escribió Walter Benjamin.

Ciertos miembros de la comentocracia han cedido a un análisis de demoscopia forense, señalando que a fin de cuentas no hubo tantos muertos en Tlatelolco. Se habla de sesenta y nueve caídos en la Plaza de las Tres Culturas, sesenta y ocho estudiantes y un policía. Este análisis estadístico prolonga la argumentación del presidente Díaz Ordaz. Cuando fue nombrado embajador en Madrid, en 1977, se recordó su responsabilidad en la matanza de Tlatelolco. El represor respondió entonces que cada víctima debe dejar un hueco. ¿Dónde estaban las ausencias? ¿Quién demostraba que había desaparecidos? ¿Qué pruebas tenían? Si no abundaban las quejas era porque no había tantos muertos. El daño, si ocurrió, era estadísticamente irrelevante.

Cierto o falso, el dato de sesenta y nueve muertos ha permitido una aritmética del espanto. Para algunos comentaristas cínicos, el impacto social de la matanza fue desmesurado. Este criterio de mayoristas de la muerte pretende demostrar que se ha hecho demasiado ruido con pocas nueces. El argumento es inmoral e insostenible. El genocidio no puede recibir un descuento ético por "asesinato en escala reducida". Como afirma Jacques Derrida, cada muerte es única y representa siempre el fin del mundo. Cristo sólo murió una vez, y eso bastó para determinar el calendario que llevamos.

Lo que está en juego en la matanza de Tlatelolco es lo que Jean-François Lyotard advierte a propósito del Holocausto: hay algo peor que la muerte. No estamos sólo ante la aniquilación, sino ante un mecanismo que la permite, un orden, una razón de Estado en la que muchos participaron de manera voluntaria. El 12 de octubre de 1968, Gustavo Díaz Ordaz fue aclamado al inaugurar los Juegos Olímpicos por el mismo público que abucheó a la delegación soviética.

Sabemos, por la secuencia reflexiva que va de Primo Levi a Giorgio Agamben, que una de las causas para silenciar el testimonio es la culpa. No es fácil estar vivo o en libertad cuando otros han muerto o han ido a dar a la cárcel. El solo hecho de rendir testimonio puede parecer una forma indirecta de la traición. En *Lecturas de infancia*, Lyotard expresa cabalmente el dilema: "Los testigos que hablan sienten horror de haber sido elegidos por el mal a fin de poder contar".

Recuerdo el desconcierto de mi padre al no ser detenido después del 2 de octubre. Eli de Gortari, Heberto Castillo y otros miembros de la Coalición de Maestros ya estaban en la cárcel de Lecumberri. Él tenía derecho a un año sabático, pero, en contra de la insistencia de mi madre, pospuso su salida del país. Se mostró en los sitios donde podía ser arrestado, pero no siguió el destino de sus compañeros. Nunca escribió del tema, lo silenció, tal vez porque se sintió falto de "méritos".

Poco antes de las Olimpiadas, me llevó a ver los entrenamientos de clavados en la Alberca Olímpica de Ciudad Universitaria. No teníamos entrada, pero podíamos ver a los clavadistas a través de las rejas que circundaban la piscina al aire libre.

La matanza de Tlatelolco ya había ocurrido y yo sólo pensaba en los boletos de colores, de tamaño extragrande, que mi padre había comprado para distintas competencias. México siempre ha tenido posibilidades en clavados y por eso estábamos ahí. De pronto, un desconocido se acercó a mi padre y le dijo por lo bajo:

—¿Qué haces aquí?, ¿no sabes que estás en la lista negra?

Mi padre agradeció, como si le dieran un mensaje cualquiera; cuando el otro quiso volver al tema, me señaló:

—Estoy con mi hijo.

Los niños suelen ser buen pretexto para callar a las personas. Mi padre no quería hablar de política en esos días. Ir a las Olimpiadas le permitiría compartir conmigo momentos que ambos, pero sobre todo yo, anhelábamos. También se mostraría lo suficiente para ser detenido.

Los verdugos no capturaron a mi padre. Es posible que se sintiera mal por no acompañar a los suyos hasta las crujías de Lecumberri. En lo que a mí toca, la culpa me trabajó a través del tiempo: había desconfiado de mi padre y de sus ideas que dividían (primero a la familia, luego al país). Me afectaba haber entendido a medias. Es más auspicioso comenzar al modo de Volpi: el 68 como año cero, anterior a la experiencia. ¿Puedo rendir testimonio desde la imperfección, contar la trama sin renunciar a la confusión vivida entonces?

Recordar el tejido minucioso del 68 es un acto de restitución. Ante lo ya sucedido, es posible buscar un ángulo distinto, que responda a la verdad de las emociones. El silencio con que mi padre rodeó el tema puede ser alterado por otras pisadas.

¿Hasta qué punto la captación de sentido de una época puede recuperarse en clave íntima? La literatura no tiene otra vía de acceso que el testigo solitario y subjetivo, el mirón aislado que aspira a que su versión sea compartida por los otros, transformada en materia común a través de la lectura.

El 24 de septiembre de 1968 cumplí doce años y desde hacía meses caminaba dormido. Era sonámbulo y eso me definía. A mitad de la noche despertaba en sitios imprevistos. Aunque el desplazamiento no era traumático —o no me lo parecía—, me dejaba una sensación de soledad y abatimiento. Por lo general, al abrir los ojos, estaba llorando.

Mi abuela materna rezaba para que yo perdiera ese vicio nocturno y mencionaba la previsible causa de mi excentricidad: el divorcio de mis padres.

A mí el tema me preocupaba porque me impedía ir de campamento con los Amigos del Bosque, versión radical de los Boy Scouts. Alguien sugirió que me ataran una campanilla para despertar a los demás en caso de que abandonara la tienda de campaña, pero el catastrofismo familiar concibió una escena incontrovertible: yo atravesaría con los brazos extendidos el parque nacional de La Marquesa, sin que nadie oyera mi badajo, hasta ser arrollado en la autopista México-Toluca.

Mi verdadero ideal en esa época era tocar en un grupo de rock. En *La Pequeña Lulú* había leído un episodio titulado "Fusifingus pup", que trataba de una flor difícil de localizar, de mágicos poderes. Cincuenta años después advierto que la trama mezclaba la esquiva flor azul de los poetas románticos con la exploración de vegetales tóxicos típica de la psicodelia. En aquel tiempo, la flor buscada por la Pequeña Lulú me pareció magnífica para nombrar a mi primer grupo de rock. La fantasía botánica de "Fusifingus pup" se convirtió en el trío Fusifingus Pop, donde yo tocaba la melódica y dos amigos el pandero y las maracas. Interpretábamos "Happy Together", del grupo Las Tortugas, con involuntario acento escocés. Mi grupo mexicano favorito era los Dug Dug's, que imitaba a los Beatles en la pista de hielo Insurgentes. El frío que imperaba en el recinto y el vaho que nos salía de las bocas nos hacían sentir felizmente extranjeros. La canción que llevaba al público al delirio era "Lucy in the Sky with Diamonds". Un amigo me había dicho que el título venía de las siglas LSD y yo escuchaba las primeras notas de la guitarra en trance alucinógeno. De vez en cuando, el acre olor de la mariguana llegaba a la parte de las gradas donde mis dientes hipersensibles castañeteaban de escalofrío al compás del rock. Los tiempos estaban cambiando; se hablaba mucho de drogas y todos mis amigos tenían un primo que había probado hongos en Oaxaca, se había tirado de una azotea después de ingerir una pastilla cósmica o había conversado con una pareja de extraterrestres en busca de una provisión de "Acapulco Golden", hierba de nuestra tierra de la que ya se hablaba en las galaxias.

Las jeringas habían dejado de ser instrumental médico para inyectar sueños en el torrente sanguíneo. La película del momento era *Viaje fantástico*. La cultura de masas aporta a cada generación dos o tres mujeres que representan la sexualidad absoluta, la condensación del deseo comunitario, la belleza sancionada por la estadística que sólo los muy raros, muy perversos o muy valientes se atreven a refutar. *Viaje fantástico* era protagonizada por Raquel Welch, que en su condición de diosa mediática combinaba lo que el Mediterráneo tiene que ofrecer en materia de sensualidad con el desenfreno de la cultura pop: una Afrodita de entalladísimo traje blanco.

La trama de *Viaje fantástico* era morbosa en el más literal de los sentidos. Un grupo de científicos reducía a varios médicos a tamaño microscópico para que ingresaran en un cuerpo humano y pudieran curarlo por dentro. Al final, eran expulsados por un lagrimal. Dado el tamaño de los tripulantes, el llanto parecía un Niágara. ¿Podía haber droga más intensa que tener a Raquel Welch inyectada en las venas?

De acuerdo con esta fantasía, asumí el reto de imaginar a Raquel en mi torrente sanguíneo y no llorar nunca para que no escapara, como un enamorado resistente y duro, del todo distinto al niño que lagrimeaba por demasiadas cosas. Ése fue otro tema del 68: el llanto como reacción infantil a todo lo que me ocurría.

Lloré con la separación de mis padres, lloré cuando perdió el Necaxa y lloré cuando le ganó al América en la final de Copa, lloré al ver mis calificaciones y lloré a escondidas al ver a mi madre llorar a todas horas, lloré cuando leí una historieta donde moría un superhéroe y lloré en la siguiente historieta por ser tan imbécil como para creer que un superhéroe podía morir, lloré cuando mi padre desapareció rumbo a una manifestación y lloré cuando lo vi regresar. Lloré demasiado en un país donde el valor cultural del llanto era bajísimo. Lloré en México, donde sólo lloraban los débiles. Si Raquel estuviera dentro de mí, no volvería a llorar jamás. La retendría como un cosquilleo de mi sangre devota, una educación intravenosa para entender la poesía de Ramón López Velarde.

En 1967, los Beatles habían grabado el más complejo de sus discos: *Sargento Pimienta*, que incluía "Lucy in the Sky with Diamonds". Todo en esa obra estaba llamado a ser célebre. La portada se convertiría en la más discutida de la cultura de masas, por la gente ahí reunida y porque se trataba de un funeral. ¿Quién era el muerto? El año de 1968 comenzó para mí con otro motivo de llanto: Paul McCartney había fallecido; por eso llevaba un brazalete con las siglas O. P. D. (*Officially Pronounced Dead*, oficialmente dado por muerto). El disco *Abbey Road* contribuiría al mito póstumo. En la portada, los Beatles atravesaban una calle. Paul iba descalzo, al modo de un cadáver, George parecía un enterrador, John un sacerdote y Ringo lo que siempre había sido: el testigo de los otros tres. Al fondo, un coche tenía la placa 28IF, que posiblemente aludía a la edad de Paul: "28 años, si viviera".

En 1968 los Beatles sugerían que los sueños pueden acabar. Ese año limítrofe también fue el último de mi voracidad por lo dulce. Un genio de la química había inventado un postre a la altura de su nombre: Flantástico, que combinaba el flan de coco o cajeta con aderezo de chocolate o vainilla. Me administré festivales de tres flantásticos diarios hasta que me enteré de otro gusto de los tiempos: los gordos no son apetitosos.

En ese tiempo la vida tenía sentido porque una niña, que en el pudor de la memoria llamaré Marina, se sentaba en el pupitre anterior al mío. Padecía una alergia que la hacía estornudar a cada rato. Cuando se agitaba, yo percibía el fresco olor de su cabello y el aire medicinal de las gotas que tomaba. Me sumía en una confusión sensorial de palmeras bajo el sol dominadas por una esencia superior al flan de coco. La idolatré sin atreverme a decir lo que mi cara hacía evidente hasta que la mejor amiga que nunca falta me informó que a Marina no le interesaban los barrigones.

En 1968 apelé por vez primera a la fuerza de voluntad. Quise ponerme a dieta y no pude. En un momento melodramático acompañé a mi madre a la iglesia y recé para repudiar lo dulce. La fe produjo el mismo resultado que la voluntad.

México era entonces un planeta de *La dimensión desconocida*. Todo venía de lejos, por vías inescrutables, pero estábamos a punto de ser descubiertos por inteligencias lejanas: en otoño serían las Olimpiadas. Las naves extranjeras llegarían llenas de atletas.

Mi padre se había mudado a un departamento sombrío, donde las ventanas daban a una tapia. En su condición de divorciado tenía estupendos platos de cartón. El único lujo estaba en su escritorio: unos boletos del tamaño de toallas para las manos con el logotipo de "México 68". Nuestro pasaporte olímpico.

La propaganda deportiva competía con los grafitis que tapizaban la ciudad, escritos por los estudiantes: "La imaginación al poder", "Veterinaria presente: vacuna a tu granadero", "Prohibido prohibir". Como escribió Octavio Paz en un poema, los empleados municipales habían limpiado la sangre, pero las consignas de los muertos sobrevivían en las paredes.

Mi abuela materna, cuyo lema de vida era "piensa mal y acertarás", me informó que mi padre era comunista, entre otras cosas porque fumaba demasiado. Su mundo pertenecía al de la gente sin filtro. Mi madre fumaba la misma marca, Raleigh, pero con filtro.

Una tarde llegué a la casa y respiré los dos humos que hacía tiempo no se mezclaban. Mi padre dijo entonces que la represión era casi segura; el papel de los maestros consistía en encauzar a los alumnos, pero no en detenerlos. Mi madre opuso argumentos con filtro: la inutilidad del sacrificio en un país que nunca cambia; luego mencionó el coche que estábamos pagando (las deudas se llevan mal con los riesgos) y recordó que mi padre podía pasar su sabático en Francia, el país que le gustaba al grado de haber puesto un mapa de París en la casa que compartió con mi madre y del que ella nunca se desprendió.

En el colegio mis compañeros decían que los comunistas se habían infiltrado en la Universidad. La palabra "infiltrado" me cautivó: parecía mezclar humo y espionaje. Mi padre era un infiltrado. Pero no me atreví a ponerme de su parte en el colegio: la gordura ya me volvía bastante impopular como para además ser disidente. Cuando Ciudad Universitaria fue tomada por los tanques, hubo vítores en mi colegio, y yo no protesté.

No tengo un sólo recuerdo que revele que mis padres se amaron, tampoco uno que se refiera a un pleito. Mi familia: dos personas que mezclan humos diferentes.

¿Qué sucedió entonces? Desde Platón, el recuerdo es una forma del conocimiento: no nos adentramos en lo que pasó para revivir lo que ya sabemos, sino para conocer algo nuevo. Cuando eso ocurre, la memoria gana autonomía, sobrevive.

Elie Wiesel fue niño en los campos de concentración y dedicó el resto de su vida a la ardua tarea de ser superviviente. Años después de la guerra regresó al pueblo en el que había nacido y encontró un escenario casi intacto. Las mismas casas seguían en pie. Sólo faltaban los judíos. Recordó su última noche en el lugar, cuando su padre indicó a sus hijos y a su esposa que ocultaran algo valioso para salvarlo del exterminio. Elie fue entonces al pie de un árbol y enterró un reloj de oro que había pertenecido a sus antepasados. No olvidó el lugar de su escondite. Al regresar al pueblo después de la guerra, buscó el árbol. Pudo localizarlo y de modo impulsivo se arrodilló y excavó con las uñas. El reloj seguía ahí. Elie Wiesel lo limpió, contempló su carátula, admiró su resistencia. Era lo único que quedaba de su familia. Entonces hizo algo que le resultó inexplicable: volvió a enterrar el reloj. ¿Qué revela este gesto en alguien consagrado a la moral del recuerdo?

La memoria entraña un doble movimiento: excava en busca de lo que se ha perdido, pero una vez que llega ahí, el recuerdo gana fuerza para vivir por su cuenta; deja de ser un proceso de investigación; se transforma en algo concreto: una piedra, una lápida, un reloj.

Varias veces mi padre dijo que no adelantaría su sabático ni saldría del país porque pronto serían las Olimpiadas, como si los boletos le otorgaran inmunidad. Esta explicación sobrevivió entre nosotros como un pretexto, pero los trabajos de la memoria le dan otro matiz.

El 2 de octubre él no estuvo en Tlatelolco. Pertenecía a los moderados que anticipaban que ésa sería la plaza de los sacrificios. A los pocos días, alguien nos dio un ejemplar de la revista *¿Por qué?*, con fotos de muertos y detenidos. Jóvenes con los pantalones en los tobillos. Bayonetas. Zapatos que ya no pertenecían a nadie.

Fue el único testimonio directo de la masacre. En la televisión y en el patio del colegio se culpaba a los universitarios. Para distraerme, yo veía a Marina, pensaba en dulces intangibles, imaginaba las venas de mi cuerpo, donde nadaba una diosa diminuta.

Mi padre se puso en contacto con los profesores que estaban en la cárcel de Lecumberri. Mi madre repitió su contraseña de escape: "sabático". Él habló de "convicciones". Pensé que así se le decía a tener muchas ganas de ver las Olimpiadas. La ciudad había sido tapizada con el emblema de una paloma blanca. El gobierno de Gustavo Díaz Ordaz deseaba la paz a las naciones del mundo. En las mañanas, la paloma amanecía teñida de sangre.

En los XIX Juegos Olímpicos descubrí un tercer amor platónico: la gimnasta rusa Natasha Kuchinskaya. La vi saltar por los aires y pensé en comer menos azúcar.

Una noche, en el estadio de Ciudad Universitaria, los corredores de Estados Unidos subieron al podio de premiación con guantes negros. Todo tenía que ver con la política, pero yo apenas lo advertía.

Ignoro lo que mi padre sentía en las tribunas del estadio. Sus emociones pertenecían a una zona indefinida, la zona del miedo y del afecto, las cosas que importan, pero no se dicen. Sé lo que pensaba del país, pero no lo que pensaba de nosotros. Se arriesgó a volver a Ciudad Universitaria a ver lanzamientos de jabalina que no le interesaban. Lamentó no estar a la altura de las penitencias que le inculcaron los jesuitas y que el psicoanálisis apenas mitigó como un humo con filtro. Perdió algo decisivo en una época en que se repartían medallas e incluso México ganaba nueve.

Las demandas del movimiento estudiantil recibieron una respuesta de ultraje. Las fotos de entonces muestran una esperanza irrealizable: los jóvenes que hacen la V de la victoria y se dirigen a un tiempo detenido, sin transcurso posible.

Yo crucé por la historia en mi condición de sonámbulo, sin entender el riesgo que mi padre corría para que yo viera a una niña rusa saltar en el cielo provisional de un gimnasio. Pasaron muchos años para que excavara con las uñas hasta llegar a lo que había guardado, el reloj con su hora fija.

Algo cambió de modo sigiloso en las familias que fueron acosadas, algo se alteró en forma imperceptible pero cierta.

Mi padre sobrevivió entre los derrotados y siguió apoyando las causas perdidas de la izquierda. No contaba anécdotas del 68. Recelaba de las historias personales, que asociaba con el lamento o el narcisismo, y juzgaba impúdico que la vida pública tuviera claves privadas. Las personas le interesaban por sus posturas, no por sus historias. Quizá por eso, su hijo no ha hecho otra cosa que buscar la vida privada de las cosas públicas.

¿Por qué fuimos a las tribunas cuando eso era peligroso? La filiación no sigue líneas rectas: el hijo cuenta lo que el padre no advirtió o no quiso formular, los restos nimios pero tal vez significativos, la letra pequeña de la Gesta en mayúsculas.

En México las multitudes tuvieron dos modos de articularse en 1968: en las manifestaciones y en los estadios donde se repartía el oro. Mientras oíamos el himno nacional, tal vez mi padre pensaba en el epitafio de Marx, con la última tesis sobre Feuerbach, el sitio donde yo ubicaría uno de mis primeros cuentos: "Los filósofos no han hecho sino interpretar el mundo de diversos modos; lo que hace falta, sin embargo, es transformarlo".

"Estoy con mi hijo", dijo mi padre cuando le anunciaron que podían detenerlo. Yo era un pretexto para cambiar de tema. Y, en efecto, había otro tema.

Caminar en el pasado, con el paso lento del recuerdo, activa el mecanismo de defensa del que habla Freud: la piedad filial se convierte en una niebla protectora para que el hijo ignore lo que el padre no pudo ver y, sin embargo, el padre desea que el hijo abra los ojos. Han pasado cinco décadas para que yo visite los vestigios de otro tiempo: Tlatelolco, 1968, de lo que mi padre no escribió, de lo que no quiso hablar.

Yo estaba demasiado interesado en Natasha Kuchinskaya para suponer que mi padre se arriesgaba. Él calló, como si recordara que uno de sus libros se llamaba *La significación del silencio*. Hizo lo que juzgó correcto; no huir, llevar a su hijo a todas partes.

A la historia —o al escritor que la recuerda— le gustan los símbolos. En 1968 mi padre fue un filósofo que no transformó el mundo, o que sólo transformó la parte del mundo que lo necesitaba.

Ese año dejé de caminar dormido.

3

Filósofos en el estadio

Mis problemas dentales se extendieron al futbol. En la televisión, Chava Reyes, delantero del "Campeonísimo" Guadalajara, anunciaba una marca de pasta de dientes ante un niño que no podía rematar de cabeza porque tenía caries y era incapaz de afianzar la mordida. El anuncio demostraba que yo jamás sería futbolista.

La verdad es que yo no deseaba apretar los dientes para jugar partidos sino para verlos. A fin de cuentas, pertenecía a un país donde el público siempre hace más esfuerzo que los jugadores. Carecía de la desafiante energía de los protagonistas y acababa de descubrir las vacilantes emociones de ser testigo de la selección nacional.

Durante años fui al futbol con mi padre. Su equipo de juventud había sido el Asturias, pero abrazó la causa de los Pumas en cuanto subieron a primera división. No podía ser ajeno a la escuadra de Ciudad Universitaria, el sitio donde oficiaba de lunes a viernes.

En 1963 me llevó a un partido entre el Oro, campeón de Liga en México, y el Valencia, campeón de Copa en España, que terminó 4-1 en favor del equipo que representaba a los joyeros de Jalisco. A partir de ese momento supo que había encontrado una actividad ideal para compartir horas con su hijo.

Esto se enfatizó cuando se separó de mi madre. No es fácil encontrar diversiones para los hijos de los divorciados. El zoológico se convirtió en una primera opción. Fuimos algunas veces a Chapultepec, donde el animal más atractivo era una perra que había amamantado a una leona y vivía en la jaula de los reyes de la selva, ejerciendo ahí un peculiar dominio, pero a la tercera visita bostezábamos más que los leones. El cine era otra pasión compartida (*Hatari!*, *El Cid*, *La isla misteriosa* y *El tigre de Bengala* nos cautivaron), pero no siempre había películas para niños en la cartelera.

Desde aquella goleada del Oro, el futbol se transformó para nosotros en el sitio ideal de convivencia. Además, la ciudad tenía suficientes equipos para que hubiera partidos todos los domingos.

La conducta de mi padre en las gradas era excéntrica. Filósofo de tiempo completo, increpaba a quienes abucheaban a los rivales al salir al campo. En ese momento inaugural, previo al partido, en el que el futbol es puro símbolo —colores y escudos que se enfrentan—, celebraba la unión de los contrarios. Al primer abucheo al equipo rival, se ponía de pie para exclamar:

—¡No pueden tratar así a nuestros invitados! ¿Qué sería de nuestro equipo sin la oportunidad de probarse ante los adversarios?

La idea del Otro, a la que dedicó numerosos ensayos, no lo abandonaba en las tribunas. En su ecuménica visión del balompié no había enemigos, había invitados.

Hablaba con la voz y los ademanes enfáticos de quien pasó la infancia en España; era alto para la época (1.82), de cuello y hombros recios, y mostraba inflexible determinación.

Antes de cada partido compraba un sombrero de palma que luego dejaba en un basurero. Cuando gesticulaba en las gradas, parecía un robusto espantapájaros. No me gustaba que vociferara de ese modo, en un tono que me parecía desorbitado, con un vocabulario que en cierta forma agredía, porque lo que no se comprende ofende. Sin embargo, lograba un peculiar acuerdo en torno a nosotros. Durante noventa minutos imponía un respeto que se debía menos al entendimiento que al temor de provocar otro arrebato de ese hincha estrafalario, vestido de traje y sombrero de palma.

El futbol es la última reserva legítima de la intransigencia emocional: cambiar de equipo equivale a cambiar de infancia, a abandonar al niño que apostó por unos colores y no por otros. En todas las demás disyuntivas de la vida (pareja, sexo, política, religión, oficio, hábitos, adicciones) se pueden modificar las preferencias sin alterar al niño que fuimos. Pero el futbol, como dijo el inolvidable Javier Marías, es "la recuperación semanal de la infancia". Ser hincha significa volver a las pasiones del comienzo. Mi padre cambió de club en México por razones ideológicas, pero no traicionó su infancia, pues su escuadra duradera sería el F. C. Barcelona.

En las gradas he cerrado los ojos por superstición, he murmurado plegarias a los dioses menores del Necaxa, he sentido las quemantes lágrimas de la derrota bajar por mis mejillas, he bebido su sal para que no se note el sufrimiento de quien apoya a un equipo débil. A estas alturas de la calamidad debería estar acostumbrado a la derrota y, sin embargo, aguardo el milagro. ¿Es esto normal? ¡Por supuesto que sí!, es la esencia misma del aficionado. "¡Dios me salve de entender el futbol!", exclamó Nelson Rodrigues, cronista que bautizó a Pelé como el Rey.

Mi padre me hablaba en las tribunas de un equipo que consideraba misteriosamente nuestro: el Football Club Barcelona. Mi primer regalo fue un llavero blaugrana:

—El Barça es más que un club —dijo alguna vez el filósofo que decía cosas raras que a veces eran aforismos.

Había perdido su ciudad natal y la añoraba como sólo puede hacerlo un desterrado. Con el pretexto de hablarme del Barça, también hablaba del Parque de la Ciudadela, donde aprendió a caminar, del mar Mediterráneo, del cementerio de Montjuïc, de cara al mar y adornado con cipreses, donde estaba enterrado su padre.

En 1962 el Barcelona fue a México y asistimos a un partido en Ciudad Universitaria. Aquel equipo fantasmal cobró extraña realidad. Como ya dije, en 1969 fui por primera vez a Europa, visitamos Barcelona y me llevó al *derby* Barcelona-Real Madrid en el Camp Nou.

De vez en cuando, alguien le mandaba de España recortes de prensa impresos en sepia y blanco, con hazañas del Barcelona o de la selección que ganó la Copa de Europa en 1964 y en las que destacaban, por encima de todas las cosas, las acrobáticas atajadas del gran Iribar.

Durante años, compartimos partidos bajo la lluvia y nos insolamos en días de tedio. Un jueves por la noche, durante un Pumas-Atlante, hubo una trifulca en nuestra grada. Los bandos enemigos se apoderaron de las cubetas de los cerveceros y se lanzaron trozos de hielo hasta descalabrarse. Los detenidos tenían el rostro escurrido de sangre. Esa vez mi padre no habló del respeto a los oponentes. Me apartó de la escena con manos grandes, temblorosas, asustado por lo que podía pasarme.

Ninguna pasión es fácil; hay que esforzarse no sólo para merecerla, sino para soportarla. Aunque disfrutaba la cercanía de mi padre en el estadio, no opté por su equipo. Elegí al Necaxa porque era la escuadra que apoyaban Gustavo y Jorge Mondragón, los mejores amigos de mi barrio. Mis padres se habían divorciado, el Colegio Alemán me parecía una tortura, no tenía una familia amplia, llena de tíos y primos, y deseaba ser de algún lugar. Mi madre venía de Yucatán y mi padre de Barcelona, sitios lejanos con tendencias separatistas. Yo quería pertenecer a mi calle.

Nada me pareció mejor que apoyar al Necaxa, equipo capitalino que en 1962 había vencido al Santos con todo y Pelé, y en su momento de gloria había sido bautizado como el Equipo de los Once Hermanos. El nombre del club venía de una presa que alimentaba de luz a la ciudad y representaba al sindicato de electricistas. Nuestros focos se encendían gracias al invisible trabajo de quienes habían fundado esa escuadra.

Apoyar sin tregua a ese equipo me llevó a una de las grandes paradojas de la identidad. Hoy en día el Necaxa juega en Aguascalientes, a 500 kilómetros de la Ciudad de México. Cuando fui a su estadio me encontré rodeado de japoneses que hablaban perfecto español. Pregunté qué hacían ahí y explicaron que en Aguascalientes está la principal planta ensambladora de coches Nissan de América Latina. Ellos disfrutaban de ese equipo que consideraban propio porque los colores del Necaxa son los de la bandera de Japón; además, ellos venían del país del Sol Naciente y el Necaxa es el equipo de los Rayos.

Las aventuras de la identidad son complicadas: por querer apoyar al equipo de mi calle, apoyo a un equipo de japoneses de Aguascalientes.

Ante cualquier disyuntiva, mi padre me pedía que eligiera en forma "libre y racional". A los ocho años yo no quería imitar a Rousseau. Prefería que él me dijera lo que tenía que hacer. Pero el filósofo no concebía la paternidad como una manera de impartir instrucciones, sino de ponerme en situación para que yo las impartiera. Así las cosas, no le importó que fuera necaxista.

Elegir un equipo significa elegir un futuro. Los que apoyan al Real Madrid viven domingos fáciles. Apostar por el Necaxa significaba escoger la incertidumbre. Con los años, el equipo fue perdiendo aficionados. En *El Chavo del 8*, el personaje de Don Ramón volvió famosa una frase; ante cualquier controversia decía para salir del paso: "Yo le voy al Necaxa", lo cual equivalía a una declaración de neutralidad: apoyaba a un equipo tan minoritario que no podía ofender a nadie.

El Necaxa fue mi escuela primaria de estoicismo y la selección nacional, mi doctorado. El primer Mundial que recuerdo fue el de Chile 62, transmitido por radio. Con los años, yo alteraría los hechos con los golpes dramáticos de la memoria.

En aquel tiempo de ilusiones fáciles la gente iba a retratarse a un estudio fotográfico y el hombre de la cámara preguntaba:

—¿Quiere su foto natural o retocada? —la segunda opción permitía que un sincero pincel enrojeciera los labios de la abuela y resaltara el rosicler de sus mejillas.

Las "imágenes" que llegaban por la radio eran de ese tipo: escenas exageradas por el pincel de la pasión. Nunca la *Tota*

Carbajal fue tan acrobático, el *Tigre* Sepúlveda tan impasable ni Héctor Hernández tan habilidoso como en los lances imaginados por los radioescuchas.

Según Diógenes Laercio, Pitágoras impartía clases detrás de un telón para que sus alumnos lo escucharan con absoluta reverencia. Sus palabras adquirían el sentido de una revelación "interior", no alterada por la vista. Eso mismo lograban los rapsodas de la radio.

El Mundial de 1962 fue el último que dependió de la oralidad. Aunque los partidos se filmaban, sólo eran vistos cuando los locutores de la radio ya habían hecho su trabajo. El cerebro construía los sucesos "de oídas", de modo que los héroes eran atributos de la mente: Garrincha driblaba en la conciencia. Esta construcción virtual de las escenas hacía que lo escuchado en la radio se recordara con más fuerza que lo visto en la televisión, pues las imágenes no provenían de un estímulo externo, sino de una elaboración interna.

Pero también la memoria juega sus partidos y los altera según le conviene, como las fotos "retocadas". En 1962 yo tenía cinco años y medio, había debutado ante el dentista y me entrenaba para sufrir en nombre de la patria. El momento decisivo de ese Mundial no ha dejado de agobiarme, vuelve a mí como el cruel olor de los metales que barrenaban mis premolares o el inagotable "gol fantasma" de Wembley que ocuparía el ocio de los aficionados durante varias décadas.

Estoy en la sala de la casa, en la colonia Insurgentes Mixcoac, ante uno de los enormes radios de la época. Agoniza el partido entre México y España. El marcador se encuentra 0-0 (a "nuestro favor", porque la *Tota* Carbajal ha salvado varios goles y ese punto nos da la clasificación). El locutor dice que es el minuto más angustioso de su vida, quedan pocos segundos y México va a lanzar un córner. El *Negro* Del Águila se acerca al banderín y el entrenador, Nacho Trelles, grita una orden decisiva: pide que asegure la pelota. Se trata de un mensaje de supervivencia; México debe practicar una de las opciones metafísicas que concede el futbol: "hacer tiempo". Pero en la inmensidad del estadio el extremo derecho no oye lo que dice el entrenador y sus urgentes palabras se pierden en el aire de Valparaíso, como los telegramas que pudieron cambiar el curso de la Revolución y jamás llegaron a su destino.

Del Águila lanza un centro infructuoso y España recupera la pelota. Gento avanza por la pradera izquierda sin ser detenido. Quedan unos cuantos instantes en el reloj y el extremo manda un centro de angustia, hay un rebote que queda a los pies de Peiró. Lo que sigue es la tragedia, la puñalada de último segundo, el fin de la esperanza, los dientes apretados hasta el calvario, el nacimiento de un sufrimiento voluntario en un niño de cinco años, es decir: literatura.

El aficionado perfecciona los datos con sus emociones. El insuperable Nelson Rodrigues detestaba a los esclavos de los hechos, esos "tontos de objetividad", incapaces de entender que los mayores atractivos de la vida son ilusorios.

El Mundial de Chile me reveló que sufrir ante un partido no basta para ser buen fanático. Hay que seguir sufriendo en la carne abierta de la memoria, con el limón y el chile piquín que la mente agrega al drama.

Todo mexicano en trance deportivo es involuntario discípulo de Hitchcock: como no cuenta con el triunfo, busca apasionantes sobresaltos. "¡Qué manera de perder!", exclama Cuco Sánchez en el estertor de la canción ranchera. ¿Se trata de un lamento o de un autoelogio? La pregunta es retórica porque en la tierra donde el águila se comió a la serpiente ser patriota significa honrar a los perdedores. Nos fascina que el nombre del último emperador azteca profetice su trágico destino. Según el mito, Cuauhtémoc quiere decir "Águila que cae", pero esto no necesariamente alude a la derrota que tanto nos gusta. Eduardo Matos Moctezuma señala que la etimología más bien se refiere a "Águila que desciende", lo cual significa que es un "Águila que ataca", pues al descender captura a su presa. Para perfeccionar nuestro victimismo, atesoramos este bravío rumor: en 1847, ante las tropas de Estados Unidos y ya herido de muerte, el cadete Juan Escutia se envolvió en la bandera en la azotea del Castillo de Chapultepec para lanzarse al vacío, impidiendo que el lábaro patrio cayera en manos del ejército invasor.

Estas escenas de precipitación conmueven a un país que habla español sin cecear y pronuncia del mismo modo dos antónimos: no llegamos a la anhelada cima, pero alcanzamos en forma espectacular la sima. Hechos de abismo, nuestros héroes se despeñan en su última oportunidad.

En 1962, el futbol demostró ser el espacio compensatorio donde los héroes fallaban mejor que yo.

Sin que yo lo supiera, esto guardaba un curioso paralelismo con las ideas de mi padre, que había publicado dos libros sobre el convulso pasado mexicano: *Los grandes momentos del indigenismo en México* y *La revolución de Independencia*. Miembro del grupo Hiperión, se dedicaba a la "filosofía del mexicano", algo que, a juzgar por los títulos que mencionaba a cada rato, no parecía muy alegre. ¿Cómo creer en el rendimiento de la selección cuando tu padre estudia *La visión de los vencidos* y *El laberinto de la soledad*?

A excepción de mi abuelo materno, todos los adultos que conocí antes de los diez años fueron filósofos nacionalistas. En Ciudad Universitaria nuestra porra estaba integrada por mi padre, Rafael Moreno, Emilio Uranga, Jorge Portilla, Salvador Reyes Nevares y Alejandro Rossi. Ignoro si dijeron algo sobre el "ser en sí" o si hablaron de la identidad cuando el Oro venció al Valencia.

Años después, cuando ya cursaba la preparatoria, supe que mis acompañantes estudiaban el deporte extremo de ser mexicano. También supe que para la mayoría de los intelectuales de entonces, el futbol formaba parte del "opio de los pueblos". Aquel grupo se apartaba de la norma.

Con Reyes Nevares y su hijo Juan José disputaría "cascaritas" en Chapultepec y con Uranga iría varias veces al futbol. Su hijo Carlos se convertiría en uno de mis mejores amigos y en un erudito del balompié que imitaba con destreza a los locutores. En una ocasión, Uranga me dijo:

—¿Te has fijado que los europeos no han descubierto el chanfle?

Estudioso de la noción de identidad, encontraba maneras idiosincráticas de patear el balón. Dotarlo de efecto para que trazara una curva rumbo a la portería era algo que él nunca vio en las canchas de Alemania, donde estudió con Heidegger y sobre quien envió extensas cartas a mi padre, comentando sus descubrimientos filosóficos y pidiendo toda clase de favores que el amigo nunca dejó de hacerle. Adolfo Castañón ha reunido esas misivas cargadas de reflexiva intensidad y urgentes peticiones. Mi padre odiaba las molestias de la vida diaria, pero hacía todos los trámites que Uranga le pedía. Sólo hay una explicación para esto. José Gaos, el gran maestro de ambos, consideraba a Emilio su mejor alumno. Al ayudarlo, mi padre no respondía a la persona (que juzgaba muy conflictiva), sino a algo que no podía dejar de admirar y atender: su inteligencia.

Uranga era un hombre delgadísimo, de dientes de caballo y pelo de director de orquesta. Su voz chirriante demolía a cualquiera con afilada ironía. Conmigo siempre fue muy afectuoso, pero otros padecieron un sarcasmo que hacia el final de su vida se convirtió en franca agresión. Había bebido tanto que se emborrachaba con una cerveza. Carlos y yo veíamos con pavor que se dirigiera al "cubetero" en las gradas del estadio.

Uranga fue cercano a políticos innombrables, para los que escribió discursos en los que denostó a sus antiguos amigos, y murió en total aislamiento en 1988. Alejandro Rossi y yo tratamos de ir a su funeral, pero llegamos al panteón equivocado porque el periódico había dado mal la noticia.

—Una metáfora de la vida de Emilio —comentó Rossi.

Le hablé a Carlos para darle el pésame y respondió con una frase que se refería a una prolongada enfermedad, pero que, dolorosamente, tenía otra forma de ser cierta:

—Fue lo mejor para todos.

La biografía de Uranga estuvo marcada por el desorden. En mi segunda boda conocí a un hijo que él había tenido fuera del matrimonio y que llegó a la fiesta por ser novio de una invitada. Era de la misma edad que Carlos y se parecían mucho:

—Soy el hijo de una travesura —informó de buen humor.

La arrebatada vida de Uranga no le impidió dejar una obra significativa, que ha cobrado especial importancia en los últimos años. El alumno preferido de José Gaos no desperdició del todo su destino.

De Jorge Portilla no recuerdo nada, pues murió en ese año de 1963 (y acaso mi memoria lo sitúa en unas gradas a las que ya no asistió), pero su libro *La fenomenología del relajo* es el mejor tratado para entender la devoción sin recompensa del público mexicano y la forma en que, a falta de resultados positivos, la multitud se convierte en su propio espectáculo.

Para Portilla, las ceremonias y las fiestas nacionales requieren de un pretexto cívico, político, sindical o religioso, decisivo para que el suceso ocurra, pero que pierde toda importancia una vez que el jolgorio empieza. Ya reunida, la multitud se concentra en lo que en verdad desea: celebrarse a sí misma. Esto explica que, en cada Mundial, decenas de miles de mexicanos hipotequen su casa, vendan su coche y gasten sus últimos ahorros para apoyar a una selección que no llegará al quinto partido. Lo importante es estar ahí, sin pensar en lo que informe el marcador.

Curtidos en decepciones, los aficionados se prodigan más que los jugadores; llegan a las tribunas con el rostro pintado, penachos aztecas, pebeteros con incienso, máscaras de luchadores, jorongos hechos con chiles serranos. Los lances en el césped se vuelven menos relevantes que los gritos de ingenio, los deliciosos antojitos, el confeti tricolor, las matracas y las trompetas, las muchas formas de la mexicana alegría.

Lamento no haber conocido a Portilla, que todos recordaban como un conversador excepcional, un cantante de fábula, un filósofo parrandero que había adoptado a un niño que la familia encontró en un árbol afuera de la casa. Ese niño creció poco, lo cual le convino, pues se convirtió en un *jockey* espléndido en Estados Unidos y compitió en el *derby* de Kentucky.

En esa primera tribuna también ubico a Alejandro Rossi. Fue el mejor amigo de mi padre. Las discrepancias políticas los distanciaron un poco, pero no dejaron de tenerse afecto. A partir de los catorce años comencé a visitar a Alejandro por mi cuenta y me dedicó un tiempo excepcional. Él llevaba la voz cantante en un diálogo que podía durar horas y pasaba por todos los temas, incluido el futbol. Fiel a su linaje florentino, era un *tifoso* de hierro de la *squadra azzurra*, estaba al tanto de los fichajes del momento y seguía los partidos con una pasión sin freno. Lo vi arrodillarse ante la televisión para celebrar un gol de Italia contra Haití en el Mundial de Alemania 74. Estábamos en su casa y también mi padre presenciaba el partido. Mientras Alejandro gritaba, con los puños sobre el pecho como si el anotador fuera él, mi padre no manifestaba otra reacción que una tenue sonrisa ante su amigo desbocado. Como buen *tifoso*, Rossi se daba vacaciones de racionalidad y sólo quería que ganaran los suyos. Mientras tanto, mi padre reflexionaba en silencio; no era ajeno a la pasión, pero prefería emocionarse a través de las ideas.

Julio Scherer García lo había invitado a escribir en el *Excélsior*, que entonces era uno de los diez principales periódicos del mundo. El 22 de junio de 1974, poco después de aquel partido Italia-Haití, publicó el artículo "El futbol y la utopía", que recogería en su libro *Signos políticos*. Fue un texto pionero sobre la relación entre futbol y sociedad y el papel que el pensamiento de izquierda debía asumir al respecto, publicado veintiún años antes de que *El fútbol a sol y sombra*, de Eduardo Galeano, considerara que el balompié no sólo debía ser visto como un instrumento distractor y opresivo de la clase hegemónica, sino como una pasión liberadora.

En ese artículo del *Excélsior* mi padre abordó la fascinación colectiva del juego. Habló del efecto enajenante que pueden tener las diversiones ("un instrumento de dominio, conservando satisfechos a los siervos"), pero advirtió un sentido más profundo en el juego sobre la hierba. Recordó el significado atávico de la fiesta, que suspende el tiempo de las comunidades para instaurar "la libertad y el gozo colectivos". La belleza y el vigor de la vida se escenifican en esta moderna versión del rito. Además, encontró ahí una dimensión política:

Las jerarquías establecidas entre las naciones parecen suspender-se. Naciones pequeñas y sumisas tienen la misma oportunidad que países poderosos. Un espectador de África o Sudamérica puede tener la sensación, en ese lapso, de que su nación supera a las más fuertes. Un modesto portero haitiano puede, en un instante privilegiado, brillar ante los ojos del mundo [...] Los órdenes de dominio reales, mantenidos por siglos, pueden tras-tocarse; la igualdad parece reinar en vez del dominio.

México no asistió a ese Mundial porque Haití lo eliminó de manera vergonzosa. Cuando ese pequeño país enfrentó a Italia, Dino Zoff, arquero de la *squadra azzurra*, llevaba do-ce partidos sin recibir un gol. Recuerdo la desesperación de Alejandro cuando el delantero haitiano Sannon acabó con el récord de 1 142 minutos sin gol y su exultante celebración cuando Italia remontó el partido. Mientras él expresaba una pasión volcánica, mi padre pensaba en la utopía. Una corrien-te sosegada, aún no descubierta por mí, definía sus emociones.

En cierta forma Alejandro Rossi fue la contrafigura de mi padre. En él todo tenía un componente emocional, interesa-do, subjetivo. Era un maestro de la intriga —las artimañas para lograr acuerdos conforme a sus afectos le parecían un principio moral— y admiraba a otro florentino que juzgaba malinterpretado: Maquiavelo (al que llamaba cariñosamente *Maquia*).

Alejandro me enseñó a expresar afecto, algo que no per-tenecía al repertorio paterno, pero, sobre todo, me enseñó a no reprocharle a mi padre lo que no podía ser y a encontrar una vía para quererlo a mi manera.

El destino se vive hacia delante, pero se entiende hacia atrás, argumenta Kierkegaard. Las ideas de los amigos de mi padre ganarían fuerza con el tiempo y me permitirían atesorar ese pasado. Ellos usaban la expresión "estar Nepantla" para describir la ambivalencia existencial de quien se halla entre dos realidades. Para Miguel León Portilla, compilador y traductor de la tradición poética de Flor y Canto que integra *La visión de los vencidos*, la palabra axial del mundo mesoamericano es, precisamente, "Nepantla" ("lugar de en medio"). Los pueblos originarios perdieron sus costumbres sin integrarse del todo a la vida novohispana ni al México independiente; estarían, en forma perdurable, en un interregno, su ilocalizable lugar "de en medio".

A la distancia, me veo en la tribuna, rodeado de adultos, y rememoro, no aquel épico partido inicial, sino todos los que vi después con el estoicismo necesario para apoyar al Necaxa o a la selección nacional. Todo estadio mexicano está en Nepantla. Ahí no se celebra lo que ocurre, sino la forma de mirarlo. Los testigos importan más que los protagonistas, lo cual significa que la ilusión supera a la realidad y los malos resultados se compensan con la innegable maravilla de estar juntos.

Mi padre no me habló del fatalismo ni de la condición trágica del ser, pero me llevó a los principales escenarios de la derrota: los estadios de futbol. Durante años pensé que íbamos ahí para satisfacer su pasión. La verdad era distinta, aunque tardé mucho en descubrirlo. Él disfrutaba el futbol y hablaba de clubes ya desaparecidos (el Marte, que representaba al ejército, el Asturias y el España, formados por la comunidad española). Sin embargo, los partidos no lo apasionaban como a mí.

En los años sesenta se disputaban espléndidos pentagonales con equipos extranjeros. Vimos al Botafogo, al Sparta, al Estrella Roja. Cuando mi mejor amigo del barrio, Jorge Mondragón, y yo nos hicimos de unos botines, descubrimos que amarrar las largas agujetas era tan difícil como hacer nudos marinos. Mi padre las ató con la misma insólita destreza con que dibujaba caballos. Le preguntamos dónde había aprendido eso y contestó que había jugado futbol en Yugoslavia, en un equipo juvenil al que había ido para un encuentro de los No Alineados. El presidente López Mateos tenía una buena relación con el Mariscal Tito y en México se hablaba mucho de Yugoslavia, que de manera curiosa poco a poco se convertía en la segunda patria del mariachi. Aun así, la historia de mi padre no parecía muy convincente, pero Jorge y yo decidimos creerla y repetimos con orgullo que nuestros botines habían sido atados por un exjugador del Estrella Roja.

Durante un tiempo, él se interesó mucho en el Cruz Azul, que jugaba en la cercana ciudad de Jasso, Hidalgo. Una vez más su interés era ideológico. El Cruz Azul pertenecía a una cooperativa de trabajadores. Fuimos al modesto estadio de los Cementeros. Sólo uno de los lados de la cancha tenía tribuna; al fondo se alzaban las instalaciones fabriles y las casas de los obreros. Mi padre se entusiasmó con ese equipo que presagiaba una aurora igualitaria. Llegado el éxito, el equipo se trasladó a la Ciudad de México; décadas más tarde, directivos sin escrúpulos se sirvieron del dinero de la cooperativa para hacer el crimen de cuello blanco más cuantioso en la historia de nuestro deporte. Mi padre no volvió a interesarse en el equipo de la cooperativa, que en pleno tren de éxitos había sido rebautizado como La Máquina Celeste.

Debuté en 1963 como espectador y después del divorcio ese milagro se volvió semanal. Mi padre oía con atención los datos que yo memorizaba en forma obsesiva. Su mente se ordenaba al modo de una enciclopedia siempre disponible; no necesitaba repasar un tema para exponer fechas, citas, detalles precisos. ¿Había forma de impresionar al profesor que hablaba de las guerras púnicas como si las hubiera visto desde un elefante? En el estadio, yo peroraba de delanteros y lesiones y él me oía con distraído asombro:

—¡No me digas! —exclamaba ante algo que ya le había dicho varias veces.

El conteo de los goles de Pelé le importaba poco, pero celebraba mis arengas porque intuía ahí algo más profundo y estimulante: un metódico afán de conocimiento.

—Siempre creí que serías científico —me dijo años después, con un dejo de nostalgia—: ¡Hacías tantas preguntas y te apasionaban tanto los datos!

Con generosidad pedagógica, él creía que mi fanatismo podría convertirse en reflexión. La figura del mundo cambió para mí con el paso del 4-2-4 al 4-3-3; dediqué horas a simular movimientos tácticos con fichas sobre la colcha de la cama, me aprendí los nombres de cientos de jugadores, y mi padre intuyó ahí otras geometrías. Pero no pasé de Beckenbauer a Heisenberg. Él pensó con ilusión que al memorizar alineaciones yo me preparaba para otras cosas. Pero el futbol sólo me llevó al futbol.

Cuando pude comprar boletos por mi cuenta y tomar camiones en compañía de mis amigos, él dejó de ir a la cancha. Esos domingos compartidos fueron una responsabilidad que supo disfrazar de placer. Me parece mejor que haya sido así. El filósofo no iba al estadio por ser aficionado, sino por ser padre. Tardíamente entendí que ésa había sido su manera de quererme; de manera obvia, ningún sitio me gusta más que un estadio.

Según la historia oficial de la familia, mis padres se divorciaron cuando yo tenía doce años. Tal vez retocaron la fecha con un pincel piadoso para demostrar que hicieron mayor esfuerzo por estar juntos. Pero la separación formal ocurrió desde 1966, antes de que yo cumpliera diez años. Lo sé porque coincidió con el Mundial de Wembley, el primero que se televisó por satélite y que vi en el departamento de mi padre.

Mi madre, mi hermana Carmen y yo vivíamos en el departamento de la colonia Del Valle, en una privada que se apellidaba como el joven goleador de la época (San Borja), y mi padre en otro bastante cercano, en el Edificio Aule, en Insurgentes y Xola.

Carmen y yo disfrutábamos a fondo la "aventura de los desastres". Cuando íbamos en carretera a Acapulco, queríamos que el coche se descompusiera en el Cañón del Zopilote. El departamento de mi padre nos fascinó porque tenía la condición transitoria de un campamento y ahí todo se podía desarreglar. Una noche, pusimos un radiador demasiado cerca de la cama y la cobija ardió en llamas fabulosas. Mi padre las apagó de un toallazo que soltó chispas y una nube de humo negro. La cobija quedó con un boquete chamuscado, pero mi padre no la cambió por otra. Nos encantó vivir con ese desperfecto. Todo parecía posible en ese sitio pequeño y oscuro, con ventanas que daban a un garaje y donde comíamos en platos desechables.

Ahí nos conectamos con el cosmos. Toda época pionera despierta la pasión adánica de bautizar novedades. El satélite decisivo de mi generación llegó con un apodo: el Pájaro Madrugador. Fue puesto en órbita el 6 de abril de 1965. Como estaba de moda buscar ovnis en el cielo nocturno, varios amigos confundieron su travesía luminosa con la anhelada invasión de los marcianos.

El Mundial de Inglaterra le dio al futbol prestigio sideral. Las señales del Pájaro Madrugador serían captadas en suelo mexicano por la Estación Terrena de Tulancingo. Suena ridículo, pero nos sentábamos ante la televisión con la emocionada reverencia de quienes cumplen una misión de alta tecnología, como si también nosotros estuviéramos en órbita.

Inglaterra 66 representaba el regreso del futbol a su lugar de origen en un momento en que el planeta giraba al compás de los Beatles. El *swinging London* de las minifaldas y las melenas sería la sede de un cotejo en el que los dioses, siempre adversos, decidieron que México compartiera grupo con el anfitrión y con otros dos rivales de calibre: Uruguay y Francia.

La Copa Jules Rimet fue robada poco antes de la patada inicial. Mi padre, que admiraba a Sherlock Holmes, dijo con toda tranquilidad que la encontrarían de inmediato. En efecto, el sabueso Pickles dio con ella en unos arbustos. El trofeo fue perdido y recuperado de una manera tan perfectamente inglesa que desde entonces se supo quién lo ganaría.

Los partidos se disputaban a primera hora de la mañana. Con el gusto que nos provocaban las incomodidades voluntarias, Carmen y yo nos levantábamos tempranísimo para verlos.

Después de la "derrota de último minuto" en Chile, estaba seguro de que el destino nos debía un reintegro. Pero la Diosa Chiripa no estuvo de nuestra parte, y volví a apretar los dientes.

Después de la eliminación de México, fuimos a consolarnos a La Vaca Negra (con su habitual despiste por las cosas concretas, mi padre siempre le dijo: "La Vaca Echada"). Mientras yo bebía una leche malteada, él quiso recuperar cierto valor en la derrota. Con el impulso con que escribió *Los grandes momentos del indigenismo en México*, habló de la hazaña del portero Antonio Carbajal, que ese 19 de julio de 1966 se despedía de cinco Mundiales.

—Hay cosas más importantes que el triunfo —agregó con la voz inverosímil con que los padres prometen que Acapulco está cerca cuando faltan dos horas de carretera.

Por el impulso de seguir hablando, aporté un dato curioso: la Tota había salido a la cancha con guantes de portero. Esas prendas eran tan novedosas que él ni siquiera tenía unas de su propiedad. Se las prestó un portero inglés por si llovía en el partido y necesitaba atrapar un balón húmedo. Pero en su primera salida, Carbajal soltó la pelota, se despojó de los guantes y jugó como siempre lo había hecho: a mano limpia.

Una época terminaba ese día. Los balones dejarían de ser de cuero crudo, se permitirían cambios en los partidos, las transmisiones serían a color, los árbitros usarían tarjetas. Antes de ese juego, la Tota no había tomado la decisión de retirarse, pero en el pasto de Wembley supo que había llegado su momento.

En la familiaridad que produce la derrota, mi padre escuchó la historia de los guantes con un interés acrecentado por su mente especulativa, como si juzgara que a pesar de mis endebles calificaciones, mi aprendizaje mejoraría cuando mostrara la misma pasión por otros datos. Pero el futbol no es la figura del mundo; mientras sucede, es el mundo.

En el presente de hace medio siglo, yo aprieto los dientes, México es eliminado y Antonio Carbajal alza las manos desnudas para despedirse.

No se va él, se va el tiempo.

Mi padre fingió su pasión para mejorar la mía. Tengo pocos recuerdos de él en una casa, tengo muchos en un estadio. Cuando el *dream team* de Johan Cruyff demostró que el Barcelona podía ser imbatible, ya era posible seguir la liga española por televisión satelital.

He escrito sobre el Barcelona, he vivido en la Ciudad Condal y formo parte de la convulsa fauna que Cruyff llamó "El entorno". La nostalgia con que mi padre evocaba al Barça se convirtió en la enfermedad crónica de su hijo.

Cuando mi padre murió, lloré al verlo en su lecho de muerte, pero no pude hacerlo en el velatorio. Tenía que ocuparme de los infinitos protocolos de una pérdida definitiva; aun así, me pareció insensible no expresar mi dolor.

Días después, recibí un correo electrónico: la directiva del F. C. Barcelona me daba el pésame. Recordé una frase de Samuel Beckett: "No hay partido de vuelta entre el hombre y su destino".

Lloré como no había podido hacerlo en la funeraria, vencido por la emoción del niño ante la derrota, el niño que busca la mano de su padre para salir del estadio y sabe, por primera vez y para siempre, que esa mano ha dejado de estar ahí.

4

Fábula de las naranjas: las dos Españas

Los patios, las terrazas y los atrios coloniales de México suelen tener naranjos. Esto no se debe al azar. La planta da sus primeros frutos a los tres años de haber sido sembrada. Cuando el inmigrante contempla la esfera anaranjada entre las frondas, sabe que ya es de ese sitio. Los árboles de los conquistadores simbolizaban su voluntad de permanecer ahí. Muy distinto es el destino de quienes se desplazan por la fuerza. El destierro no tiene un fruto para medir el tiempo.

Después de la Guerra Civil, las revistas y las editoriales de los republicanos españoles ocuparon el papel que antes habían tenido las naranjas. Un nuevo sentido de la pertenencia surgió en esas páginas. Sin olvidar el punto de partida, los intelectuales del exilio se adaptaron a los desafíos de una errancia que parecía transitoria, se alargó durante cuatro décadas y terminó convirtiéndose en una segunda nacionalidad.

La primera publicación de ese tipo surgió a bordo del *Sinaia*, que zarpó a México el 25 de mayo de 1939. Ahí, los pioneros del exilio hicieron un coloquio para hablar "de esto y de lo otro", como diría Ramón Xirau, de lo mucho que dejaban atrás, pero también del sitio al que se dirigían. Una niña nació en la travesía y recibió el nombre del buque. Ahí, Pedro Garfias escribió versos reveladores que serían recogidos en la revista *España peregrina*:

Qué hilo tan fino, qué delgado junco
—de acero fiel— nos une y nos separa,
con España presente en el recuerdo,
con México presente en la esperanza.

La estrofa más citada de ese poema sería: "España que perdimos, no nos pierdas". ¿Perduraría el recuerdo de los españoles que atravesaban el océano? ¿Seguirían siendo parte de la historia grande de España? Garfias anticipa en seis palabras los predicamentos que en principio se referían a los tripulantes del barco y acabarían abarcando a varias generaciones. El exilio duró lo suficiente para que la tierra del origen se volviera extraña. En *Tiempo de llorar*, historia de un demorado regreso a la tierra del origen, escribe María Luisa Elío: "Regresar es irse".

En 1940, Juan Larrea, José Bergamín y Josep Carner editaron la revista *España peregrina*. A cambio de un peso, el lector podía entrar en contacto con los escritores que asumieron un claro proselitismo en favor del gobierno legítimo de España, más allá de las luchas internas que habían contribuido a debilitarlo.

La dictadura se impuso en 1939 gracias a la acomodaticia pasividad de las democracias europeas. Un año después, todo había empeorado. Francia era dominada por los nazis y el fascismo extendía su manto triunfal. Intoxicado de poder, Francisco Franco visitó el Archivo de Indias en Sevilla y en el libro de "personajes distinguidos" escribió: "Ante las reliquias de nuestro Imperio, con la promesa de otro".

Dos historias opuestas comenzaban a escribirse. En su sección "Memorias de ultratumba", *España peregrina* ofrecía noticias de la propaganda franquista. El lector contemporáneo puede encontrar ahí un prontuario de la infamia y la mentira, pero también un alarmante presagio de las voces fanáticas que han vuelto a surgir en Europa.

En una de sus crónicas de viaje, Bruce Chatwin refiere la anécdota de un explorador blanco en África. De pronto, la caravana que lo acompaña se detiene; los cargadores colocan sus bultos en la tierra sin motivo aparente y él pregunta qué sucede: "Estamos esperando que nuestros espíritus nos alcancen", le responden. Algo parecido ocurre con los sucesos históricos: los hechos llegan antes que la reflexión.

Con las reservas del caso, el concepto de "España vacía", que ha ganado fuerza para definir a los pueblos perdidos de la España contemporánea, se puede aplicar al clima intelectual de 1940. ¿Qué quedó en tierra firme cuando los peregrinos rebeldes zarparon a América? Vicente Aleixandre, Dámaso Alonso y otras figuras significativas seguían ahí, en una suerte de exilio hacia dentro, pero buena parte de la intelectualidad había emigrado. En las páginas de *España peregrina*, Juan Larrea reseña la *Antología* de poetas españoles que Gerardo Diego hizo en 1932 y advierte que ocho años después el único leal a la Falange es el propio Diego. En su inmensa mayoría, la inteligencia mudó su domicilio. El título de la revista no pudo ser más acertado. "España, última provincia de sí misma", afirmaba José Gaos para definir el aislamiento cultural de la "España eterna".

De manera sorprendente, los emigrados se mantenían muy al tanto de lo que se publicaba en la tierra del origen, con la que México había roto relaciones. Poco a poco, la asimilación se volvió inevitable.

"Ser descendiente del exilio republicano, no es una forma de ser español sino una forma de ser mexicano", afirma Ricardo Cayuela Gally, bisnieto de Lluís Companys, *president* de la Generalitat, fusilado en Montjuïc por las tropas franquistas.

El emblema de los republicanos podría ser el de Pegaso, olvidado símbolo de la Nueva España. Ni caballo ni ave, bestia híbrida, Pegaso comunicaba dos realidades. Los libros de Carlos de Sigüenza y Góngora y Sor Juana Inés de la Cruz solían tener a Pegaso en la portada para anunciar su procedencia. El talismán del virreinato se presta para amparar al exilio español. La residencia en tierra extraña duró demasiado para significar una etapa en tránsito. El país republicano confundió la realidad y la memoria en una tierra media, los movedizos campos de Pegaso.

El escritor catalán Pere Calders captó con ironía la ambivalencia de ser un exiliado en México, donde pasó largos años sin renunciar a su lengua, registrando con fascinada perplejidad el malentendido que significa asumir dos identidades.

El protagonista de su novela *L'ombra de l'atzavara* (*La sombra del maguey*) es un catalán que se casa por interés económico con una mexicana rústica, propietaria de una buena cantidad de cocoteros. En su absurdo país de adopción, lucha por preservar su catalanidad. Le pone a su hijo Jordi y descubre con horror que los mexicanos no pueden pronunciar el nombre: le dicen "Chordi". Para colmo, con su incontenible gusto por los apodos, acaban por decirle el *Chor*.

Cuando el narrador decide presentar a su hijo ante la selecta comunidad del Orfeo Català en México, Jordi llega vestido como el Cabo Rusty, personaje de la serie de televisión

Rin Tin Tín. A su esposa esto le parece normal: a fin de cuentas, el ideal secreto de los mexicanos es ser gringos. La ilusión del protagonista es volver a su país para olvidarse de la tierra salvaje que le brindó asilo. Una noche tiene un sueño de esplendor: ha regresado a Barcelona y vive en un señorial piso de la Diagonal. Es un catalán próspero y feliz. La luz mediterránea se filtra por un vitral ambarino. Todo está en su sitio. Pero de pronto oye un ruido excesivo, seguido de carcajadas. Un olor condimentado llega a su habitación. ¿Qué pasa en la avenida? El personaje se asoma a la Diagonal y descubre que está llena de mexicanos con sombreros. El olor de los tamales revela que se han apoderado del lugar. El sueño se ha transformado en pesadilla: el catalán advierte que ha exportado desastrosos mexicanos a su paraíso.

Primo Levi estudió uno de los dramas del superviviente: la culpa de no haber corrido la misma suerte de los otros. El tema lo desveló al punto de suicidarse muchos años después de haber sobrevivido al campo de concentración. En otros casos, la amnesia llega como un recurso para borrar el horror. Hay, en verdad, desplazados que no recuerdan nada. En *L'ombra de l'atzavara*, Calders pone en juego la condición abrupta del recuerdo y su capacidad de filtrarse en el inconsciente. El narrador se encuentra simultáneamente en dos lugares. Ambos le resultan incómodos. Barcelona no deja de ser un inalcanzable espacio del deseo y México es una realidad inasumible. La identidad parece disolverse en esa mezcla exasperante. La paradoja es que de esos incómodos contrastes surge la autodefinición: se es de un sitio en relación con otro. El sueño presenta identidades en estado líquido, capaces de fundirse. Aunque se trata de una pesadilla, sirve de borrador para entender el mundo sólido que se recuperará en la vigilia.

L'ombra de l'atzavara no ha tenido la lectura que merece. Calders comentó que lamentaba haber ofendido a ciertos amigos mexicanos y a los catalanes que se molestaron por ser representados como personas que sólo se ocupaban de los demás en los entierros o en las fiestas del Orfeo. Obra paródica, la novela confronta identidades que se juzgan intachables; con mirada intempestiva, narra la época en desacuerdo con ella.

El exilio supone una pérdida esencial. Por terrible que sea el sitio que se ha dejado, forma parte de la memoria. Al mismo tiempo, el lugar de llegada no siempre es perfecto. Calders decidió protegerse de la avasallante otredad de lo mexicano, conservando su lengua como un tenaz acto de resistencia y observando con ironía a su misterioso país de adopción. Su no estar del todo fue su ejemplar manera de ser contemporáneo.

Mi padre recurrió a otra operación intelectual: el repudio del presente lo llevó a la búsqueda de una arcadia anterior. México le pareció tan oprobioso que sólo pudo soportarlo volviéndose nacionalista. Lentamente construyó una representación del pasado: lo que pudo ser, la extraviada civilización prehispánica y la oportunidad perdida con la Revolución. Inviable como realidad, México fascinaba como posibilidad.

Su camino fue menos dramático pero muy distinto al de fray Diego de Landa, obispo de Maní que quemó los códices mayas durante la Colonia. El auto de fe obedeció a sus creencias y al repudio inicial que le produjo una cultura extraña. Posteriormente, lamentó la bárbara destrucción de ese patrimonio y pasó el resto de sus días tratando de restituir la escritura maya. Ese doble gesto, de rechazo y reparación, delimitó un antes y un después, un rito de paso.

Poco a poco, el obispo de Maní se educó en lo que había aniquilado; entendió, dolorosamente, que se trataba de un orden sofisticado, inextricable, tal vez superior. Su primera identidad se disolvió en el auto de fe. Lo que opinó ante el fuego no pudo ser conservado en las cenizas. Toda conquista ofrece una posibilidad intelectual de contraconquista.

La escena inicial de *Cabeza de Vaca*, película de Nicolás Echevarría con guion de Guillermo Sheridan, muestra a unos conquistadores que naufragan en una desconocida lengua de arena. Un sacerdote los acompaña, alzando un crucifijo como escudo. Cuando se saben a salvo en la playa desierta, uno de ellos dice: "Esto es España". La integración a un entorno ajeno tiene algo de naufragio. Al aceptarlo, ¿se recusa todo lo anterior? No necesariamente. Fray Diego de Landa vivió con desvelo la aproximación minuciosa a una meta inalcanzable, rumbo a un idioma pictográfico sin clave de acceso. Ante esa otredad, entender significaba intuir. Enemigo de las supercherías, el obispo buscó un entendimiento que en cierta forma era un acto adivinatorio.

Discípulo de fray Bartolomé de las Casas y José Gaos, mi padre fue a Chiapas en los años noventa guiado por el afán de pertenencia que sólo puede tener quien viene de sitios apartados. En esa búsqueda de identidades no es exagerado hablar de conversión.

Una anécdota ilustra su empeño. Al promediar la década de los noventa, España ofreció una nacionalización exprés para nietos e hijos de españoles. Mis hermanos menores, Renata y Miguel, vivían fuera del país y me llamaron para pedir que hablara al respecto con mi padre.

Desde un principio, supuse que obtener su acta de nacimiento iba a ser difícil. Lo revelador no fue eso, sino la explicación que mi padre dio al respecto.

Expuse el tema en tono precavido, pero en los asuntos que le interesaban él se encendía con rapidez:

—¿No te da vergüenza? —me preguntó—: ¿Para qué quieres ser español?

—No se trata de ser español, sino de tener otra nacionalidad además de la mexicana —maticé.

Los millones de paisanos que viven en Estados Unidos habían hecho que el Congreso aprobara la doble nacionalidad. El trámite no violaba ningún código local, según le recordé a mi padre.

—¿Qué cosas no te ha dado México? —preguntó con ojos encendidos.

Me limité a decir que las ventajas de tener otro pasaporte eran burocráticas, algo nada desdeñable en un mundo de trámites y oficinas.

—¡¿Qué oficinas son ésas?! ¡¿A qué oficina quieres ir?! —exclamó. El diálogo aumentó rumbo al absurdo hasta que él dijo en forma inolvidable—: ¿Te das cuenta del trabajo que nos ha costado ser mexicanos? ¿Vas a tirar todo eso por la borda?

Entendí al fin: él había llegado a un país que repudió en el acto y donde se quedó a causa de la fatalidad. Con el tiempo, interpretó esa nueva patria para quererla con esfuerzo.

A mí no me había costado nada ser mexicano; no podía ser otra cosa; para él, se trataba de una conquista espiritual. Entendí que no podría convencerlo y me resigné a que su acta de nacimiento siguiera siendo un patrimonio intangible. Por mera curiosidad le pregunté dónde la guardaba.

—En el Instituto de Investigaciones Filosóficas —fue su elocuente respuesta.

El viernes 16 de agosto de 2019 asistí a un encuentro singular en El Colegio Nacional de la Ciudad de México: Fernando

Rodríguez Miaja, entonces de ciento dos años, ayuda de campo y sobrino del general José Miaja, defensor de Madrid, dialogó con una descendiente del exilio español en México: Ángela Vázquez González, de diecinueve años, nieta de republicanos, poeta y estudiante de Antropología. El intercambio abarcó un dilatado arco de tiempo.

Recupero momentos de esa sesión impar. Ángela relató que a los nueve años viajó por primera vez a España. En una reunión familiar, alguien quiso recordar el Himno de Riego; una pariente lo tarareó sin dar con la letra hasta que la niña venida del otro lado del mar cantó el himno de principio a fin. El escritor Jordi Soler tuvo una experiencia similar cuando discutió su novela *Los rojos de ultramar* con alumnos españoles que no tenían la menor idea de lo que había sucedido con los perdedores de la guerra. La memoria de una parte de España se afianzó en México y, como Ángela señaló en aquel diálogo, tuvo un "efecto descolonizador": los inmigrantes de 1939 no buscaban la conquista sino la inclusión.

Por su parte, Rodríguez Miaja habló desde su perspectiva centenaria de los riesgos que percibía en el presente. La intolerancia y el fanatismo que alimentaron la sublevación franquista habían ganado fuerza en importantes sectores de una sociedad que continúa dividida en "españoles infra-rojos y ultra-violetas", como señaló Bergamín con ironía.

Si Pere Calders se atrevió a burlarse del cruce de culturas al que lleva la emigración, Luis Cernuda publicó en *España peregrina* una elegía teñida de nostalgia:

> ¡ *[…] Soñar el mundo aquel que yo pensaba*
> *Cuando la triste juventud lo quiso!*

Ese sueño y ese mundo no tuvieron cabida en la juventud del poeta. La España errante se desplazó en el espacio, pero también en el tiempo: la cita con el amanecer siempre es futura. Muchas veces, quienes recogen las naranjas no son quienes las plantaron.

Mi padre dependió de los republicanos para entender el caótico país al que había llegado a vivir. Naturalmente, esto lo supe por otras personas. Él era incapaz, no sólo de contar un chisme, sino de darse cuenta de que estaba en posibilidad de hacerlo. Las anécdotas pasaban ante su lado sin que se fijara en ellas y los nombres propios sólo le interesaban si respaldaban una cita bibliográfica.

Le irritaba el narcisismo de los novelistas que consideraban fascinante hablar de sí mismos y seguramente despreciaría la moda actual del periodismo *selfie*, donde la noticia es menos importante que el cronista, o de los autores de autoficción capaces de contar con inusual deleite cómo lavan la ropa.

México desconcertó a mi padre en su primera juventud y tal vez entonces se sintió más español que nunca, pero esto no lo llevó a las tradiciones que atesoraba su familia, sino a la "otra España", la de los republicanos que habían perdido la guerra. Para entender su país de adopción, contó con el auxilio de los derrotados que se habían llevado su país a cuestas. En la vida diaria, los transterrados jugaron para él un papel de mediadores parecido al que Las Casas y Clavijero jugaron en los libros. Se apartó de su familia y de la comunidad leal al Caudillo, estudió con José Gaos y otros republicanos, y conoció a los radicales de la Casa de España, que fumaban los lentos puros del exilio, hablaban de la Segunda República, mencionaban con reverencia el nombre de Juan Negrín, recitaban a Machado, engrandecían sus pérdidas con la mirada de la nostalgia y ejercían una resistencia que con los años se volvía fantasmagórica.

Poco afecto a las expansiones pasionales, mi padre dejó en sus cuadernos varios poemas de amor a Teresa Miaja, la hija menor del general republicano que había defendido Madrid. Nunca me habló de ella. Como en otras ocasiones, supe de eso por Alejandro Rossi y por mi tío Miguel. De acuerdo con esas versiones, el amor de mi padre y Teresa fue repudiado por ambas familias. Mi abuela no quería que su hijo se relacionara con la hija de un militar rojo; por su parte, el general despreciaba al señorito burgués que cortejaba a su hija y lo trató con un autoritarismo digno de sus galones. Como suele suceder, la pasión se reforzó con las contrariedades impuestas por las familias, a tal grado que los protagonistas pensaron en huir. Siempre dispuesto a ayudar en acciones que él jamás hubiera emprendido, pero cuyo impulso consideraba noble, mi tío consiguió un coche para que su hermano escapara con su novia.

Mi padre aguardó a Teresa afuera de la iglesia de Santo Domingo, donde habían quedado de verse, con el motor encendido. Pero ella no fue a la cita. Gracias al arrepentimiento de esa mujer yo existo y escribo estas líneas.

En 1988, presenté en Puebla una antología hecha por Pedro Ángel Palou. Pensé que nos reuniríamos en un aula académica o una librería; para mi sorpresa, el acto se celebró en uno de los espectaculares patios coloniales de esa ciudad y fue presidido por el gobernador Manuel Bartlett. Después de las presentaciones, hubo un coctel y una mujer de insólita belleza se acercó a decirme:

—Soy Gloria, nieta del general Miaja —me vio a los ojos y añadió con un guiño—: Sólo quería saber si conoces la historia.

Se refería, obviamente, al trunco romance de nuestros padres. Éramos depositarios de algo que no habíamos vivido, pero que marcaba nuestro destino. ¿Qué tanto sabía ella? No pude averiguarlo. Resultó que estaba casada con el gobernador y asistía al acto por mero protocolo.

Minutos después, la hermosa primera dama salía de la reunión escoltada por un torbellino de ujieres con *walkie-talkie* rumbo a un probable helicóptero.

Casi dos décadas más tarde, en 2017, conocí a Fernando Rodríguez Miaja, decano del exilio español en México, que a sus ciento dos años se quejaba de que la declaración digital de impuestos lo excluyera, pues no incluía edades de tres dígitos.

Gran conversador, don Fernando departía en los buenos restaurantes de Polanco, con la infaltable compañía de un vino de Rioja. "La memoria es la inteligencia de los tontos", decía con modestia cuando celebrábamos su capacidad para desgranar recuerdos. Entre otras revelaciones, me contó que su prima, primer amor de mi padre, seguía viva. No hacía vida social ni contestaba el teléfono, pero sabía quién era yo. Gracias a Margarita, hija de don Fernando, Teresa Miaja aceptó una invitación a mi casa.

Conocí a una mujer elegante, educada, de espléndida memoria. Llegó a mi casa en compañía de Margarita, cargada de fotos de sus tiempos de estudiante. Tal vez por los años transcurridos, o por las reconsideraciones que le había permitido el tiempo, se refirió a mi padre con la cordialidad académica que merece un buen condiscípulo. Quienes lo tratamos sabíamos que en él el maestro se imponía a la persona. Teresa elogió el dominio que Luis Villoro tenía del latín y el griego clásico.

Yo había comprado la tarta de manzana que ha vuelto célebre a una pastelería de mi barrio y ofrecí tazas de té destinadas a estimular la conversación. El resultado fue más sobrio de lo que yo esperaba. Margarita guardó silencio y, sin demasiado detalle, Teresa contó que vivía con su hijo, en una zona independiente de la casa, "apartada de todo". No quiso hablar de su hermosa hija Gloria, muerta tempranamente y cuya belleza no la libró de los quebrantos.

Por los poemas que mi padre dejó en sus cuadernos yo sabía que quiso a Teresa con un ardor insólito. Tal vez por estar ante un desconocido, o porque el tiempo mitiga las emociones, ella lo recordaba de otro modo, como el joven maestro que tenía estupendo futuro. La mujer que había sido testigo de inusuales arrebatos ofrecía la misma imagen que todos teníamos de mi padre.

Cada quien tiene derecho a construir su pasado. Teresa me hizo ver que había llevado una vida conveniente, junto a un marido que acaso no la hizo demasiado feliz, pero que le evitó mayores sobresaltos. Su hija no había tenido la misma suerte.

Antes de despedirse aclaró que el tiempo pasaba para ella en apacible y satisfactoria soledad. Le gustaba estar lejos de los otros.

¿Hasta dónde puede un hijo entrar en lo que no le confió su padre? ¿Y hasta dónde puede vulnerar la intimidad de una mujer de más de noventa años a la que ve por primera vez? Me limité a darle una copia de los poemas de amor que encontré en los cuadernos de mi padre después de su muerte, y que no citaré aquí, pues sólo a ella estaban destinados.

Teresa los tomó y dijo con amabilidad:

—No contesto el teléfono, mi único contacto con el mundo exterior es mi sobrina —repitió.

Margarita murió poco después y ya no fue posible buscarla.

Cuando visité el Museo de la Emigración en Colombres, cerca de Oviedo, entré a un cuarto dedicado al general Miaja. Una foto mostraba a sus hijas, pero Teresa no estaba ahí. Le comenté al encargado que el general había tenido una hija menor, que faltaba para completar la serie.

Abrió un cajón donde tenía documentos y fotografías y revolvimos papeles hasta que dimos con la imagen de un banquete en el que aparecía Teresa, con el rostro un poco ausente de quien tiene doce años y piensa en otras cosas.

Esa niña había cumplido diez años en la cárcel porque toda la familia fue detenida. A los doce ya estaba en México; no tenía la mirada de quien sigue presa, pero tampoco la de quien ya ha sido liberada. Mi padre quiso ser el agente de esa emancipación y quiso liberarse a través de ella.

No sé con qué artes él trató de convencerla. Me gustaría pensar que en su juventud concibió la vida como la mayor obra de arte y al modo de Rimbaud pensó en romper con todo en aras del amor; sin embargo, después de conocer a Teresa, entreveo otra situación. La huida amorosa fue algo para lo que ninguno de los dos estaba hecho. Con sabia sensatez, ella lo entendió antes que él; no llegó a la cita ni volvió a ver al pretendiente cuyo mayor recurso para la aventura era que hablaba buen latín.

5

La taquería revolucionaria

Mi padre, que detestaba las anécdotas personales, contó mil veces la escena que más lo horrorizó en su juventud. Todo ocurrió en una polvosa hacienda de San Luis Potosí. Para entender ese momento de condensación hay que retroceder en el tiempo.

Como tantas familias, la mía se vio afectada por el delirio expansionista de Hitler. Como he dicho, después de la muerte del abuelo y en los albores de la Guerra Civil española, mi padre y sus hermanos fueron enviados a estudiar a Bélgica, y su madre regresó a su país de origen.

Cuando mi padre llegó a la adolescencia, Europa se preparaba para la guerra. Interrumpió sus estudios en el internado de Saint Paul y se reunió en México con su madre, donde ingresó a Bachilleratos, la preparatoria de los jesuitas.

El dinero de la familia provenía de haciendas que producían mezcal en el estado de San Luis Potosí. La escena definitiva de mi padre ocurrió en una de ellas, Cerro Prieto, que hoy es una ruina fantasmagórica.

Cuando él visitó la hacienda, los peones se formaron para darle la bienvenida y le besaron la mano. Fue el momento más oprobioso de su vida. Ancianos con las manos rotas por el sol y el esfuerzo, con los pies que se confundían con terrones de tierra le dijeron "patroncito". ¿Qué demencial organización del mundo permitía que un hombre cargado de años se humillara de ese modo ante un señorito llegado de ultramar? Mi padre sintió una vergüenza casi física. Supo, amargamente, que pertenecía al rango de los explotadores.

Su vida posterior debe ser entendida como un intento de expiar esa agraviante escena. Su interés por el socialismo democrático derivó, en buena medida, de las injusticias cometidas por su propia familia.

Hacia 1977 volvió a tener noticia de Cerro Prieto. Fue fundador de la Universidad Autónoma Metropolitana y en la unidad de Iztapalapa dirigió la división de Ciencias Sociales y Humanidades. Reunió a un auténtico *dream team* de profesores, muchos de ellos exiliados de las dictaduras latinoamericanas, y emprendió la apasionante tarea de transformar a los demás con las ideas, como Aristóteles en su Liceo, Platón en su Academia o Epicuro en su Jardín.

No pude negarme a estudiar ahí. La UAM abrió sus puertas poco antes de que yo terminara la preparatoria y mi padre me habló de los planes de estudio como si los hubiera creado para perfeccionar su paternidad. Estudiar en otro sitio hubiera sido un parricidio intelectual.

No fue mi maestro en las aulas porque ya lo era en la vida. Nos encontrábamos de vez en cuando en el campus y en la cafetería, donde él remataba la comida con un Gansito. A pesar de su sencillez de trato, su aire ausente y su caminar seguro imponían respeto. Saludaba de lejos a muchas personas, sin reconocerlas del todo, pero casi nadie lo abordaba.

Entre las personas que hubieran querido hablar con él pero no se atrevían a hacerlo, se encontraban los encargados de las fotocopias, que provenían de Cerro Prieto. La antigua hacienda de mezcal se había convertido en un yermo donde sólo vivían los muy ancianos. Los jóvenes se iban a Estados Unidos o a otros rumbos.

Cuando fotocopié mi credencial me preguntaron si era pariente del doctor Villoro. Les dije que sí y me contaron que habían conocido a mi abuela cuando eran niños. Hablaron con enorme afecto de los juguetes y las cobijas que les regalaba. Tenían nostalgia de los tiempos en que la hacienda había sido un vergel productivo, que daba trabajo al pueblo entero. El recuerdo reflejaba la desigualdad entre peones y patrones que tanto había indignado a mi padre, pero mitigaba esa desgracia con dos argumentos: María Luisa Toranzo había sido una propietaria considerada y bondadosa, y las tierras se volvieron inservibles después de la Revolución. En las zonas semidesérticas, el reparto agrario entregó como "pequeña propiedad" terregales polvosos, según cuenta Juan Rulfo en su cuento "Nos han dado la tierra". Para producir mezcal se requerían inmensas extensiones que se fraccionaron de manera absurda en vez de transformar a los nuevos dueños en cooperativistas de la misma unidad productiva.

Les hablé a mi tío Miguel y a mi padre de la nostalgia que los empleados de la fotocopiadora tenían de Cerro Prieto y ellos cedieron a otro tipo de idealización. Que trabajaran en una universidad y pertenecieran a un sindicato representaba una mejoría para los antiguos campesinos. Ni mi tío ni mi padre se interesaron en el hecho de que el "progreso" en las ciudades se hacía a costa del olvido y la devastación del campo. Aunque el tío Miguel no compartía las ideas socialdemócratas de mi padre, tampoco él veía el pasado familiar como una arcadia que debiera ser conservada. Era tal el repudio que ambos sentían por las haciendas que no les importaba que esa región pereciera.

En su primera juventud, mi padre se inscribió en la carrera de Medicina porque deseaba ser biólogo para descifrar los enigmas del origen de la vida y en aquella época la Biología no era una licenciatura, sino una especialidad de la Medicina. Obtuvo diez en Anatomía y describía con detalle la trayectoria del nervio trigémino. Cuando había que rebanar un pollo o un pavo, demostraba destrezas de bisturí. Aprendió mucho en las aulas instaladas en el antiguo Palacio de la Inquisición, en la plaza de Santo Domingo. Lo más importante fue descubrir que no le interesaba tanto el origen como el sentido de la vida. Su curiosidad tenía que ver más con la Filosofía que con la Biología.

Cambió de carrera y buscó acercarse por vía intelectual a un país que le desagradaba en la realidad. ¿Era posible amar un sitio injusto, desigual, corrupto, discriminatorio? Había nacido en Barcelona y estudiado en Bélgica. Dos guerras lo habían depositado en la tierra de su madre: el México bárbaro.

Recuerdo la visita que el escritor español Álvaro Pombo hizo a México en 2004. Nos habíamos conocido en España y yo le había dado datos para su novela *Una ventana al norte*, sobre una chica de Santander que viaja a México y participa en la guerra cristera. Pombo se sumió con pasión en numerosos libros y vio con deleite la serie documental *La Cristiada*, de Nicolás Echevarría, narrada por el historiador Jean Meyer. Tenía mucha ilusión en recorrer las calles y respirar los mercados de los que tanto había leído. Se hospedó en un hotel del Centro y salió a caminar. De pronto, se encontró en el caos de un mercado al aire libre, un tianguis que conservaba tradiciones nahuas e incluía productos chinos. Compró un cortaúñas que se le deshizo entre los dedos, recibió estímulos fascinantes e incomprensibles, y regresó lo más pronto posible a su habitación. Desde ahí me habló para decir:

—México debe ser leído, la realidad no se entiende.

Algo parecido le ocurría a mi padre, que además tenía un fuerte sentimiento de culpa porque lo que menos le gustaba de México era la desigualdad a la que contribuía su propia familia. Necesitaba entender su país de adopción en clave cultural y dirigió la mirada a los españoles que en la Colonia pasaron por un trance similar al suyo. Clavijero, Sahagún, Las Casas y *Tata* Vasco fueron sus ejemplos. Su primer libro, *Los grandes momentos del indigenismo en México*, no trata directamente de los pueblos originarios, sino de sus intérpretes, los misioneros ilustrados que se pusieron de parte de la causa indígena.

A partir de 1994, con el levantamiento zapatista, el filósofo que empezó su trayectoria estudiando a los primeros antropólogos de América pudo concluirla como un nuevo Las Casas, conviviendo con las comunidades indígenas en Chiapas. Su desafío ya no consistió en estudiar un mundo anterior, sino en interpretar la historia que se producía en tiempo real.

Otro discípulo de los jesuitas, el subcomandante Marcos (hoy Galeano), que tiene más o menos mi edad (la cronología de los mitos es imprecisa), fue su interlocutor privilegiado. Mi padre era ajeno a las categorías sentimentales y los lazos de parentesco, pero no al afecto motivado por la inteligencia. Si hubiera tenido que someterse al improbable ejercicio de adoptar a otro hijo, habría escogido a Marcos, nuestro invisible hermano.

Su deseo de transformación social lo enfrentó desde joven a un conflicto que no resolvió del todo. El dinero fue para él un veneno que quiso convertir en medicina. En 1966, cuando mi abuela murió, hizo una especie de reunión de Comité Central con mi hermana Carmen y conmigo. Abrió una libreta con el orden del día y declaró:

—Hemos recibido un dinero que no hemos hecho nada para merecer y que debemos regalar.

A los diez años me pareció estupendo salir a la avenida Bucareli, donde vivía la abuela, a aventar billetes.

Mi padre tenía ideas más complicadas que ésa, pero no mucho más racionales. En vez de comprar propiedades y utilizar las rentas para ayudar a quienes querían cambiar el mundo, sin pulverizar su patrimonio, prefirió derrochar el dinero en empresas románticas que prefiguraban un porvenir igualitario. Apoyó cooperativas, fideicomisos, sufragó a misioneros de izquierda e hizo préstamos a causas tan singulares que a veces sólo representaban al solicitante. En cada una de estas aventuras, el dinero se desvaneció sin retorno posible.

Incapaz de aceptar la horrenda paradoja de que para promover el socialismo necesitaba de una mentalidad capitalista, planeó infructuosas formas comerciales de la aurora. Una de las más peculiares fue una taquería.

Heberto Castillo presidía el Partido Mexicano de los Trabajadores. Mi padre y yo participábamos en ese esperanzado movimiento, él como teórico decisivo y yo como militante de base. Cuando Heberto iba a la casa, hablaba de *ping-pong* con mi hermana Carmen, campeona nacional, y de literatura conmigo. Luego disertaba sobre ciencia, filosofía o religión. Su curiosidad y su pasión por los más diversos temas lo desviaban siempre de los asuntos políticos de enorme urgencia que debía tratar con mi padre.

Heberto pintaba al óleo, escribía relatos autobiográficos apasionantes, diseñaba innovadoras estructuras de ingeniería y tenía proyectos para provocar lluvias con un bombardeo de iones y acabar con la contaminación de la Ciudad de México. Amigo del general Cárdenas, miembro de la Coalición de Maestros en el movimiento estudiantil del 68, había estado en la cárcel de Lecumberri y hacía una insólita mancuerna con el líder ferrocarrilero Demetrio Vallejo al frente del PMT. En él, todo era heterodoxo. Como tantos visionarios sociales, incurrió en el problema de tener razón antes de tiempo. Preconizaba una izquierda democrática, autocrítica, ajena a dogmas y símbolos extraños. En aquella época, eso era visto como complaciente y moderado en exceso. El presidente Luis Echeverría había lanzado la "apertura democrática" para simular que el poder autoritario se relajaba. A causa de nuestra supuesta tibieza, a los seguidores de Heberto nos decían los "heberturos".

El ingeniero metido a militante aprovechaba cualquier circunstancia para sus iniciativas. En una ocasión lo acompañé a una imprenta donde vio que las hojas que eran recortadas por una máquina liberaban unas tiras de papel que no eran usadas. Le pidió al impresor que le regalara el desperdicio.

—¿Para qué quieres esas tiras? —le pregunté.

—Todavía no lo sé —respondió el utopista.

El impulso de modificar la realidad llegaba a Heberto antes que los planes. Ese entusiasmo lo llevó a fundar un negocio con mi padre. De manera previsible, el punto de partida fue una reflexión sobre el nacionalismo:

—Nada es más nuestro que los tacos —dijo Heberto en forma incontrovertible.

Según mi recuerdo, explicó que en la cárcel de Lecumberri había compartido crujía con unos taqueros de excelencia. Ellos ya habían sido liberados y necesitaban trabajo. El PMT estaba falto de recursos y la taquería podía ofrecer una plataforma económica para transformar el país. A mi padre esto no sólo le pareció lógico sino imprescindible.

Margarita Valdés Villarreal, quien estaba casada con mi padre en esa época y que colaboró intensamente en sus proyectos, recuerda de otra manera el episodio. Los taqueros no eran exconvictos, como yo recordaba, sino militantes veracruzanos que conocían a Heberto desde sus primeros escarceos políticos en su estado natal. En los tempranos años setenta habían llegado a la capital para continuar su lucha y seducir el paladar capitalino con un bistec aplastado que llamaban "Murciélago".

Los cierto es que Heberto nos reunió en un jardín a probar los tacos de sus amigos. Fue quien más comió, contando anécdotas a partir de cada ingrediente. Mi padre lo escuchaba sin decir palabra. Su silencio nos pareció normal. Pero sus ojos tenían la concentración del que observa la realidad como algo discernible, clasificable, sujeto a explicación. Finalmente se decidió a opinar: los tacos eran magníficos, pero le parecían iconoclastas. Tenía razón; no había tacos al pastor, ni al carbón, ni quesos fundidos. Todos eran tacos de guisados: tinga, rajas con mole, chicharrón en salsa verde...

Siempre heterodoxo, Heberto declaró que ésa sería nuestra ventaja. El hombre nuevo merecía una dieta diferente, no podía someterse a la costumbre: la taquería revolucionaria sería singular o no sería.

Aunque el asunto tenía visos cómicos, ahí cristalizaron dos maneras sumamente serias de abordar lo real. Mi padre se esforzaba por interpretar el menú como un catálogo razonado y Heberto por convertirlo en una forma de la acción. El teórico y el líder discutían de tacos. Ganó el líder y unos meses después se inauguró La Casita, en la esquina de Pilares y Avenida Coyoacán, siendo mi padre el socio inversionista.

Corrían los últimos años setenta y yo trabajaba en Radio Educación, que estaba a unas calles de ahí. Extendí mi militancia a la promoción de la taquería y varias veces llevé a los compañeros de la emisora al local. Recuerdo su decepción al ver la carta:

—¡Puros tacos de guisado! —dijeron.

Les expliqué que eso era revolucionario, pero no quisieron regresar.

La Casita fue un fracaso.

—No es posible que los izquierdistas sean tan dogmáticos —se quejaba Heberto, incapaz de entender que un militante dispuesto a cambiar el mundo prefiriera un convencional taco de costilla a uno innovador de arroz con papa.

Mi padre invitó a Heberto a una de sus sesiones privadas de Comité Central, sacó la libreta en la que anotaba el orden del día y el ejemplar de *El Capital* donde anotaba sus gastos. En presencia de sus hijos, comentó que estaba dispuesto a poner el patrimonio familiar al servicio de la causa obrera, pero eso no excluía la autocrítica: había que cambiar de taqueros.

Como siempre, Heberto encontró una solución un poco loca: incluir a un parrillero que no había estado en Lecumberri, pero que rebanaba la carne como si ameritara la máxima sentencia. Los tacos de guisado podían coexistir con el trompo de pastor.

Esta cohabitación llevó a luchas intestinas en la taquería. En rigor, La Casita no prefiguraba el futuro del México igualitario, sino el de los conflictivos partidos de izquierda.

La desunión interna ocurrió justo cuando el PMT, el Partido Socialista de los Trabajadores y el Partido Comunista Mexicano hablaban de fusionarse. Heberto criticaba a los comunistas por usar la hoz y el martillo, y a cambio proponía el machete y el nopal, símbolos nuestros. Aunque pasaría a la historia por su renuncia a favor del ingeniero Cuauhtémoc Cárdenas, Heberto fue duro en esa fase de la discusión. Mi padre le envió una carta memorable en la que, con todo el dolor de su corazón, le quitaba la taquería por no unirse de inmediato a la corriente mayoritaria de la izquierda. La Casita es hoy el Hostal de los Quesos, bastión de exitosos tacos conservadores. Cuando mi padre murió, el 5 de marzo de 2014, la primera corona que llegó a la funeraria fue del Hostal de los Quesos.

Heberto Castillo y mi padre lucharon por cambiar el mundo con toda clase de ocurrencias. No hay pruebas definitivas de que lo hayan conseguido. Pero tampoco hay pruebas de que hayan fracasado.

Los tacos son clásicos, pero la realidad es heterodoxa.

A principios de 2006, a casi tres décadas del fracaso de La Casita, mi padre asombró a todo mundo preguntando por precios de motocicletas.

A los dieciocho años yo le había pedido un préstamo para comprar la más modesta de las motos. Aunque mi fantasía aconsejaba una Harley Davidson —digna de la película *Easy Rider* y sus melenas al viento—, me conformé con codiciar una Islo, de fabricación local. Jamás hubiera convencido a mi padre de adquirir un poderoso talismán estadounidense; en cambio, confiaba en su apoyo a la industria vernácula: la Islo debía su nombre al empresario mexicano Isidro López.

Mi padre pertenecía a una corriente intelectual que combinó los suéteres de cuello de tortuga del existencialismo europeo con las artesanías de barro de la antropología nacionalista. Su empeño fue paralelo al de Octavio Paz en el ensayo literario (*El laberinto de la soledad*), al de Rodolfo Usigli en el teatro (*El gesticulador*), al de Santiago Ramírez en el psicoanálisis (*El mexicano: psicología de sus motivaciones*) y al de Carlos Fuentes en la novela (*La región más transparente*). Durante un par de décadas, todas las expresiones artísticas, del muralismo a la fotografía, pasando por la música, la danza y la pintura de caballete, participaron de ese fervor nacionalista.

En los años sesenta, el pintor José Luis Cuevas reaccionaría contra una búsqueda de identidad que amenazaba con convertirse en una forma del aislamiento y habló de la "cortina de nopal" que nos separaba del resto del mundo. Los artistas plásticos de entonces (Vicente Rojo, Lilia Carrillo, Brian Nissen, Manuel Felguérez, Roger von Gunten, entre otros) fueron definidos como la "generación de la ruptura". El término resultó engañoso, pues sugería que el abstraccionismo y el geometrismo rompían con la tradición nacional, lo cual no era del todo cierto, pues había antecedentes que iban del arco triangular maya y las grecas en los frisos precolombinos a los lienzos de Rufino Tamayo. Aunque Rojo y los otros se opusieron a ser etiquetados como rupturistas, la expresión ganó fortuna, como si más allá de la "cortina de nopal" el extranjero fuera la tierra de los cubos, los rectángulos y las abstracciones.

Lo cierto es que un atávico complejo de aislamiento se rompió para aceptar nuestra diferencia y encarar a los otros sin remilgos y ser, como pedía Paz en la última línea de *El laberinto de la soledad*, "contemporáneos de todos los hombres". Poco después, Paz reaccionó a ciertas interpretaciones simplistas a las que se prestaba su libro y escribió *Posdata* para matizar observaciones. De manera elocuente, ahí señaló: "El mexicano no es una esencia sino una historia". Toda identidad es provisional y está destinada a transfigurarse.

Si tu padre se compromete muy en serio con las esencias nacionales, no puedes pedirle una Harley Davidson. Mi moto debía ser mexicana. Pero él no apoyó la iniciativa. Las motocicletas le parecían aparatos para *hippies* con demasiada prisa para llegar a la sobredosis.

Treinta años después mostraba una rara curiosidad por ese tema. La causa sólo podía ser política y de preferencia indígena. En efecto: en el verano de 2006, el subcomandante Marcos decidió salir de la selva chiapaneca para recorrer el país en un itinerario que llamaba "la otra campaña" y pretendía demostrar que ninguno de los candidatos a la presidencia valía la pena. Su repudio a los políticos conservadores se daba por sentado; más compleja era su oposición a Andrés Manuel López Obrador, candidato de la izquierda partidista con francas posibilidades de ganar. Antes de subir a una moto de aspecto sub-Isidro López, es decir, de repartidor de pizzas, el líder zapatista declaró al periódico *La Jornada*: "López Obrador nos va a partir la madre". En su opinión, el líder de la izquierda había heredado demasiados vicios del PRI, partido en el que comenzó su trayectoria política, y no proponía una auténtica transformación del México de abajo, sino un proyecto populista y mesiánico en beneficio de su propia estatua. Los años demostrarían que estaba en lo cierto.

En 2006, mi padre pertenecía al grupo de seis asesores de López Obrador. Desde un principio se quejó de su renuncia a escuchar cualquier crítica, aunque prefería el triunfo de un caudillo reformista a la perpetuación de la cleptocracia del PRI o el PAN en el poder.

El gobierno de Vicente Fox dedicó una cantidad ingente de recursos a favorecer al candidato de su partido, Felipe Calderón, y permitió un avieso despliegue de propaganda sucia en contra del candidato de la izquierda. La elección de 2006 se celebró en un ambiente de polarización y paranoia jamás visto. En esa circunstancia, y ante comicios tan competidos, muchos desconfiamos de la "otra campaña" que quitaba votos decisivos a López Obrador. Aunque mi padre deseaba que ganara la izquierda, no dejó de repetir:

—Marcos tiene razón.

Prefería la incómoda lucidez de los zapatistas al caprichoso proyecto del tabasqueño que se negó a participar en los debates televisivos durante la contienda, carecía de una agenda en verdad incluyente, daba señas de autoritarismo y buscaba cautivar al público en los mítines con un insulto al presidente: "¡Cállate, chachalaca!".

Ignoro si mi padre participó en la compra de la motocicleta. Lo cierto es que recibió la puntual visita de un mensajero del EZLN, donó fondos para la "otra campaña" y sumió a sus hijos en las repartidas cuotas de admiración y desvelo que nos despertaban sus causas sociales.

Interesado en la democracia directa y participativa que se fraguaba en los Caracoles (formas de gobierno indígena), que consideraba superior a la democracia representativa y corruptible del resto del país, a sus ochenta años desaparecía de tanto en tanto rumbo a Chiapas, vestido como para participar en una mesa redonda. Transcurría una semana sin que pudiéramos localizarlo. Solía regresar con fiebre y se recuperaba con una terapia perfeccionada en ocho décadas de autocontrol. Durante tres días se acostaba a masticar aspirinas.

Experto en símbolos, Marcos posiblemente consideró que su recorrido por el país lo emparentaría con *el Che* de *Diarios de motocicleta*, cálculo tan eficaz como el de iniciar el levantamiento el 1 de enero de 1994, cuando el Tratado de Libre Comercio con Estados Unidos y Canadá entraba en vigor. Mientras el país se acostaba para dormir un sueño de primer mundo, el EZLN demostró que el amanecer quedaba en el pasado: diez millones de indígenas vivían en condiciones cercanas al neolítico.

La mayoría de la población no compartía los métodos de la guerrilla, pero sí sus causas, hábilmente expresadas en los comunicados del subcomandante, donde campeaban el sentido del humor y las metáforas literarias. El respaldo de la sociedad civil impidió que el ejército reprimiera a los rebeldes. A partir de ese momento, el EZLN dependió más de las palabras que de las armas.

En 1994, después de la sublevación zapatista y el asesinato de Luis Donaldo Colosio, candidato del PRI, el presidente Carlos Salinas de Gortari salió del gobierno en un clima de desprestigio. Al final del año, la economía se desplomó con el "error de diciembre". Salinas, que en los primeros años de su gestión fue visto como un eficaz modernizador, se convirtió en una figura demonizada y recibió el apodo de "Chupacabras". Junto a los diablos y los judas de cartón, se empezaron a vender máscaras de látex con las facciones del expresidente. Salinas se fue del país. En caso de haber vuelto a México en esos años, sólo habría podido salir a la calle usando... ¡una máscara de Salinas!

Su sucesor, Ernesto Zedillo, anunció que dialogaría con los rebeldes, pero los traicionó muy pronto. En febrero de 1995 quiso desacreditar al zapatismo revelando la identidad cívica del subcomandante Marcos. Identificado con nombre y apellido, podía ser procesado. Pero los datos del perseguido se volvieron contra el perseguidor. Se trataba de un espléndido estudiante y un ciudadano de conducta intachable. Incapaz de entender el sentido de los mitos, Zedillo quiso convertir a un líder político en delincuente del fuero común. Pero ¿quién se acuerda de Doroteo Arango cuando el que importa es Pancho Villa? El gobierno buscaba criminalizar una causa social y la respuesta de miles de mexicanos fue salir a la calle en una manifestación cuyo lema no pudo ser más claro: "Todos somos Marcos".

Zedillo suavizó su postura y se dispuso a negociar con los rebeldes, que desde el cese al fuego habían estado abiertos al diálogo. La primera discusión tuvo que ver con la sede del encuentro. Los zapatistas propusieron reunirse en la Catedral o la Universidad Nacional. El gobierno consideró que eso daría demasiado protagonismo a una "revuelta local". Entonces, los zapatistas propusieron sesionar en la cancha de basquetbol de San Andrés Larráinzar. El gobierno aceptó ese humilde escenario sin entender que estaba cargado de mitología: era la nueva versión del juego de pelota, el "patio del mundo" donde luchan los opuestos.

Fui uno de los muchos asesores de esas discusiones. Ante las múltiples propuestas, los enviados del gobierno se negaban a abrir la boca y repetían como zombis: "Venimos a escuchar en forma respetuosa". Ante oídos sordos, se proponía reinventar un país. Por compromiso o cansancio, el gobierno acabó aceptando un convenio en el que no creía.

El 16 de febrero de 1996 se firmaron los Acuerdos de San Andrés Larráinzar. El gobierno de Ernesto Zedillo admitió la posibilidad de crear una nueva legislación para garantizar las autonomías indígenas. Lo hizo porque sabía que el siguiente paso sería imposible. El Congreso debía transformar los Acuerdos en leyes, lo cual no ocurrió.

De manera sorprendente, los pueblos rebeldes que habían sido excluidos del México moderno creían más en las normas que los enviados oficiales.

En el canónico año 2000, la alternancia democrática dio nuevo impulso a las demandas zapatistas. El empresario

Vicente Fox, que había dirigido la Coca-Cola, triunfó con una agenda de populismo conservador que incluía a representantes de la sociedad civil. La ilusión de cambio era enorme y el heterodoxo Fox llegó a la presidencia con un respaldo arrollador. Entre otras promesas, dijo que el tema de Chiapas se podía arreglar en quince minutos.

Los zapatistas le tomaron la palabra y en 2001 salieron de su encierro en las montañas y las cañadas chiapanecas, y viajaron a la capital para exigir que el Congreso promulgara la legislación prometida en los Acuerdos de San Andrés. A lo largo del extenso recorrido, la gente celebró la caravana multicolor que proponía un nuevo contrato social. ¡Locke y Rousseau regresaban con pasamontañas! Los comandantes Moisés y Zebedeo alternaron con Marcos en las tribunas del "zapa-*tour*". Se habló mucho del protagonismo de este último, el mestizo que hablaba en nombre de quienes llevaban en la piel "el color de la tierra" y acaso usurpaba un lugar que no era suyo. Se esperaba que fuera él quien ejerciera su magnífica oratoria en el Congreso; sin embargo, en otro giro sorprendente, la comandante Esther subió a la tribuna para dirigirse a los legisladores y pedir la inclusión del mundo indígena en la "casa de la palabra".

Como en tantas ocasiones de la vida mexicana, los gestos fueron más importantes que los hechos. La peregrinación zapatista despertó numerosas simpatías y emociones, pero no llevó a nuevas leyes. Todos los partidos políticos se negaron a participar en una transformación del país que otorgaría derechos a los pueblos del origen. Mi padre había asesorado al EZLN en sus propuestas. A sus ochenta y ocho años, acompañó a la caravana en su escala en Nurio, Michoacán, donde se celebró el Congreso Nacional Indígena. Ahí fui testigo de la devoción con que era tratado. Lo llamaban "hombre de juicio", el respetuoso apelativo para las personas mayores, y *tata*, que significa "padre" en purépecha.

Uno de los grandes errores del México criollo consiste en pensar que el vasto mosaico indígena es homogéneo o incluso monolítico, pero los descendientes de más de sesenta pueblos originarios tienen muy diversos proyectos sociales. Entre muchos otros temas, en el Congreso se discutió la necesidad de extender el mundo indígena a la realidad virtual con programas operativos en maya, náhuatl y otras lenguas, y de apoyar la lucha feminista al interior de las comunidades.

La Marcha del Color de la Tierra fue un triunfo cultural sin repercusión política. Los peregrinos de Chiapas llenaron de esperanzas la Plaza de la Constitución, pero no recibieron respuesta de los diputados y volvieron a las montañas y las cañadas donde legislan los mosquitos.

Cinco años más tarde, en 2006, Marcos no buscaba asociarse con *el Che* de línea dura, sino con Ernesto el Romántico, el médico asmático y apuesto, aficionado a la literatura y la fotografía, que recorrió Sudamérica para conocer la injusticia, el prócer aún sin errores, sólo responsable de sus sueños, no de sus consecuencias.

Durante décadas, mi padre fue saludado por exalumnos cuyos nombres no recordaba. A todos les respondía sonriendo, con los ojos abrillantados por una abstracción feliz. Su cara encarnaba el concepto de "reconocimiento" en forma tan oportuna que hubiera sido decepcionante que lo vulgarizara volviéndolo concreto y recordando un apellido.

Esta actitud se repitió mil veces en el Congreso Nacional Indígena. Para las diversas comunidades era "el profesor", "el filósofo", "don Luis", "el hombre de juicio". Iba con el aire levemente distraído de quien enfrenta a personas que son signos. El estudioso de fray Bartolomé de Las Casas, Vasco de Quiroga y Francisco Xavier Clavijero encontraba en los hechos un mundo que durante décadas sólo había formado parte de sus libros.

Los indios lo rodearon. Tenían los pies endurecidos por el trabajo en los barbechos; los rostros trabajados por el sol; las frentes escritas por el tiempo. Recordé el primer contacto de mi padre con el mundo campesino, la historia que tantas veces nos había repetido, él, que detestaba las historias.

El joven al que los campesinos le habían besado la mano en la hacienda de Cerro Prieto se había convertido en el anciano que se educaba en ellos.

—Nunca nos dijo qué hacer —me comentó el comandante David años después—. Estaba con nosotros para oírnos.

Cuando el crítico Christopher Domínguez Michael reclamó a Octavio Paz que hubiera dedicado más atención a las proclamas del subcomandante Marcos que a todos los escritores jóvenes de México, el poeta contestó con ironía:

—¡Es que ustedes no se han levantado en armas!

Marcos ha combinado con eficacia el realismo mágico, la teología de la liberación, las leyendas del *Popol Vuh*, la vulgata sociológica, la picardía de los cómics y la ironía desmitificadora. "Su triunfo es un triunfo del lenguaje", escribió Paz, que en política se situaba en sus antípodas, pero reconocía su talento discursivo.

En el ensayo "¿Qué es lo contemporáneo?", Giorgio Agamben repara en la paradoja que define a los mejores testigos de una época: inmersos en su realidad, le descubren un error, una fisura y cobran distancia para entender lo actual "en una desconexión y en un desfase". Agamben alude a una idea de Nietzsche, elaborada en sus *Consideraciones intempestivas*, de 1874. Conviene recordar que el defensor de la "gaya ciencia" provenía de la filología y operaba en la epistemología, campo lingüístico donde las palabras son categorías reflexivas. En español, lo "intempestivo" alude a lo repentino, lo imprevisto; es un impulso. Su equivalente alemán sugiere algo levemente distinto; la palabra *"Unzeitgemäss"* implica estar al margen del flujo y la medida habitual del tiempo. Se es repentino no sólo en un sentido instantáneo, sino en relación con el marco de la cronología, es decir, con la época.

Para Nietzsche, el pensamiento intempestivo "intenta entender como un mal, un inconveniente y un defecto algo de lo cual la época, con justicia, se siente orgullosa, esto es, su cultura histórica". Lo que a la mayoría le parece no sólo típico, sino espléndido, es puesto en duda por quien cobra apropiada distancia. Conviene precisar que Nietzsche no se refiere en forma derogatoria a los valores equivocados, producto de una moda evanescente, sino a lo que "con justicia" la época ve como algo positivo.

Lo singular es que un periodo histórico no se distingue por lo que ahí fue común, sino por el pensamiento disruptivo, definido por una discrepancia. Poca gente pensaba como los ilustrados durante el Siglo de las Luces; esas reflexiones, en su día minoritarias, representan hoy al siglo xviii.

La paradoja de lo contemporáneo es que, para resistir, debe escapar a la costumbre, la moda, la opinión generalizada. Alguien es "de su tiempo" cuando se aparta lo suficiente para advertir el pliegue oculto de la época, su línea de sombra. Agamben lo explica de este modo:

Es en verdad contemporáneo aquel que no coincide a la perfección con su tiempo ni se adecua a sus pretensiones y es, por ende, en este sentido, inactual; pero justamente por eso, a partir de ese alejamiento y ese anacronismo, es más capaz que los otros de percibir y aprehender su tiempo.

Boccaccio actúa a contrapelo de las tendencias dominantes del siglo XIV y así contribuye a definir el Renacimiento. La distancia intempestiva no es la del visionario que considera el entorno como un borrador del porvenir. El contemporáneo se aleja sólo en la medida en que descarta el entorno para renovar las energías que de ahí provienen.

Un anacronismo, un desfase, permitió a mi padre situarse "fuera de época", ver el presente a partir de pasados sucesivos. En 1994, los zapatistas quebraron para él los cántaros del tiempo con la fuerza transfiguradora con que los *bacabs* —jinetes celestiales mayas— quebraban los cántaros del agua para que la naturaleza reviviera.

En el internado de Saint Paul, los hermanos Villoro trataron de encontrar la familia de la que no disponían en la realidad. Mi tío Miguel la halló en la Compañía de Jesús y mi padre en las cambiantes cofradías adonde lo llevaban las ideas; perteneció al cónclave de alumnos preferidos de su maestro José Gaos; al grupo Hiperión, que reunió a los jóvenes filósofos nacionalistas; a las juventudes del Partido Popular, liderado por Lombardo Toledano (que luego se convertiría en el Partido Popular Socialista); a la Coalición de Maestros en el 68; al PMT y a un sinfín de comités universitarios. En todas esas actividades trató de ejercer la condición intempestiva a la que se refiere Agamben, que redefine una época, no al negarla por entero, sino al encontrar en ella su energía disidente y su valor oculto.

Ninguna de esas tentativas lo marcó de una manera tan personal y afectiva como el zapatismo. Fue ahí donde puso no sólo sus ideas sino su corazón.

En un principio, desconfió de la revuelta armada. Había sido muy difícil que México pasara de ser un país de partido único a tener una democracia competitiva, aunque todavía infructuosa. Además, las primeras consignas de los rebeldes calcaban la retórica guevarista y hacían pensar en una izquierda de viejo cuño.

En agosto de 1994, fui a la selva tojolabal para asistir a la "Convención de Aguascalientes", primer encuentro del EZLN con la sociedad civil. Mi padre no estuvo en esa cita. Desconfiaba de un movimiento que había situado a jóvenes casi indefensos en la línea de fuego. Leyó la crónica que escribí al respecto, "Los convidados de agosto", con interés pero con distancia crítica. Uno de los asistentes a esa reunión, Pablo González Casanova, no vaciló en comparar el discurso de Marcos con Tucídides y advirtió ahí una nueva matriz para el pensamiento de izquierda. En efecto, los zapatistas de agosto no eran idénticos a los que se habían levantado en armas en enero. En unos cuantos meses habían perfeccionado su discurso. Las consignas usadas por diversas fuerzas de liberación de América Latina habían desaparecido de su repertorio para ceder su sitio a ideas de inclusión y democracia. Durante el encuentro en la selva tojolabal, miembros de la sociedad civil integraron un consejo al que el EZLN debía someterse. Los enmascarados no deseaban el poder, sino construir "un mundo en el que quepan muchos mundos":

—Ayúdenos a desaparecer, a no ser posibles —estas palabras desmarcaban a los zapatistas de organizaciones como el Frente Farabundo Martí en El Salvador, o los sandinistas en Nicaragua, y los acercaban a movimientos como los de Martin Luther King y Mahatma Gandhi.

El viraje no se basaba en ideas repentinas o acomodaticias, se había fraguado en los largos años en que los guerrilleros de las Fuerzas de Liberación Nacional, antecedente del EZLN, compartieron con indígenas y misioneros en Chiapas. Gracias a las comunidades, y a la intermediación de sacerdotes progresistas, como el obispo Samuel Ruiz, los guerrilleros de origen urbano se sometieron a un intenso aprendizaje y entraron en contacto con tzeltales, lacandones, tojolabales, tzotziles y otros "pueblos de la escucha" para quienes la palabra "yo" sólo adquiere cabal sentido cuando se relaciona con la palabra "nosotros".

Una pulsión lejana alimentaba las sucesivas tareas políticas de mi padre. En el internado de Saint Paul había luchado en el bando cartaginés. En esos pupitres, el país de Aníbal, Asdrúbal y sus desmesurados elefantes aún resistía contra el imperio, posponiendo el holocausto de la ciudad sitiada. Estudiar, saber latín, significaba vencer a Roma.

Desde entonces, él aprendió a no tener familia, ciudad, país concreto. Su guerra púnica sería abstracta, intensa, sostenida.

El filósofo Guillermo Hurtado ha hecho una amplia revisión de los escritos políticos de mi padre, desde sus primeros artículos en la revista *El Espectador*, publicados en 1959, hasta los ensayos publicados de manera póstuma en la antología *La identidad múltiple*, de 2022, y ha establecido las sostenidas líneas de fuerza que articulan más de cuatro décadas en defensa de las ideas de inclusión, equidad, autocrítica y democracia.

La revista *El Espectador* surgió en tiempos del presidente Adolfo López Mateos como un intento de jóvenes intelectuales de transformar la conversación pública. La redacción estaba formada por Carlos Fuentes, Víctor Flores Olea, Jaime García Terrés, Enrique González Pedrero, Francisco López Cámara y mi padre. Amigo del mariscal Tito, López Mateos se había acercado a los No Alineados para promover una política conciliadora entre los bloques de la Guerra Fría. Como otras veces, México promovía en el extranjero la política progresista que era incapaz de ejercer en su interior. Una caricatura de Carlos Fuentes resumió esta contradicción con el lema: "Farol de la calle, oscuridad de su casa".

Revista independiente, amenazada con desaparecer en cualquier momento, *El Espectador* brindó a mi padre su primera plataforma para ejercer el periodismo político. En 1959 publicó siete artículos significativos, entre ellos "Las condiciones de la democracia" y "Socialismo democrático", que proponían una reforma interna del sistema para llegar de manera pacífica a una sociedad más justa. El Partido Oficial había convertido la revolución en burocracia y los miembros de *El Espectador,* junto con Pablo González Casanova, autor de *La democracia en México*, proponían reactivar las reformas que habían quedado a medias en beneficio de una nueva clase dominante. No es casual que, en el número uno de esa publicación disidente, mi padre se refiriera a la gesta que había quedado interrumpida. Su primer artículo llevaba el título de "La crónica de la Revolución mexicana".

Estas reflexiones abarcaron un arco de casi medio siglo. Lo que cambió con el zapatismo fue el sentido emocional de la participación política. La causa se convirtió en una razón para la vida. Marcos, que tenía mi edad, era, simultáneamente, su hijo posible y su maestro, consecuencia lógica de una revuelta capaz de demostrar que no hay nada más futurista que el origen. En su defensa de la biodiversidad y la inclusión social, sexual y racial, los zapatistas ponían en juego, simultáneamente, valores atávicos y ultramodernos. Eran los intempestivos cartagineses del presente.

6

Un puñado de sal

Cuando agonizaba el siglo xx, mi padre convocó a sus hijos a una comida de fin de año en un restaurante de la colonia Condesa. Mis hermanos viven fuera de la Ciudad de México, de modo que la reunión era algo excepcional. En algún momento de la sobremesa, la conversación languideció, como ocurre cuando las cosas urgentes ya se han dicho y escasean las anécdotas de la vida en común.

Para aliviar el silencio, propuse un juego. Siguiendo el ejemplo de la revista *Time*, debíamos escoger al Hombre o la Mujer del Siglo.

Fiel a su hábito de interrogar antes de responder cualquier cosa, el filósofo dijo:

—¿Por qué habríamos de escoger a una persona?

—Imagina que integramos la redacción de un periódico y debemos decidir quién fue la figura más influyente del siglo xx —opiné con entusiasmo publicitario.

—¿Y qué clase de periódico es ése? —preguntó mi padre con desconfianza.

—No sé, uno hecho por nosotros.

—¿Y por qué habríamos de fundar nosotros un periódico?

—¡Porque ya no tenemos de qué hablar! —comenté con desesperación.

Esto lo hizo reír y aceptó el juego.

La primera candidatura vino de mi hermano Miguel. Doctor en Física, eligió al científico por antonomasia que quiso hallar las llaves del universo: Albert Einstein. Sabiendo que tenía pocas posibilidades de triunfar, yo elegí a un héroe de la contracultura, capaz de cambiar la vida con la música y de calcular cuántos agujeros se necesitan para llenar el Albert Hall: John Lennon. No recuerdo otras propuestas, pero sí el silencio de mi padre. Para animarlo a participar, recitamos nombres de filósofos hasta que habló con el hartazgo de un papá que en una fiesta infantil es acosado por las caricias pegajosas de sus niños:

—¡Claro que no! Ningún filósofo ha sido tan importante —hizo una pausa para que aquilatáramos el peso de sus palabras, y añadió—: En el siglo xx nadie ha sido tan significativo como Gandhi.

La discusión sobre los méritos de los distintos candidatos subió de tono, y la causa fue mi padre. No hay nada más serio que un niño jugando; lo segundo más serio es un filósofo jugando. Mi padre argumentó con tal enjundia que sentimos que, si no le dábamos la razón, se avergonzaría de nosotros.

—¿Saben ustedes lo que significa dar ejemplo? —preguntó.

Un silencio reverencial siguió a sus palabras.

—No estamos juzgando un concepto ni una idea —añadió—, estamos evaluando el peso de una vida. Entender el mundo es más sencillo que cambiar el mundo.

Una vez más comprobamos que ninguno de nosotros podría modificar su parecer. No era un hombre colérico, pero sucumbía con frecuencia a arrebatos de desesperación. En especial, lo alteraban las pequeñeces, las cosas sin mucha importancia. Padecía el dolor, la enfermedad y las pérdidas con estoicismo, pero se irritaba ante las llaves extraviadas, los trámites imprevistos, la música ambiental en un consultorio, los meseros que trataban de llevarse su plato en cuanto dejaba de mover los cubiertos. Sus hijos pertenecíamos a la zona de las molestias menores que sobrellevaba al convertir nuestra presencia en un motivo de interés. Nunca fuimos un tema suficientemente profundo para él, pero podíamos llevarlo a otros temas. En ese sentido, su afecto tenía una condición expositiva.

La mención de Gandhi hizo que recordara dos categorías esenciales de la sociología alemana: *Gesellschaft* y *Gemeinschaft*, sociedad y comunidad. Ante las migajas que habían quedado en la mesa, explicó que la sociedad es el conjunto de normas que permiten la vida en común; cada individuo desarrolla su vida en el marco de esas reglas, con mayor o menor fortuna. En cambio, la comunidad depende de valores compartidos que afectan del mismo modo al colectivo entero.

Traté de resumir lo que decía en una frase:

—En la sociedad debes resolver tus problemas sin violar las disposiciones establecidas para todos; en la comunidad, tus problemas son de todos.

Su respuesta, naturalmente, fue otra pregunta:

—¿A qué clases de problemas te refieres?

Nos enfrascamos en una discusión en la que volvió a aparecer John Lennon, que en una canción definió la fugitiva sustancia del presente: "La vida es lo que sucede mientras hacemos otras cosas". En gran parte, los problemas derivan de no percibir el Aquí y el Ahora. Borges señaló hacia el final de su vida que, en caso de volver a vivir, desearía tener más problemas reales y menos problemas imaginarios. Estar genuinamente en el mundo implica superar obstáculos; en cambio, inventarse obstáculos resulta innecesario.

Mi padre había vivido para alejarse progresivamente de los predicamentos individuales y trataba de entenderse en el Otro (lo cual no necesariamente aludía a personas concretas, sino a la entusiasta idea que tenía de la alteridad). Le interesó definir a qué clase de problemas me refería yo.

John Lennon se había acostado durante días en una cama con su esposa Yoko para protestar contra la guerra. Mi padre desconfiaba de ese gesto, que funcionaba como símbolo, pero servía más para prestarle atención al ex-Beatle que para cambiar el mundo. Si mi padre hubiera conocido la palabra *performance*, la habría usado en este contexto.

—El problema no es el yo, sino el nosotros.

A continuación, habló de las comunidades indígenas que había visitado en Chiapas. La democracia representativa dota de poder a los votantes durante el domingo de elección, pero la voluntad popular caduca el lunes. Sólo las formas de democracia directa garantizan que se gobierne con vigilancia de los electores, atendiendo a la máxima zapatista de "mandar obedeciendo".

—Ya sé que me van a acusar de utópico —nos dijo.

Nadie pensaba decirle eso, pero se lo habían dicho tantas veces que asumía la queja como un efecto secundario de sus ideas.

Tenía plena razón al suponer que sus propuestas serían consideradas fantasiosas. Cuando analizaban su pensamiento político, sus adversarios solían asumir dos posturas. En el mejor de los casos, lo tildaban de romántico; en el peor, de ingenuo. El pragmatismo de los opinionistas contemporáneos los lleva a descartar por principio cualquier idea que aluda a un entorno que aún no existe. Quien propone bondades todavía indemostrables es visto como alguien que desconoce las procelosas aguas de la realidad y no quiere ensuciarse en ellas. En consecuencia, sus ideas no son entendidas como un proyecto, sino como una simple evasión.

Este malentendido acompañó a mi padre incluso en los homenajes que siguieron a su muerte, en 2014. Su pensamiento filosófico fue valorado con admiración, pero, al abordar su postura política, el veredicto fue distinto. En un panel celebrado en El Colegio Nacional, un articulista de *Reforma*, un experto en procesos electorales y el director del Instituto de Investigaciones Jurídicas llegaron a un juicio unánime: Luis Villoro había hecho un preciso e irrefutable diagnóstico de los problemas de México, pero había buscado soluciones ilusorias. El coordinador de la mesa era el constitucionalista Diego Valadés, quien tuvo el tino de recordar lo que el homenajeado había dicho desde 1977, durante las discusiones sobre la Reforma Política organizadas por Jesús Reyes Heroles, entonces secretario de Gobernación, y precisó lo que mi padre había dicho sobre la financiación de los partidos y las reglas clientelistas que impedían la participación de candidatos ciudadanos en la partidocracia mexicana. La información sorprendió a los otros panelistas, que en sus columnas de prensa argumentaban lo mismo con casi cuarenta años de retraso. Sin embargo, eso no sirvió para que se convencieran de que todo cambio requiere de cierta pulsión utópica.

Vistos en detalle, los argumentos esgrimidos por mi padre no participaban de las ensoñaciones de un inventor de esperanzas como Charles Fourier, capaz de imaginar un porvenir donde el mar tendría sabor a limonada. No proponía algo rigurosamente irreal, sino una alternativa todavía futura, pero basada en hechos concretos: otra realidad antes de tiempo.

La cercanía con el zapatismo provocó que algunas de sus ideas fueran vistas más como actos de simpatía hacia la causa de los que menos tienen que como una propuesta teórica para cambiar la sociedad en su conjunto. El subcomandante Marcos-Galeano se ha referido con acierto a la "haraganería del pensamiento" que lleva a reiterar caminos intelectuales ya recorridos y a desconfiar de las novedades. Así se abdica del atrevimiento, recurso esencial para la reflexión. La "imaginación sociológica", como la llamó C. Wright Mills, debe redescubrir lo real, pero también anticipar procesos por venir. De Platón a Giorgio Agamben, pasando por Rousseau y Simone Weil, ésa ha sido la tarea de la filosofía, que los pragmáticos del presente descartan como ilusa. En su libro *De la libertad a la comunidad*, publicado en 2001, mi padre escribe:

Parece necesario pensar en un nuevo proyecto de nación. Se habla mucho de "reforma del Estado", de "tránsito a la democracia". Ambas frases mencionan necesidades reales. Pero no bastan. Me parece que detrás de ellas se oculta un problema más profundo: la crisis del Estado liberal. Para empezar a resolverla, la vía no es volver a concepciones políticas rebasadas, renovar ideologías estatistas o populistas, ni menos aún buscar en el reino de la utopía ciudades perfectas que producen lo contrario a lo esperado. La vía está, tal vez, en recuperar la comunidad perdida pero superándola, levantándola al nivel del pensamiento liberal moderno.

Y en *La alternativa*, libro póstumo cuyo apéndice recoge su correspondencia con el subcomandante Marcos, agrega:

La democracia es el poder permanente del pueblo. Y el pueblo no es el representado, está conformado por los hombres y mujeres en los lugares concretos donde viven y trabajan. Porque frente a la democracia representativa podríamos hablar de otra forma de democracia que hemos denominado republicana o aun "radical". Una democracia radical no niega la representación ni rechaza los partidos, pero los sujeta al control de la sociedad. Difusión del poder a los ámbitos donde vive el pueblo, las comunidades, las regiones, los municipios. Sería posible entonces un control permanente de los representantes por los representados, con rendición de cuentas por su labor; con la facultad de destituir a los mandatarios que no cumplieran.

En 2014, al leer el manuscrito de *La alternativa* para llevarlo al Fondo de Cultura Económica, no me sorprendió encontrar, una y otra vez, menciones a Gandhi. En esta reflexión casi testamentaria mi padre deseaba asociar el quehacer político con la ética.

Recordé entonces aquella comida de casi quince años atrás en la que evaluamos a la figura más importante del siglo XX. La dilatada sobremesa desembocó en una discusión en la que el filósofo de la familia terminó opinando con vehemencia. El tema le interesó de un modo que resultó preocupante, pues reveló la falta de pasión con que respaldábamos a nuestros propios candidatos.

Yo había propuesto hablar de eso por simple diversión y de pronto nos vimos envueltos en una polémica para la que no estábamos preparados:

—Ustedes me van a perdonar —mi padre usó la frase con la que preparaba a los demás para contradecirlos—, pero todo conocimiento es frívolo comparado con una conducta íntegra.

Recordé algo que me había dicho en la infancia acerca de George Washington. Rara vez mi padre trató de contagiarme sus preferencias; deseaba que yo decidiera las mías, pasándolas por el tamiz de la razón. Su idea de la pedagogía lo llevaba a respetar el libre albedrío de un modo irrestricto, algo incómodo para un niño que desconocía cómo usarlo.

Él admiraba a Washington, no tanto por haber contribuido a la Independencia de Estados Unidos, sino porque jamás había dicho una mentira. "¿Ni de niño?", le preguntaba yo. "¡Jamás!", respondía él. Había contado esa anécdota al untarle mermelada de naranja a un pan, mientras manejaba su Opel o al hacer cola para el cine. Siempre abordaba el asunto con una pregunta retórica: "¿Sabes quién fue Washington?". Yo contestaba con afirmativo temor (sospechaba que la palabra "Washington" era una indirecta para aludir a mis mentiras). La educación suele tener resultados paradójicos y acaso ese ejemplo admonitorio sirvió para que yo me interesara en los cuestionables pero liberadores recursos de la ficción.

Muchos años después, en el crepúsculo del siglo xx, mi padre volvía a la carga con otro ejemplo:

—Gandhi derrumbó un imperio con un puñado de sal.

Se refería a la célebre caravana de trescientos kilómetros que duró veinticuatro días. Gandhi salió de su áshram en las afueras de Ahmedabad y caminó hasta la ciudad de Dandi para protestar por el impuesto a la sal. El gobierno británico juzgó que un movimiento que enarbolaba una causa tan precaria estaba condenado al fracaso. Pero el abogado a quien Rabindranath Tagore llamaría "Mahatma" ("Alma Grande") sabía que nada es tan urgente como lo más sencillo. ¿Puede ser frenada una revolución que proclama el derecho al aire, al agua o a la sal de la Tierra? Al llegar a la meta, Gandhi tomó un puñado de sal y dijo: "Así estoy sacudiendo los cimientos del imperio británico".

Mi padre recordó la escena con tal entusiasmo que no advirtió que había tomado un cuchillo. No podía argumentar sin hacer ademanes y blandía el arma blanca ante nosotros.

—Gandhi era pacifista —dije.

—¡Por supuesto!

—¡Y tú tienes un cuchillo en la mano!

Miró con sorpresa ese objeto del mundo real, sonrió ante la comicidad del destino y posiblemente pensó en la azarosa rueda del cosmos, que transforma una cosa en otra; lo cierto es que hizo una pausa, cayó en un trance reflexivo y señaló el salero con la serenidad de quien llega a una conclusión satisfactoria:

—Gandhi, el hombre del siglo es Gandhi.

Algunas décadas antes, Luis Villoro Toranzo había participado en un curioso ejercicio propuesto por su maestro José Gaos. Hasta sus últimos días, admiró al republicano español que tradujo a Martin Heidegger y llevó la filosofía mexicana a un plano superior. Pero en 1958 ocurrió algo peculiar. El ya legendario profesor decidió llamar a sus cuatro principales discípulos —Emilio Uranga, Alejandro Rossi, Ricardo Guerra y Luis Villoro— para que participaran en un seminario que se reuniría una vez al mes durante un año. La idea era revisar los fundamentos de su oficio. Una pregunta decisiva interesaba a Gaos: "¿En qué momento preciso comenzó el interés por la filosofía y a qué se debía haber perseverado vital y profesionalmente en esa disciplina?". En otras palabras, el maestro planteaba la relación entre filosofía y forma de vida.

Los cuatro en cuestión ya habían dejado de seguir los cursos del maestro; eran filósofos formados, que iniciaban su propia trayectoria. En 1950, mi padre había publicado un libro que en su versión original había sido su tesis de maestría, *Los grandes momentos del indigenismo en México*. Para 1958 ya contaba con interlocutores de su generación y veía con distancia crítica a quien quiso ser por última vez maestro de sus alumnos preferidos. Discípulo de Ortega y Gasset, Gaos consideraba que las circunstancias biográficas definían el modo de pensar y deseaba saber cómo abordarían sus antiguos alumnos la vida que tenían por delante.

Los saldos de este coloquio privado se conocieron apenas en 2013, gracias al imprescindible libro *Filosofía y vocación*, editado por Aurelia Valero Pie, con epílogo de Guillermo Hurtado.

¿Qué sucedió en aquellas discusiones? Con la seguridad, no desprovista de arrogancia, de quienes se saben dueños de una inteligencia novedosa que ya encontraba su propio cauce, los jóvenes filósofos disputaron con su maestro y luego disputaron entre sí.

Todos consideraron que la filosofía es una disciplina rigurosa que debe ejercerse al margen de las tribulaciones personales. Mi padre insistió en el carácter no filosófico de una propuesta que planteaba, simultáneamente, un desafío "profesional" y otro "vital":

Los motivos personales que conducen a la actitud filosófica pueden ser diversos, mas todos tienen en común formar parte del orden mundano o prefilosófico [...] Es propio de la filosofía comenzar donde ese orden termina [...] Sería un círculo vicioso pretender explicar por el orden mundano natural una actitud que consiste en ponerlo en cuestión.

Su postura podía resumirse en un aforismo: "El pensamiento empieza donde la vida termina".

Los discípulos de Gaos coincidieron en rechazar el planteamiento, pero cada uno lo hizo de manera distinta. El favorito de los cuatro, a quien el maestro llamaba *"primus inter pares"*, Emilio Uranga, arremetió con brillante sarcasmo contra sus colegas. Acusó a Ricardo Guerra de argumentar como un rotario, a Alejandro Rossi de explicar todo lo que la filosofía no es y ser incapaz de decir lo que sí es y a Luis Villoro de conducirse con la calculada humildad de una *vedette*. El saldo de ese seminario informal se parece más a una obra de teatro que a un encuentro filosófico. En su última intervención, mi padre hizo un llamado a la prudencia, solicitando que la trifulca no se diera a conocer. Así, aquellos papeles comprometedores se ocultaron durante muchos años.

Lo significativo, para efectos de este libro, es que mi padre rechazó entonces lo que defendería en el futuro: la filosofía como forma de vida. Es posible que necesitara pasar por el expediente freudiano de "matar al padre" para establecer su propio camino.

Se apartó de Gaos, pero sólo para encontrarse a sí mismo varias décadas después a través de su ejemplo. En su madurez, mi padre asoció la reflexión con la participación social y juzgó, de manera ya inmodificable, que la vida corrobora el pensamiento. En la página final de su teoría del conocimiento, *Creer, saber, conocer*, publicada en 1982, habla del papel emancipador de la filosofía para crear "una comunidad humana libre de sujeción", y concluye con una pregunta: "¿Qué papel desempeña la razón en la lucha por liberarnos de la dominación?". Este salto de la teoría a la praxis sólo se puede realizar si el pensamiento encarna en formas de la acción, es decir, en prácticas de vida.

La discusión con Gaos anticipó el derrotero de los otros tres alumnos, pero no el de mi padre. Como ha señalado con acierto Carlos Pereda, en su primer libro, *Los grandes momentos del indigenismo en México*, Luis Villoro dio un rodeo para llegar al mundo indígena. No estudió a los protagonistas sino a sus intérpretes, y con los años desplazó su atención al territorio de los hechos, hacia la forma en que un filósofo puede incidir en su circunstancia.

El 31 de diciembre de 1993 mi padre jugaba ajedrez con mi hermana Renata mientras contemplaban el atardecer en el lago Atitlán, en Guatemala. El último sol del año descendía tras las montañas y ellos movían piezas sin saber que, no lejos de ahí, algo cambiaba en el tablero del mundo. Horas más tarde, la rebelión zapatista actualizó las demandas de los pueblos indios y demostró que el rezago de decenas de comunidades no era un tema digno de los museos de etnografía, sino una urgencia que debía entrar a la agenda de la modernidad.

Pocos meses después, el estudioso de Sahagún y Las Casas se convirtió en interlocutor de las comunidades indígenas. Se cerró así un sorprendente giro vital: el intérprete de los primeros intérpretes de los indios se transformó en testigo presencial. Egresado de la sociedad, buscó la comunidad.

Su última obra, *La alternativa*, prolonga una obra previa, *El poder y el valor*, y estudia la relación entre ética y política en las Juntas de Buen Gobierno de la zona zapatista. Una certeza se asentó en el filósofo: la gran contribución moral a la política suele venir de quienes buscan el poder sin afán de ejercerlo. "Para nosotros, nada", expresó el subcomandante Marcos. Las luchas de Gandhi, Nelson Mandela y Martin

Luther King apostaron por la transformación de la sociedad sin buscar el usufructo del poder. La gesta zapatista se inscribía en esa tradición. La pregunta con que finalizó *Creer, saber, conocer* en 1982 obtenía respuesta en 1994.

El entusiasmo de mi padre por el movimiento zapatista no se entiende sin su aprecio por las figuras-puente, los heterodoxos que ejercen una moralidad profana, seres que se realizan a través del otro y asumen los desafíos de la negatividad (dicen no al poder, a la riqueza e incluso a la identidad personal, transfigurándose en Mahatma, Marcos o Votán Galeano). La meta de estos líderes es, por definición, inalcanzable, pues extienden su horizonte a medida que se aproximan a él. Su trayectoria no concluye, se interrumpe, a través de la disolución de la identidad (Marcos) o el sacrificio (Gandhi, Luther King).

Mi prima Isabel Cabrera Villoro compiló la antología *Vislumbres de lo otro*, que incluye los textos de mi padre sobre filosofía de la religión. En todos ellos, Isabel advierte un "toque de reverencia". Lo mismo se puede decir de su manera de entender a los transformadores altruistas de la realidad.

El exalumno de los jesuitas se interesó menos en el cumplimiento de los rituales religiosos que en el sentido de la fe. Con frecuencia, bromeábamos diciendo que era más creyente que su hermano sacerdote. Ajeno a la ortodoxia católica y enemigo de la idea de pecado, se conducía como quien tiene una misión ulterior.

Convencido de la sacralidad del mundo, dio cursos sobre la filosofía de la India y en sus últimos años se acercó al budismo. Acaso el texto que mejor representa la pugna interna que mantuvo con la fe sea el ensayo "La mezquita azul". En esas páginas excepcionales, visita el célebre templo de Estambul y se siente sobrecogido por algo que no comprende; está, una vez más, ante lo inefable; percibe la energía de lo que escapa a la razón y sólo puede ser intuido a través de la creencia. Pero después de entregarse sin remilgos a la experiencia religiosa, deconstruye sus reacciones con metódico raciocinio; es, sucesivamente, un hombre de fe y un escéptico.

Cuando mi tío Miguel murió en 1990, ocurrió un incidente que habla de las desgarraduras de mi padre. Maestro de numerosas generaciones en la Universidad Iberoamericana y en la Escuela Libre de Derecho, y autor de obras de filosofía del derecho que han sido muy leídas como libros de texto, Miguel Villoro Toranzo fue despedido en su funeral por los muchos alumnos que lo habían tratado en las aulas y en la iglesia. Con frecuencia, mi tío pasaba de dirigir una tesis a casar a sus discípulos, pagarles la luna de miel y bautizar a sus hijos. Sus votos de pobreza nunca fueron muy sólidos y aprovechó el usufructo de sus propiedades para aliviar las necesidades de su grey.

Murió en forma repentina a los sesenta y nueve años, cuando se disponía a dar una clase. Fui el primer pariente en ser localizado y me tuve que hacer cargo de varios trámites, lo cual me permitió conocer a la mayoría de sus compañeros en la casa de los jesuitas en Santa Fe, entonces recién inaugurada. Mi padre se mantuvo a cierta distancia de todo esto.

Los alumnos del tío Miguel, que también eran sus feligreses, se reunieron para acompañarlo por última vez en la iglesia de los jesuitas de la calle de Puebla. Posteriormente, se celebró una misa en casa de mi tía María Luisa en la que oficiaron tres hermanos que en forma curiosa hablaban con acentos de los países a los que la Compañía de Jesús los había enviado. Tenían un enorme parecido físico, perfeccionado por la vejez, pero uno ofició la liturgia como brasileño, otro como español y otro como mexicano. Querían tanto al tío que habían recorrido medio mundo para estar ahí.

Terminada la ceremonia, pidieron hablar conmigo y me pusieron al tanto, en tres entonaciones diferentes, de una trama digna de *El nombre de la rosa*. Mi tío había hecho un testamento en el que dejaba sus propiedades a la Compañía de Jesús, pero, curiosamente, lo había escrito en latín, idioma que carece de validez legal en el país. Así las cosas, los bienes irían a dar a la familia y no a la congregación que él había querido beneficiar. Los hermanos apelaron al cariño que sentían por su compañero; dos de ellos habían venido de España y Brasil para estar ahí, el otro jamás lo había perdido de vista en la casa que compartían. El esfuerzo por convencerme de ayudarlos me hizo pensar que las propiedades del tío eran mayores de lo que yo suponía. Por otra parte, desconfié de personas que cultivaban con tal esmero acentos regionales, como si cada uno de ellos deseara ser otro para convencer mejor.

Con calculada astucia, Miguel Villoro había puesto en práctica sus dos oficios. En su condición de sacerdote, legaba todo a la Compañía, y en su condición de abogado sabía que, al hacerlo en latín, eso carecía de validez y favorecería a la familia; pacificó a sus superiores, con los que había tenido fuertes discrepancias (una de ellas: no haber sido rector de la Iberoamericana), y dejó las propiedades a los suyos.

Los tres hermanos querían revertir esto y me pidieron que interviniera con la familia. Mi tía María Luisa fue muy clara: la Compañía no había tratado bien a *Micky* y varios sobrinos necesitaban recursos.

Mi padre se limitó a preguntar con parquedad:

—¿Un testamento en latín?

No tuvo que expresar su opinión porque ya se había desahogado en el cementerio. Mi prima Cristina Cabrera

Villoro, mi padre y yo compartimos un momento incómodo en el crematorio donde tío Miguel se sometió al trámite final del fuego. Mientras el cuerpo ardía, surgió uno de esos silencios difíciles de llenar. Para relajar la tensión, mi prima, que estudió Filosofía de la Religión en Bélgica, dijo en francés:

—Fue una vida lograda.

Mi padre reflexionó unos segundos y se llevó la mano a la barbilla. Estaba ante una magnífica oportunidad de no tomar demasiado en serio lo que decía otra persona (especialmente si se trataba de una sobrina que se dedicaba a la filosofía tomista) y de comportarse como su hermano lo había hecho tantas veces.

El tío Miguel rara vez participaba en disputas. Profundamente sociable, actuaba con cordial anuencia. Si le ofrecías otra copa de vino, decía: "¡Hombre, por la convivencia!". No era él quien aceptaba, sino la convivencia. Me oyó decir, sin el menor gesto de sorpresa, cosas que seguramente juzgaba disparatadas. Cuando traduje a Lichtenberg, ilustrado alemán que arremetió contra la Iglesia, dijo que le parecía un "loco formidable". Aunque era doctor en Derecho, se rehusaba a litigar en asuntos mundanos y confiaba en que el afecto, la comprensión y los ángeles decidieran el curso de la vida en común.

Mi padre estaba hecho de otra madera. No tenía un temperamento confrontativo, pero le resultaba imposible evitar ciertas discusiones. La "fiebre del argumento" podía sorprenderlo en cualquier circunstancia. Al tomar un taxi en Madrid, sospechaba que el conductor era reaccionario y lo interrogaba sobre Franco con el secreto afán de adentrarse en una polémica irresoluble en la que ambos disfrutaban a fondo con sus desacuerdos (el coche llegaba al destino y ellos seguían peleando durante diez o quince minutos con retórico entusiasmo).

Mi padre reservaba los argumentos complejos para sus libros, los congresos académicos y las asambleas. Pero también necesitaba entrar en discusiones inútiles con gente que no le interesaba y en las que todo acuerdo era imposible. Esas polémicas circunstanciales le servían de ejercicio; eran la calistenia para el deporte, más elaborado, de pensar.

A medida que la izquierda crítica se desvinculó del régimen de Fidel Castro, mi padre, que nunca perdió la fe en la Revolución cubana, interrogaba a mis amigos en busca de simpatías por el caimán barbudo. En una ocasión acorraló al novelista venezolano Alberto Barrera y lo conminó a decir qué país de América Latina tenía mejor sistema de salud y mejor deporte que Cuba. Alberto recurrió a su ingenio para decir:

—Ninguno, doctor Villoro, pero hay veces en que uno no está enfermo ni quiere hacer ejercicio.

El caso es que cuando mi prima Cristina dijo: *"C'est une vie réussie"*, mi padre exclamó con una enjundia inusual en un crematorio:

—Ustedes me van a perdonar, ¡pero no fue feliz! ¡Donde hay heteronomía no hay amor!

Tardamos en entender que se refería a la obediencia obligada. Su temperamento religioso entraba en conflicto con las coercitivas exigencias de la Iglesia.

Mi prima, que pertenece al Opus Dei, trató de razonar al respecto, pero mi padre no abandonó el tono feroz que usaba para sus polémicas de circunstancia y lanzó una tirada en la que cada frase desembocaba en el mismo lema:

—¡No fue feliz!

Un empleado del tanatorio se asomó a ver qué pasaba, pero no se atrevió a interrumpir al filósofo que criticaba a su hermano por vivir conforme al sacrificio.

A mi padre no le interesaban los placeres del libertino o del hedonista de tiempo completo; como Epicuro, deseaba una satisfacción simple y austera, capaz de producir felicidad. No esperaba que su hermano cediera a los placeres, pero tampoco podía aceptar que hubiera llevado una vida de clara subordinación.

No es casual que el discurso que mi padre pronunció para ingresar a El Colegio Nacional, en 1978, llevara por título "Filosofía y dominación". Ahí abordó los límites de su propia actividad. El pensamiento liberador de la filosofía puede transformarse en ideología de dominio. La sujeción que criticaba en su hermano podía afectar a su propio oficio, especialmente en un país donde los científicos sociales encuentran una vida más plácida convirtiéndose en asesores de políticos o, incluso, en políticos. Baste mencionar que todos los miembros de la revista rebelde *El Espectador*, incluido mi padre, que fue embajador ante la Unesco, llegarían a ocupar cargos públicos (el más prominente en ese campo sería Enrique González Pedrero, que fue un estupendo gobernador de Tabasco y un fugaz presidente del PRI).

Jamás pensamos que al estar *con* nosotros mi padre *sólo* estuviera con nosotros. Su mente deambulaba en otro sitio.

Desde la infancia me acostumbré a verlo como alguien que llevaba una vida paralela. Cuando mi abuela materna me dijo que él era "comunista", creí entender que eso significaba actuar con una finalidad prohibida. Era fácil atribuirle la vida secreta del espía, el investigador privado, el superhéroe, el místico o el militante clandestino. Algo se fraguaba en su cerebro, algo incomunicable y definitivo, que sólo prosperaba en cuidado ocultamiento. Ser hijo de un filósofo no es muy distinto a ser hijo de un agente doble.

En los momentos de vacilación en los que yo llegaba a pedirle dinero para una guitarra eléctrica, lo encontraba sumido en otras prioridades. Posiblemente, en ese momento pensaba "¿qué es una época?", tema al que dedicó un ensayo. Encapsulado en sí mismo, se mantenía satisfactoriamente al margen de las molestias de su propio tiempo, donde su hijo no conseguiría una Fender Telecaster.

Sus libretas de juventud (casi todas diminutas, de pasta negra) representan una cantera imprescindible para conocer una mente en formación. En enero de 1941, a los diecinueve años, escribe en una de ellas un ensayo sobre "El principio activo de la materia y la existencia de Dios". Ahí apunta:

En la materia pasiva había completo equilibrio, completa igualdad de energías; para poder originar esa desigualdad [a través de un] principio de acción, hizo falta que la materia pasiva "actuase", trabajase (ya sea atrayendo y liberando energía, ya sea por medio del movimiento o por otro medio), de manera de desequilibrar lo equilibrado. ¿Y cómo podemos admitir que ese "principio de inercia" que no posee ninguna actividad, que sólo es capaz de recibir impulsos extrínsecos, sacara *de sí misma* la fuerza necesaria para ejecutar ese desequilibrio? [...] Ese principio de actividad, ese desequilibrio, sólo puede ser originado por una causa extrínseca a la materia y por tanto espiritual, en otras palabras: por Dios.

Poco más adelante remata con exaltación: "Una vez más vemos que las teorías científicas no hacen más que confirmar los datos de la fe". En esa misma época, concibió un ensayo con el título de "Segunda prueba de la existencia de Dios".

De vez en cuando los cuadernos se apartan de temas religiosos. De pronto, un poema de amor revela que el autor es un hombre dispuesto a "conocer el siglo", frase con la que entonces se aludía, no a los trabajos del tiempo, sino a lo que las mujeres provocan en el tiempo.

A los veinticuatro años, mientras cursaba la carrera de Medicina que luego cambiará por la de Filosofía, mi padre inició un cuaderno dedicado a los "Trabajos para el laboratorio de bioquímica". A las pocas páginas se apartó de esos temas para reflexionar sobre la visión mística. Más adelante, bosquejó una tragedia sobre Caín y Abel en la que se proponía estudiar la interdependencia entre el bien y el mal. Dios necesita que Caín encarne el odio; en consecuencia, para amar a Dios, Abel debe darle espacio a ese odio. Ama tanto que admite lo contrario al amor. El subtítulo de esta obra en proyecto, escrito a lápiz, es: "Bosquejo de una tragedia fincada en la empatía".

Max Weber trasladó el concepto de "carisma" del ámbito religioso a la sociología. Mi padre hizo un desplazamiento similar con la noción de "empatía". En su primer tratamiento del tema se apoyó en claves religiosas; al paso de los años, trasladó el concepto a la ética de las creencias y la acción política.

Alejado de la doctrina, buscó la comprensión racional de un enigma que no dejaba de conmoverlo en lo más hondo. Su actitud se asemeja a la del escritor más interesado en la religión de la literatura mexicana, José Revueltas. Sin ser creyente, el autor de *Dios en la Tierra* abordó la fe como un fenómeno esencial para explicar lo humano. Compartía con

Dostoievski el interés por las parábolas morales, pero no encontró consuelo en el catolicismo. Exiliado de la fe, Revueltas quiso saber por qué los hombres necesitan creer en lo indemostrable.

La actitud de mi padre es similar. En el más literario de sus textos, "La mezquita azul", se pregunta cómo es posible que alguien que no vive inmerso en lo sagrado se sienta impelido a explorar la experiencia religiosa, y responde:

Sólo un hombre dividido entre la nostalgia por lo sagrado y la mentalidad racionalista, científica, que comparte con su época, puede sentir la urgencia de justificar su creencia en lo otro, porque sólo así puede ser consistente con su concepción del mundo y presentarla como aceptable para otros hombres [...] La labor del pensamiento ha sido "profanizar" la creencia en lo sagrado [...] para que pueda aceptarlo quien no vive habitualmente en él [...] Su empeño paradójico ha sido convertir en razonable lo indecible. ¿Pero de qué otra forma podría la razón dar testimonio de aquello que la rebasa?

La filosofía puede establecer un vínculo entre una experiencia extraordinaria, intransferible, y el entorno profano en el que ocurre; no resuelve el misterio de lo Otro, pero explica las condiciones intelectuales que lo hacen posible. En "Visión de la razón ante lo sagrado", mi padre advierte: "Lo sagrado no es determinable por los conceptos que usamos para tratar de objetos y de relaciones entre objetos; sin embargo, se muestra; puedo, por tanto, decir de él una sola cosa: que existe".

El joven que demostraba la existencia de Dios en sus cuadernos se transformó en un "cirujano conceptual", como lo llama Isabel Cabrera, un pensador que disecciona sistemas de creencias. Asumió un registro ajeno a la fe, determinado por la razón, pero conservó un temple emotivo ante la repentina aparición de lo sagrado.

En unos cuadernos de los años cuarenta escribió a propósito de Dostoievski: "La demostración de la inmortalidad del alma y la existencia de Dios es imposible; lo posible es convencerse". Para ese momento ya no estudiaba la materia en busca de la divinidad; reconocía lo inútil de ese empeño, pero refrendaba la posibilidad de creer sin evidencia de por medio. El propio Dostoievski le fue esencial para dar este salto. A través de su concepción del "Dios oculto", el novelista supedita la creencia al libre albedrío. Siendo Dios todopoderoso, podría convencer a todo mundo manifestándose con milagros y otros efectos especiales. ¿Por qué no lo hace? La respuesta de Dostoievski es que la fe sólo tiene sentido como consecuencia de la libertad individual. La creencia debe ser *decidida* sin más prueba que la propia creencia.

En un ensayo de 2001 mi padre vuelve al tema de Dostoievski: "El abate Zósima, personaje de *Los hermanos Karamázov*, predica el amor de Dios. Un discípulo lo interrumpe y lo increpa: '¿Cómo voy a amar a Dios si no creo en él?' y Zósima contesta: 'Ama a Dios y creerás en él'". La fe existe en la práctica. El contacto con el budismo afianzó esta idea en el filósofo de la religión: creer es un trayecto, un estilo de vida que libera del sufrimiento y de la cárcel mental del yo. En este sentido, la fe no depende de su inverificable meta, sino de los pasos hacia esa meta.

Dos escenas muy apartadas entre sí contribuyen a definir los "vislumbres de lo otro" de Luis Villoro. En un cuaderno de juventud relata su visita a una iglesia católica y la sobrecogedora experiencia que ahí recibe. ¿Cómo explicar esa sensación que carece de nombre y, sin embargo, transporta sensorialmente y ofrece peculiar consuelo? Quien habla entonces es un cristiano, un joven ante el altar de su tradición.

Casi medio siglo después, el procedimiento se repite en la mezquita azul de Estambul. El filósofo es ya un pensador maduro, que ha dado un rodeo por la fenomenología y la filosofía analítica y ha escrito su propia teoría del conocimiento. En este caso, no se adentra en una religión conocida desde la infancia, sino en creencias más lejanas, fundadas en el Corán. Ahí revive las mismas emociones transcritas en su cuaderno estudiantil. De pronto, la razón es superada por una sensación indescriptible. Las incomprensibles plegarias, el dibujo de la escritura árabe en los muros, las altas cúpulas donde resuenan los rezos y los minaretes como agujas hacia el cielo piden ser comprendidos. Este deslumbramiento dio lugar al ensayo "La mezquita azul", publicado por Octavio Paz en la revista *Vuelta*. El poeta encomió esta reflexión, no muy alejada de las suyas. Años antes, en su ejemplar de *El arco y la lira*, mi padre había subrayado estos pasajes:

¿Qué hay del otro lado de la vigilia y de la razón? La distracción quiere decir: atracción por el reverso de este mundo [...] En consecuencia, es inexacto llamar pasivos o negativos a los estados receptivos [...] Novalis afirma que la poesía es algo así como religión en estado silvestre y que la religión no es sino poesía práctica, poesía vivida y hecha acto. La categoría de lo poético, por tanto, no es sino uno de los nombres de lo sagrado [...] Lo realmente distintivo de la experiencia religiosa no consiste tanto en la revelación de nuestra condición original cuanto en la interpretación de esa revelación.

En su juventud, mi padre busca la revelación; en su madurez, la interpreta. Al entrar en la mezquita anota, transido de emoción:

Soy musulmán, budista, cristiano y no soy de iglesia alguna […] Sólo soy uno de tantos, pero mi vanidad está aún presente. Me miro a mí mismo y registro mis palabras. Me percato de que pienso y de que iré, tal vez, a escribir sobre este momento. Entonces ruego: "Permite que se aleje mi orgullo, que se destruya mi inmensa vanidad, que se borre por fin mi egoísmo".

Esta puesta en blanco de la mente le permite sentir lo otro, percibirlo sin conocer su nombre. ¿Cómo aquilatar ese momento?

Me levanto. Pienso: sé que vuelve de nuevo mi egoísmo, sé que empiezo a poner en duda, de nuevo, lo que acabo de vivir con certeza. ¡Dios mío! ¿Qué puedo hacer para no darte la espalda, para dar testimonio de tu gloria? Muy poco tengo para dar. No soy poeta, ni tengo la visión certera y la palabra evocadora del buen narrador. Tampoco tengo el alma pura y estoy muy lejos de la santidad. No soy capaz de hacer de mi propia vida un testimonio. Sólo me queda algo mucho más torpe y burdo: puedo pensar.

"La mezquita azul" abre con esta evocación lírica de la experiencia religiosa; luego, la reflexión filosófica procura explicar el instante de la iluminación. Así, lo inefable se inscribe en lo que puede ser comprendido. El análisis racional descifra la vivencia, pero no la sustituye, pues su sentido depende, justamente, de su indecible condición.

En el pasaje citado aparece una frase cardinal: "No soy capaz de hacer de mi propia vida un testimonio". Esto puede leerse como "no soy capaz de dar ejemplo". Pero la ejemplaridad se funda en una paradoja: es incapaz de valorarse a sí misma. El ejemplo se da, no se proclama. Quien emprende ese camino predica con su vida. Esto es cierto tanto para las figuras religiosas como para los líderes que alteran el poder sin buscarlo para sí mismos. "Nadie es profeta en su tierra", dice Jesús, aumentando sus posibilidades de ser profeta. Lo ejemplar depende de la mirada ajena; es atributo de los testigos. Existe para los demás, no para quien lo encarna.

¿Hasta dónde quiso mi padre participar de la ejemplaridad que tanto admiraba en Jesús, Gandhi o Luther King? La primera manera de ejercerla era negarla.

Mi proximidad con él no es la forma más objetiva de rendir testimonio porque mi mirada está teñida por las subjetividades de la perspectiva filial: "Nadie es un héroe para su *valet de chambre*", dijo Anne-Marie Bigot, más conocida como Madame Cornuel. De modo parecido, un padre es recordado por las acciones y las omisiones del trato familiar. El hijo conoce las dudas, los malos cálculos, las torpezas, las irritaciones comunes de quien, desde otra perspectiva, puede ser percibido como una "gran figura". Ser hijo significa formar parte del ensayo y el error, los borradores que llevan a la versión que la posteridad juzgará definitiva.

"La fama es siempre una simplificación", comentó Borges. El carácter modélico de un personaje tiene que ver con un adelgazamiento interpretativo. La contradictoria persona en que se sustenta se diluye en favor de un concepto que la resume.

En su admiración por Washington o Gandhi, mi padre hizo una operación intelectual semejante; esos personajes encarnaban absolutos: la Verdad o la Justicia. Le resultaba más fácil comprender a la humanidad que a una persona, pero era imbatible cuando entendía lo que una persona aportaba a la humanidad.

En contra de lo que dijo en aquel seminario de 1958 propuesto por José Gaos, convirtió la filosofía en forma de vida. Para nosotros era alguien de indiscutible autoridad moral, pero con suficientes manías, olvidos y fallas para ser normal; no veíamos al personaje, sino al sujeto con ganas de dormir la siesta. Con todo, tampoco lo tratábamos con la espontaneidad y la confianza con que los hermanos nos tratamos entre nosotros. En la mayoría de sus actos es posible descubrir una tentativa, no siempre exitosa, de ejercer una conducta intachable.

En una ocasión tomó un taxi para ir al Hospital Mocel, donde sería operado. No le avisó a nadie porque no deseaba alterar la vida de los otros y porque se sometería a una intervención sencilla. Sin embargo, al llenar el formulario de ingreso, encontró un rubro con el que no contaba: debía dar el nombre de un "tercero" capaz de asumir responsabilidades. De nuevo comprobó que toda libertad es relativa.

—Además, alguien se puede preocupar por usted —le dijo una enfermera.

Mi padre advirtió entonces que su afán de ser operado en secreto para no incomodar a nadie podía tener consecuencias negativas. Sin saberlo, había actuado con egoísmo. Se arrepintió de su conducta y me buscó con tal insistencia que me localizó en Pátzcuaro, donde yo asistía a un coloquio literario. No habló directamente conmigo: dejó un mensaje escueto en el hotel, diciendo que lo iban a operar. La alarma que deseaba evitar cobró desorbitada proporción. El encuentro se suspendió por unas horas; imaginamos que una enfermedad gravísima provocaba esa llamada de emergencia, y Felipe Garrido, organizador del acto, pagó de su bolsillo un boleto de avioneta para que yo pudiera regresar a toda prisa.

El hombre que llegó en taxi al quirófano para no dar molestias recapacitó justo a tiempo para dar muchas molestias. Comentamos el episodio al salir del hospital y él se reprochó con buen humor:

—No supe pensar a tiempo.

Como los viejos remedios de la medicina, también la filosofía debe agitarse antes de usarse.

Desde muy joven, mi padre luchó contra el demonio de la vanidad. Se sabía inteligente, pero no quería caer en la arrogancia de quien tiene más respuestas que preguntas. Sus cuadernos de los años cuarenta registran sus desvelos para librarse de la soberbia intelectual, algo que José Gaos consideraba inexpugnable en los profesionales del pensamiento y que se discute en los textos de *Filosofía y vocación*.

De una manera obsesiva, Luis Villoro procuró ocultar el menor atisbo de una conducta altiva. Sus libretas llevaban un recuadro con "señas particulares" del propietario. Donde decía: "Complexión", mi padre escribió: "De inferioridad".

En ocasiones, su escrupuloso afán de modestia pudo ser confundido, como sugirió Uranga, con una sofisticada variante del narcisismo. Para avalar su conducta, mi padre buscó ejemplos a seguir y encontró uno esencial en la literatura. Cuando leí *Los hermanos Karamázov* me hizo una pregunta que me pareció innecesaria:

—¿Con qué hermano te identificas?

Para mí, sólo había una elección posible; el primogénito Dimitri era pragmático y demasiado simple, y Aliosha, un santurrón. Iván, por el contrario, era un héroe de la libre elección y los desafíos del pensamiento.

Dostoievski concibió a Iván en forma parecida al Raskólnikov de *Crimen y castigo*: un rebelde lúcido e inmoderado que ponía en riesgo la tradición. Sin embargo, presentó su postura en forma tan hábil que el personaje resultó más elocuente que su autor. "Inteligencia, soledad en llamas", escribió José Gorostiza. Iván Karamázov encarnaba ese brillante incendio. Mi sorpresa fue mayúscula cuando mi padre dijo que él se identificaba con Aliosha, el hombre de fe que ama al prójimo.

Hablamos del asunto cuando él ya había abjurado del catolicismo y luchaba al lado de Heberto Castillo en la creación del Partido Mexicano de los Trabajadores. Antes de eso, había representado a México en un encuentro de jóvenes universitarios en la Unión Soviética y firmado desplegados contra la invasión estadounidense en Bahía de Cochinos, que le valieron pasar al Libro Negro de quienes tenían prohibida la entrada a Estados Unidos. ¿Qué tenía que ver ese universitario comprometido con la izquierda, que nunca iba a misa, con Aliosha, el beato de los Karamázov?

A la distancia, encuentro un eco significativo entre esta discusión y la que tuvimos después a propósito de Gandhi:

—Lo importante no son las ideas, sino la conducta a la que llevan esas ideas —dijo al hablar de los hermanos rusos.

Encontré la misma convicción en un aforismo de Lichtenberg, a quien traduje para el Fondo de Cultura Económica: "No hay que juzgar a los hombres por sus opiniones, sino por aquello en lo que sus opiniones los convierten".

La parábola de Iván sobre el Gran Inquisidor fascinaba a mi padre; admiraba esa elocuente arenga para impugnar el papel coercitivo de la religión, pero el individualismo del personaje le resultaba preocupante: en modo alguno era ejemplar. En cambio, Aliosha encarnaba la identidad entre palabra y acto. Además, su postura no era menos inconforme. Releyendo la obra, encontré esta frase del menor de los Karamázov: "Contra Dios no me rebelo, es sólo que *no acepto su mundo*". En la traducción de Rafael Cansinos Assens, las últimas cuatro palabras, "*no acepto su mundo*", aparecen en cursivas. El personaje que en mi primera lectura entendí exclusivamente como un beato veía el mundo de manera crítica, pero se ajustaba a él lo suficiente para dar ejemplo.

En 2011 conocí en Nueva York a Marshall Berman, gran renovador del marxismo humanista. Quise saber cuáles eran sus más recientes preocupaciones y comentó que impartía "un curso más" sobre Marx y Dostoievski en las aulas de la Universidad de CUNY en la Quinta Avenida. Estábamos en Brooklyn, en casa de la escritora Carmen Boullosa y el historiador Mike Wallace. Después de la cena, el autor de *Todo lo sólido se desvanece en el aire* se había apoderado de una enorme cubeta de helado, de la que tomaba cucharadas sin dejar de hablar. Su esposa lo escuchaba con maravillada atención, como si lo oyera por primera vez. Llegamos al clásico tema de los hermanos Karamázov: ¿con cuál nos identificábamos? Como mi padre, la mujer de Berman escogió a Aliosha. Berman, en cambio, prefirió a Iván:

—Me gustaría escoger a Aliosha, pero carezco de mérito religioso —dijo. Después de dos cucharadas de helado, hizo una pausa y sus ojos se abrillantaron al ver a su esposa—: No sé si debo usar la palabra *religioso*; más bien debería decir *moral*. Es fácil vivir como Iván y enseñar en CUNY; en cambio, para convivir con alguien como Iván tienes que tener los méritos de Aliosha —concluyó, mientras su esposa sonreía.

Al final de su ensayo "El concepto de Dios y la pregunta por el sentido", mi padre incluye la cita del abate Zósima que mencioné antes: "Ama a Dios y creerás en él". ¿Qué actitud permite vislumbrar lo otro? Siempre esquivo, el reverso de la razón está ahí. El pensamiento puede explicar su existencia, pero no suplirla. De acuerdo con mi padre, su "justificación corresponde al orden del sentimiento; está en la capacidad de desprendernos del apego a nuestro yo y de sentir que nuestra verdadera realización está en la afirmación del otro, del todo. Y en eso consiste el amor". La lección de Aliosha fue perdurable en el filósofo.

Una semana antes de morir, en las últimas palabras que le grabó su compañera, Fernanda Navarro, mi padre habló del "sicomoro", nombre que prefería para la higuera del Buda. En su libro canónico sobre el budismo, Edward Conze escribe: "En el vasto vocabulario del budismo no encontramos ningún término que equivalga a 'filosofía'". El "cirujano conceptual" se sentía liberado al asumir una forma de pensamiento que busca la aniquilación del yo y se resiste a explicar el mundo a través de un sistema de creencias.

No es casual que sus últimos apuntes hayan sido una peculiar reflexión sobre budismo y zapatismo. Más que un desarrollo argumental, esas páginas contienen epigramas, frases sueltas cuya idea rectora es la búsqueda de lo Otro, "sólo descriptible negativamente": la no opresión, la no dominación, la no división, la no violencia. "El camino es un no fin. Es lo aún no logrado", escribe a los noventa y un años. Más adelante agrega: "Lo otro: utopía: lo que no es, pero indica una meta, permite el camino", y cita a Antonio Machado: "Se hace camino al andar". Por su parte, Conze apunta: "Está en la naturaleza de las cosas que el conocimiento íntimo del camino es dado sólo por aquellos que caminan por él".

Más allá de las diferencias que advierte entre budismo y zapatismo, en sus últimas líneas el filósofo encuentra elementos de confluencia: el sentido interminable del camino, la meta siempre aplazada, la disolución de los intereses individuales en favor de la comunidad, el cumplimiento de los valores personales a través del otro y de lo Otro: "La realización individual depende del no individualismo. El olvido de uno mismo. La realización social depende del no poder". Y agrega con su letra de alambre: "No pura teoría, praxis real".

Unos versos de Rubén Bonifaz Nuño sirven para entender sus preocupaciones finales; el camino donde la meta es un nuevo umbral:

Que no sea mi amor amurallada
cárcel, ni vaso que recibe,
sino un cristal transido, un cauce tierno
el portal de un camino.

Transformar el mundo exige entender la reflexión como un anticipo de la conducta. En lo sagrado y lo profano, mi padre admiró la categoría del ejemplo. No siempre quiso dar explicaciones para sus actos, deseando que los demás interpretaran libremente su conducta y se negó a concederse importancia, reglas básicas para dar ejemplo.

Sus hijos difícilmente lo veremos como una figura desprovista de las contradicciones de la vida diaria, pero no podemos olvidar su actitud al final de esa comida en la que habló de Gandhi y de la forma en que lo infinitamente pequeño define la figura del mundo:

—Lo que importa es la sal, la sal de la Tierra.

7

Adiós a los libros

Toda biblioteca narra la vida de una mente. Walter Benjamin reflexionó acerca del proceso de autoanálisis que significa desempacar los libros en una mudanza. Revisar en desorden los títulos que normalmente se mantienen en clasificado reposo significa poner a prueba cada adquisición. ¿Por qué nos hicimos de cada uno de ellos? ¿De qué modo esos volúmenes nos representan? ¿Los merecemos más allá de su prestigio decorativo? El siguiente paso, volver a acomodar a los autores, pone en juego otra forma del juicio; no en balde, Borges señaló que ordenar una biblioteca es ya un modo de ejercer la crítica literaria.

Resulta casi imposible escribir sin disponer de cierto número de libros. Para realizar una obra, no es necesario tener volúmenes cuidadosamente encuadernados en piel de tiburón, pero incluso el menos libresco de los autores requiere de ocasional contacto con los talismanes del oficio.

Robert Musil, que nunca vivió en condiciones que le permitieran contar con un buen baño, estaba lejos de tener una gran biblioteca. Su espacio no contaba con volúmenes de consulta, muchas veces necesarios, pero no podía trabajar en las bibliotecas públicas porque ahí estaba prohibido fumar.

En cambio, en su casa trabajaba en forma ininterrumpida sin sucumbir a las ganas de fumar. Sus libros le servían de ansiolítico.

El "cuarto propio" que Virginia Woolf reclama para la mujer que normalmente trabaja como intendente de su propia casa es imprescindible para cualquiera que ejerza la imaginación al margen de los otros. Esa habitación requiere de compañía simbólica, los tomos empastados que pierden colorido con el sol y con los años.

Ciertos autores aspiran a tener una ventana que dé al mar o a un arbolado paisaje; la mayoría se conforma con la recámara que la suerte le depara, a condición de que sea un sitio para estar a solas. Ahí, los libros no necesariamente se consultan; al modo de los retablos en una capilla, convocan espíritus lejanos.

Con el paso del tiempo, los tomos acumulados se vuelven excesivos. Es posible que, con la invención del *e-book*, disminuya o incluso se elimine un complicado efecto secundario de la bibliofilia: el almacenaje. De sobra está decir que mi padre jamás leyó en una pantalla, de modo que sus lecturas lo rodeaban como parte del cuerpo, la concha de un caracol. Rodrigo Fresán afirmó con acierto que las raíces de un escritor no están en el suelo, sino en las paredes: son los libros que ha leído.

La idea de desprenderse de volúmenes impresos resulta incómoda, como si con esas páginas desapareciera el recuerdo de haberlas leído. Esa coraza intelectual representa el cerebro externo de quien habita la casa.

Este capítulo trata de la forma en que mi padre se deshizo de sus libros. Más allá de casos tan afortunados como el de Diderot, que vendió su biblioteca a precio de oro a Catalina de Rusia y quedó como albacea de su propia colección, resulta difícil entender ese gesto de renuncia.

En 2006 mi padre se interesó en la Otra Campaña con la que el subcomandante Marcos desafió a los partidos políticos en las elecciones para presidente. Como he comentado, el líder zapatista no aparecería en la boleta electoral; recorría el país en motocicleta, como un mensajero a domicilio que proponía modos alternativos de hacer política.

Mi padre apoyaba esa iniciativa, al tiempo que fungía como uno de los seis asesores del candidato formal de la izquierda, Andrés Manuel López Obrador. Después de cada reunión, lamentaba que el activista tabasqueño no escuchara a nadie y tuviera una visión tan reducida de la realidad. Estupendo para impugnar, no parecía muy interesado en impulsar el complejo tejido de transformaciones necesario para crear un gobierno de izquierda democrática. Le sobraban virtudes como activista y le faltaban como estadista. Varias veces pensó en abandonar esa inútil asesoría. Según me dijo Marcos-Galeano en 2015, si siguió ahí fue por consigna de los zapatistas, que querían tener información del populista que pretendía apropiarse de la retórica de la izquierda.

A pesar de los defectos que veía en López Obrador, mi padre anhelaba su triunfo. Era una oportunidad única de acabar con los partidos que habían desplegado desde el poder todos los recursos de la corrupción.

Durante la campaña electoral, el gobierno de Vicente Fox favoreció en forma descarada al candidato de su partido, Felipe Calderón. Meses antes, el presidente conservador había tratado de enjuiciar a López Obrador, entonces jefe de Gobierno de la Ciudad de México, por el "delito" de construir una vía de acceso a un hospital sin el permiso correspondiente. Al perseguir a su oponente de ese modo, Fox inició la polarización que hasta la fecha padecemos y desató una ola de insultos racistas y clasistas contra el desafiante político tabasqueño, que perdería en forma discutible la elección de 2006 y sólo triunfaría doce años después, acaso demasiado tarde y con un excesivo rencor acumulado.

En ese clima de crispación, mi padre volvió a asociar la plenitud intelectual con una actitud que determinó su vida: el desprendimiento. Decidió donar sus libros a la Universidad de San Nicolás de Hidalgo en Morelia, Michoacán, con la que había establecido un trato reciente. No escogió a la UNAM, donde se formó y donde trabajó hasta ser profesor emérito, ni a la UAM, de la que fue fundador, sino a una institución que podía apreciar mejor sus libros y que le parecía heredera del impulso humanista de Vasco de Quiroga, defensor de los indios.

Su colección no tenía el alcance de otras eminentes asambleas de textos, pero valía la pena mantenerla unida. Según relata Jacques Bonnet en *Bibliotecas llenas de fantasmas*, los libros de Georges Dumézil se dispersaron trágicamente, mutilando el enciclopédico mapa de sus intereses. Su discípulo Georges Charachidzé logró remediar parcialmente esa pérdida, recuperando al menos los volúmenes de la sección caucasiana (que una biblioteca disponga de sección caucasiana da una idea de su inesperado alcance).

La de mi padre nunca fue una biblioteca tan vasta ni tan precisa; no aspiraba a la emulación del infinito que cautivó a los escolásticos y que Borges resumió en una frase: "El universo (que otros llaman la Biblioteca) [...]". De cualquier forma, sus volúmenes trazaban el dibujo de una mente.

La noticia de que regalaría los libros que lo habían acompañado en varios divorcios y mudanzas podía llevar a la doméstica superchería de que así remataba lo que había salvado de un naufragio. Sin embargo, quien conociera bien a mi padre sabía que eso representaba para él una liberación. Las posesiones le incomodaban como sólo pueden incomodarle a quien las percibe como un sobrante.

Cuando me habló de su donación, pensé en el tomo de *Das Kapital* donde anotaba sus ingresos y sus egresos. Ese peculiar saldo de su economía iría a dar a otras manos, como una prueba de que su propietario se libraba de una vez por todas del fetichismo de la mercancía. El volumen pertenecía a la edición MEGA de las obras de Marx y Engels, de emblemáticas pastas azules. Hacía años que mi padre no leía en alemán, pero juzgaba necesario disponer del texto original. Guardar billetes y llevar saldos en la cuarta de forros de ese volumen impar tenía algo de superstición, como si al apelar al sacrosanto saber de Marx se librara de los horrores de la plusvalía.

Mi padre tenía una irrestricta fobia por los lujos (si le elogiabas una corbata, dejaba de usarla) y consideraba que toda fortuna es un veneno que corroe. Desde el trágico momento en que sus manos fueron besadas por los campesinos de la hacienda familiar, odiaba pertenecer a la clase hegemónica, que vivía de rentas sin el menor esfuerzo. Su visión era esquemática, porque en ocasiones se requiere de mucho trabajo para preservar un patrimonio, pero respondía a un malestar sincero y profundo. Como he dicho, cuando heredó el dinero que le correspondía, lo dilapidó con la mejor de las intenciones; apoyó causas nobles de la izquierda, respaldó cooperativas, becó estudiantes y le prestó dinero a conocidos y desconocidos hasta que las cuentas se secaron. De haber conservado las casas que heredó, habría podido dedicar las rentas a fines filantrópicos sin pulverizar su capital. Pero el dinero le quemaba, necesitaba regalarlo, deshacerse de él como de un daño moral.

Conservó un remanente para sus gastos personales, que casi siempre tuvieron que ver con complicaciones amorosas. Sus separaciones tenían un componente inmobiliario: una casa mitigaba culpas y rencores.

Alejandro Rossi contaba que en su juventud mi padre justificaba sus recursos con una frase que canceló de su repertorio y que yo jamás oí: "Tengo un banquero en el cielo".

Sin duda fue irresponsable al liquidar el patrimonio de varias generaciones. En sentido literal, ése fue el precio de su congruencia. Sus hijos nos libramos de enfrentar una disyuntiva semejante y no padecimos la carga de recibir un salario como quien recibe una condena.

Su compromiso con las luchas sociales agudizó su sentido cristiano de la renuncia. En varias entrevistas dijo que la izquierda debía ser "una forma de vida". No explicó del todo a qué se refería, pero así revelaba el componente autobiográfico de sus convicciones. La solidaridad por los demás sólo tenía sentido acompañada de la renuncia a los privilegios individuales.

Sin asumir posturas de austeridad franciscana, rechazó cualquier trato que pudiera diferenciarlo. Rebasados los ochenta años, se negaba a que le enviaran un boleto en *business*. En una ocasión perdió la conexión de un vuelo a México después de participar en un congreso. Le ofrecieron un avión al día siguiente y durmió en una silla del aeropuerto de Madrid, ciudad donde vive mi hermana Renata, que podía darle alojamiento. Aceptaba los inconvenientes con espartano estoicismo. Si yo le recordaba que las comodidades existían, contestaba: "Eso es temerle a la vida", como si la vitalidad debiera ser incómoda. ¡Qué lejos estaba yo de entender que hay padecimientos superiores a los de estar en vela en tierra de nadie! ¿Hay otra tarea para un filósofo?

Su conducta se basaba en un sentimiento de culpa que sus hijos no podíamos heredar. Cuando visité la hacienda de Cerro Prieto, donde él padeció la ignominia de ser tratado como el "patroncito", sólo encontré una ruina abandonada en tierra yerma. Nosotros no tuvimos que apagar la hoguera que calcinaba su conciencia porque él ya lo había hecho. Aun así, hizo lo posible por evitar que cayéramos en "las heladas aguas del cálculo egoísta", a las que Marx y Engels se refieren en el *Manifiesto comunista*. Fue severo, pero con los años relajó un tanto su postura, lamentaba no habernos apoyado más y nos ofrecía un dinero que ya no necesitábamos. En su última década, de los ochenta y uno a los noventa y un años, contrajo el hábito de tener en su cajón fajos de billetes, como una prueba de solvencia. Para entonces ya nadie podía acusarlo de haber sido ostentoso o derrochador.

Fue en esas condiciones en que ocurrió su último desprendimiento: la donación de la biblioteca. No contaba con muchas primeras ediciones, numerosos volúmenes dedicados o libros ya inconseguibles; en comparación, su colección de búhos (que incluía uno del periodo clásico maya) era más valiosa, entre otras cosas porque en su gran mayoría no había sido comprada por él y provenía de regalos (no era fácil darle algo, así es que la mascota de Minerva se convirtió en lo que podíamos traerle de cualquier sitio). Con todo, ahí estaban los subrayados de una vida.

La donación resultaba significativa y en cierto grado preocupante porque, más que renunciar a la posesión de los libros, mi padre renunciaba a necesitarlos.

Tampoco se trataba de un gesto que respondiera a razones prácticas. Él vivía en una casa pequeña, pero los libros no eran tantos como para incomodarlo. Se trataba de una cuestión de principios. ¿Qué mensaje mandaba con ese acto postrero? ¿Decidía alejarse del marco teórico y ponerse de parte de la vida?; ¿apostaba por la experiencia, deshaciéndose del lastre de la especulación?

Todo autor tiene estrategias implícitas o explícitas respecto a los libros que lee o escribe: cómo los administra, cómo los muestra, cómo los oculta.

Mi padre nunca se preocupó gran cosa por el destino editorial de sus textos. *Los grandes momentos del indigenismo en México* se publicó en 1950, el mismo año que *El laberinto de la soledad*, de Octavio Paz. Aunque fue un libro pionero en el estudio de las ideas del México antiguo, sólo se reeditó en 1987, año de la publicación de *La jaula de la melancolía*, de Roger Bartra. Esta segunda edición fue promovida por el antropólogo Guillermo Bonfil Batalla, que mucho le debía en la concepción del "México profundo". Es curioso que ese primer libro tardara treinta y siete años en ser reeditado, los mismos que trazan el arco que abarca dos planteamientos fundamentales de la historia intelectual del país: la construcción de la idea de identidad nacional por parte de Paz y su deconstrucción por parte de Bartra.

Para mi padre, los libros podían pasar años en una condición larvaria. Fue un autor prolífico, pero se desentendió con facilidad del destino de sus manuscritos. Si una editorial era negligente con alguno de sus títulos, no buscaba otra. Nunca impulsó la traducción de sus textos. En 1992 se habló mucho del "Encuentro de dos mundos" y sus libros sobre el indigenismo y la Independencia cobraron renovada actualidad. Él había sido embajador ante la Unesco, hablaba francés a la perfección por haber estudiado en Bélgica y conocía a numerosos mexicanistas europeos, pero no quiso promover la traducción de sus libros. Con una entereza no desprovista de orgullo, repudiaba la autopromoción y la desaforada vanidad intelectual. Además, consideraba que los europeos eran incapaces de deponer su visión colonial para interesarse en la inteligencia latinoamericana; apreciaban el realismo mágico en las novelas, las desmesuradas historias de dictadores y mariposas amarillas porque eso confirmaba que el nuevo mundo no era racional.

Alejandro Rossi, autor escaso y de exigente autocrítica, solía decirle:

—Hay que dar una campanada de cuando en cuando para que sepan que seguimos aquí.

Mi padre, que escribió sobre el significado de la campana de Hidalgo, no pensó en el repique de la suya. Ajeno a la ansiedad de publicación, escribió de manera sostenida en los ratos que le dejaron la docencia, los cargos universitarios y la militancia en las luchas sociales de la izquierda.

Un ejemplo típico de su dilación para tomar decisiones editoriales es el título de su segundo libro, que apareció como *La revolución de Independencia* en 1953, cuando él tenía treinta y un años. En 1967, decidió modificarlo para precisar que no se trataba de una narración de los sucesos que llevaron al fin del periodo colonial, sino de un análisis de las ideas de la época. A tono con sus lecturas marxistas, modificó el título por otro "más restringido", según advirtió en el nuevo prólogo: *El proceso ideológico de la revolución de Independencia.* Varias décadas más tarde, se arrepintió de este cambio. El segundo título le parecía forzado y retórico, digno de un manual de proselitismo. Por otra parte, ya había pasado suficiente tiempo para que un libro firmado por él no fuera confundido con un tratado de historia. Decidió recuperar el sobrio nombre de *La revolución de Independencia.* Sin embargo, como las faenas editoriales le interesaban poco, no tomó ninguna disposición al respecto. Cuando veía con sorpresa que el libro se reeditaba, lamentaba no haber hecho ese trámite y reflexionaba sobre la moral de las oportunidades.perdidas.

Desde pequeños, sus hijos aprendimos que el método socrático consiste en que alguien hable para que otro actúe. Durante años, mi padre modificó en voz alta el título de su segundo libro. Finalmente, en 2019, cinco años después de su muerte, el Fondo de Cultura Económica reeditó la obra como *La revolución de Independencia* en señal de que supimos escucharlo.

Mi padre solía depositar en otras personas las decisiones que suelen pertenecer a un autor. Si alguien le pedía un texto, aceptaba la invitación para publicar sin pensar que pudiera haber otra mejor. Las antologías de sus ensayos o artículos surgieron de iniciativas ajenas a él. Le gustaba publicar porque estaba convencido de que la imprenta mejoraba sus palabras: "La tipografía tiene una autoridad propia", decía con admiración. Sin embargo, jamás quiso pertenecer a un catálogo por el solo hecho de estar ahí.

Esta relación con la letra impresa explica que dejara pasar la oportunidad de editar libros que en rigor ya estaban listos. Cuando me nombró albacea de sus textos lo hizo con la tranquilidad de quien no da la menor molestia. Yo no tendría nada que hacer. Por suerte, se equivocó. Sus libros se reeditan y traducen cada vez más, y el venturoso azar le ha dado la condición, para él inconcebible, de autor póstumo. En sus cajones he encontrado suficiente material para publicar libros de indiscutible interés, como *La identidad múltiple*, que apareció en 2022 para celebrar su centenario y que reúne textos relacionados con los asuntos sociales que le interesaron en sus últimos años. La selección fue posible gracias al generoso trabajo de Guillermo Hurtado, que desempeña el oficio de mi padre y juzga mejor que yo el alcance de sus textos.

Mi padre fue un amante desordenado pero intenso de los libros, y de pronto se desprendió de ellos. Su hermano Miguel había hecho una curiosa renuncia antes de morir. Descubrió que era demasiado feliz y eso no le convenía como sacerdote.

—Hace mucho que no le sacrifico algo a Dios —confesó en diversas reuniones.

Hizo una lista de las cosas de las que le molestaría prescindir y eligió los cigarros Delicados sin filtro. Había algo astuto en esa decisión, pues eso no sólo favorecía a Dios sino a su salud: la fe adquiría así un valor pragmático, lo cual obliga a recordar que además de sacerdote y abogado mi tío era jesuita.

¿Mi padre hizo un sacrificio semejante? Traté de que pospusiera la donación, pero, una vez más, descubrí mi incapacidad de convencerlo de algo. Poco a poco, la decisión pasó al terreno de las emociones y ya fue imposible discutirla. Mi padre no sólo estaba decidido, sino emocionado por soltar ese lastre, como si los preciados volúmenes de pronto fueran un agobio.

Dejó que sus cuatro hijos escogiéramos algunos tomos de recuerdo. Nadie se atrevió a tomar títulos de filosofía o historia, las zonas fuertes de la colección, que debían mantenerse unidas. Yo elegí un ejemplar de *La peste* en francés, minuciosamente subrayado. En la polémica entre Sartre y Camus, mi padre se había puesto de parte de Sartre. Yo, naturalmente, estaba de parte del autor de *El hombre rebelde*. Sin embargo, al leer los subrayados a lápiz, me asombró la admiración que mi padre profesaba por alguien cuya ética tildaba de individualista, pero que, a su manera, compartía sus convicciones comunitarias. Destaco uno de los pasajes marcados por él: "Digo tan sólo que en esta tierra de las víctimas y de las plagas es necesario, en tanto sea posible, negarse a ser parte de la plaga". La frase, por supuesto, no se refiere en forma literal al contagio, sino a rechazar toda forma de la coacción.

La última mudanza de mi padre fue la de sus ideas. Las cajas de cartón que irían a Morelia contenían los saldos de su inteligencia. En *Antropología del cerebro*, Roger Bartra estudia la cultura como un circuito neuronal externo al organismo. Pensar, leer y escribir dependen de ese "exocerebro". El de mi padre iría lejos.

—Me siento liberado —aseguró, cuando los libros salieron rumbo a la Universidad Nicolaíta, y se sumó con entusiasmo a la caravana que iría a Morelia.

Había roto otra amarra.

En sus "consideraciones intempestivas", Nietzsche valora el papel curativo de la filología ante la enfermedad de la cultura: "Todo ornamento oculta aquello que adorna", escribe. El lenguaje entendido como retórica o gran estilo puede ser una máscara que distrae. Lo mismo sucede con las posesiones intelectuales, que permiten ostentar saberes que no necesariamente se dominan. Entender a fondo el origen del idioma sirve de peculiar antídoto al esnobismo. Lo que se dice hoy importa por lo que se dijo ayer. El adjetivo deslumbrante tiene una historia íntima que antecede a quien lo usa y busca deslumbrar con él; entender ese pasado para otorgarle un presente es una fecunda labor intempestiva (*Unzeitgemäss*), que subvierte el tiempo.

La etimología ajusta el reloj de las palabras, sustrayéndolas a los usos de la moda y sus prestigios transitorios. Del mismo modo, las ideas resistentes definen una época en la medida en que rescatan en ella un saber que en ese momento es minoritario. Como observé en el capítulo 5, los logros intelectuales duraderos provienen de un desacuerdo con la tradición.

Sin sus libros, mi padre buscaba convertir su pasado en una vivencia del presente, como quien pule una palabra antigua en pos de un nuevo significado. Esta actitud derivaba, en buena medida, de su experiencia con las comunidades indígenas. Su caso es parecido al del novelista y poeta Carlos Montemayor (1947-2010). Formado en lenguas clásicas, Montemayor tradujo a Virgilio, Catulo, Safo y Píndaro, y al paso de los años encontró una forma de volver actuales sus preocupaciones filológicas. El movimiento del 68 lo sensibilizó como estudiante y pasó por diversas preocupaciones religiosas. Después del levantamiento zapatista, estos intereses lo llevaron a convertirse en uno de los principales promotores de las lenguas indígenas. Montemayor asumió la tarea con una pulsión adánica; el antiguo traductor de lenguas muertas no buscaba preservar literaturas sino fundarlas. Más cerca de la filología que de la antropología, recorrió hacia atrás la ruta de las palabras.

El pasado siempre puede renovarse. Montemayor y mi padre llegaron a la Historia por el camino de la Academia y ambos se empeñaron en pasar de la especulación a una transformación de la realidad. El autor de *Guerra en El Paraíso* entró en contacto con grupos guerrilleros, no sólo para contar su historia, sino para mediar entre ellos y el gobierno, y el autor de *Los grandes momentos del indigenismo en México* pasó del estudio de los tempranos antropólogos a asesorar a los zapatistas en el capítulo de autonomías de los Acuerdos de San Andrés Larráinzar, firmados en 1996.

Tanto para mi padre como para Montemayor, la cultura clásica que comenzaron estudiando adquirió una condición testamentaria: ese legado reclamaba una herencia en vida.

Una vez lograda esa tarea, había que renunciar a los andamios que habían contribuido a construirla. Abandonar los libros fue una peculiar manera de subrayarlos, de ser coherente con lo que ahí había aprendido. Acaso ya representaran una suerte de freno, una tentación de volver a la vida contemplativa. La última tesis sobre Feuerbach volvía a cobrar relieve: "Los filósofos no han hecho sino interpretar el mundo de distintos modos...". En cierta forma, la donación era una profecía. Mi padre no cambiaba el mundo: anunciaba que debía cambiar.

Para Borges, el mayor acontecimiento de su vida fue el encuentro con la biblioteca de su padre. Otros niños anhelan una vida diferente a la de sus mayores; rechazan el hábitat libresco y optan por las aventuras del nómada o de la gente de acción, lejos de las especulaciones imaginarias.

Crecí rodeado de libros sin ilustraciones, que no podían interesarme. Aquello pertenecía, como el humo del tabaco o el sabor amargo, a las rarezas de los mayores.

Dentro de la familia, mi ídolo era la contrafigura del intelectual: el tío Tito, Ernesto Cabrera Ipiña, cazador profesional que había recorrido Sudamérica en motocicleta. Gran conversador, recreaba con minucia la tarde en la sierra de Baja California en la que mató un borrego cimarrón, tan pesado que tuvo que dejarlo en un risco y organizar una expedición para recuperarlo al día siguiente. Escuché sus historias hasta que mi vida se enredó en la adolescencia. Sería pretencioso decir que entonces entré al campo de las ideas, pues sólo tenía confusiones. Lo cierto es que a los quince años me retiré de la cacería sin haber cobrado una presa mayor y descubrí el placer de complicar mentalmente la realidad.

No he conocido a persona más emotiva que mi madre ni más racional que mi padre. Me refiero, por supuesto, al trato próximo, no a los ocasionales encuentros con memorables exponentes de la pasión o la reflexión. ¿En qué extremo quedé yo? Nunca pensé que pudiera prosperar en el campo de las emociones o las ideas en estado puro. Mi sensibilidad era nerviosa y la literatura apareció como la actividad ideal para aplicarla. Al cabo de los años, me identifiqué con alguien con quien conviene estar de acuerdo, el poeta Joseph Brodsky: "No soy un hombre moral (aunque trate de mantener mi conciencia en equilibrio) ni un sabio; no soy un esteta ni un filósofo. Sólo soy un hombre nervioso, por circunstancias propias y ajenas; pero soy un observador. Como mi querido amigo Ryūnosuke Akutagawa dijo una vez, no tengo principios; lo único que tengo son nervios".

Cuando me convertí en lector, en clave más nerviosa que intelectual, la biblioteca de mi padre cobró otro sentido. La demorada aproximación a sus libros permitió otro trato entre nosotros. Asombrosamente, podíamos conversar.

Roberto Bolaño dejó un conmovedor pasaje acerca de la importancia que los libros pueden tener para un padre. Enfermo de gravedad, se preguntaba quién se haría cargo de educar a su pequeño hijo Lautaro. En *La Universidad Desconocida* escribe: "¿A quién encargar de su cuidado sino a los libros?". La mente del padre estaba en esas hojas que debían resistir, "como caballeros medievales", para apoyar al hijo.

Cuando regaló su biblioteca, mi padre ya había visto crecer a los suyos. A diferencia de Bolaño, no podía confiar en sus libros para decidir nuestro destino.

Curiosamente, por entonces tuvimos una acre discusión sobre Octavio Paz. Fue una de las pocas veces en que me atreví a desafiar su autoridad intelectual. Él publicó un texto donde lamentaba que el poeta, que solía identificarse con los disidentes de todas las épocas e insistía en la necesidad de no estar cerca de príncipe alguno, se hubiera convertido en un personaje tan cercano al poder: su mensaje liberador se ponía en entredicho con su conducta. Esto casaba perfectamente con la idea que mi padre repudió en aquella lejana discusión con su maestro José Gaos y abrazó durante el resto de sus días: todo pensador debe vivir conforme a sus ideas.

El diagnóstico sobre la figura pública de Paz era acertado. Admirador de numerosos rebeldes de otros países, el poeta fue una figura autoritaria. Si un joven autor lo criticaba en una remota publicación de provincia o asumía una postura política ajena a la suya, el patriarca de las letras nacionales le hacía saber su descontento, en forma directa o a través de sus numerosos corifeos; al modo del Estado mexicano, que bautizó como el "ogro filantrópico", Paz repartía favores y ejercía sanciones.

Sin embargo, la falta de congruencia entre su prédica y sus actos no le restaban fuerza a una obra luminosa. Un legado esencial de la Ilustración fue la autonomía de la obra, que no debe someterse a la sanción del Estado o de la Iglesia. A riesgo de perder la vida o padecer la cárcel o el exilio, Voltaire, Diderot y Rousseau se atrevieron a ejercer esa libertad. Mi padre los admiraba y por eso se los mencioné, pero la importancia que concedía al modo en que debe vivir un intelectual lo llevó a una postura que anticipaba la reciente cultura de la cancelación: la poesía y los ensayos de Paz ya no podían ser leídos como antes. El hombre negaba al poeta.

Me pareció que analizar la obra por la biografía era tan autoritario como lo que él pretendía criticar en Paz. *Pasado en claro* y *Piedra de sol* seguirían siendo magníficos poemas, aunque su autor se hubiera apartado de Cortázar por sus ideas, colaborara con Televisa o estuviera cerca del presidente de la República. Por otra parte, extender esa crítica puede llevar al absurdo de condenar a personas de siglos precedentes por no comportarse con los criterios que hoy nos parecen válidos. ¿Debemos abandonar a Séneca porque asesoró a Nerón?

Todo esto para decir que me atreví a opinar que me parecía reductor condicionar la lectura de una obra a la conducta ética de su autor. Numerosos artistas han tenido biografías reprochables. ¿Tenía sentido establecer un nuevo tribunal, juzgar al artista por los hábitos del individuo? Un revisionismo estaba en marcha, negando méritos estéticos por deficiencias personales.

Mi padre insistió en que la tarea intelectual (como la del militante de izquierda) debe ser una forma de vida. Había admirado el apoyo solidario de Paz a la causa republicana en la Guerra Civil española, sus trabajos como alfabetizador en Yucatán, su vínculo con el surrealismo, sus críticas al totalitarismo soviético, su renuncia a la embajada en la India después de la matanza de Tlatelolco y a la dirección de *Plural* después del golpe al *Excélsior*. Ambos habían participado en la convocatoria que llevaría a la creación del Partido Mexicano de los Trabajadores. ¿No era esto suficiente? Para mi padre, eso acreditaba una biografía digna, pero no perdonaba el giro del poeta en sus últimos años.

Un pintor del Renacimiento comparaba a un colega brillante, que le parecía mala persona, con una luciérnaga: "Si aprecio su luz a la distancia, ¿para qué quiero conocer al gusano?".

Yo admiraba a Paz, le debía conversaciones de inmensa generosidad y buen humor y agradecía el trato que me había dado cuando dirigí el suplemento cultural de *La Jornada* ("me encanta colaborar con un periódico con el que discrepo", me dijo entonces); conté esa anécdota y, como buen filósofo, mi padre respondió:

—Tal vez, no lo sé.

Estábamos en un restaurante de mariscos y no quiso seguir hablando. Vio la mesa durante largos minutos y pidió la cuenta (como siempre, insistió en pagar, atributo de su paternidad). Supe que lo había ofendido y no volvimos a mencionar el asunto.

La discusión fue incómoda para los dos. Yo no exigía que Paz fuera ejemplar; me bastaba que fuera un gran escritor. Mi padre vio en mi actitud un déficit moral, aunque luego pensó de otra manera. Su silencio, como tantas veces, encubría una reflexión profunda.

De manera póstuma, nuestras discrepancias sobre el sentido intelectual de dar ejemplo se sellaron con un ejemplo.

Cuando los libros fueron a dar a Morelia, él se quedó con unos pocos para matar el tedio y con algunos más, que escondió rigurosamente.

Dos o tres días después de su muerte, me habló Marta, su cuidadora y cocinera:

—Su papá dejó un paquete para usted.

Me sorprendió ese legado repentino, pero me sorprendió más la lección que entrañaba.

Fui a casa de mi padre. Marta me dio una mochila cilíndrica, de lona, como las que usan los deportistas. No sabía que él tuviera una de ese tipo. Descorrí el cierre. El equipaje contenía la inesperada reconsideración del filósofo.

En efecto, las *Obras Completas* de Octavio Paz.

8

La culminación de una experiencia

Desde que abandonó la carrera de Medicina, mi padre se relacionó con el cuerpo de modo estoico. En 1992, poco antes de cumplir setenta años, padecía una laberintitis que le causaba vértigo; sin embargo, no dejaba de salir a la calle, apoyándose en las fachadas de las casas.

A principios de ese año se celebró en el auditorio de la Facultad de Medicina de Ciudad Universitaria el Coloquio de Invierno, destinado a analizar las perspectivas sociales del fin de siglo. Mi padre debía participar, pero se sentía agobiado por el mareo y me pidió que lo disculpara con los organizadores. Fui a la sede del encuentro y, justo cuando cumplía su encargo, lo vi entrar al auditorio.

—¿Cómo llegaste? —le pregunté, sorprendido por su aparición.

—Le pedí a un alumno que me guiara y me agarré a su espalda.

Había atravesado el campus con un *sherpa* que le servía de apoyo. Recordé una frase que me decía de niño y que durante mucho tiempo me pareció incomprensible: "Eres el báculo de mi vejez".

La escena parece una alegoría del magisterio: su fuerza provenía de las personas que había formado. Seguramente, ignoraba el nombre de ese alumno y las circunstancias de su vida, pero se sostenía de sus hombros con la seguridad de quien confirma una teoría. Cuando Hegel dijo ante Napoleón que al fin veía "una idea a caballo", entendió la materia como una posibilidad del pensamiento. En forma similar, mi padre usó el cuerpo del alumno como el prólogo de su ponencia y atravesó los jardines del campus apoyado en esa "idea".

Una y otra vez lo vimos sortear adversidades físicas como si el cuerpo no fuera otra cosa que una molesta sugerencia. Rara vez se protegía del frío e ignoraba que hay distintas formas de vestirse. Detestaba la playa, esa árida región donde los libros se llenan de granos de arena. A pesar de sus continuas gripes, vivía según la hipótesis de que el clima puede ser ignorado.

Algo parecido le pasaba con la gente. Recuerdo la cena en la que él y Alejandro Rossi hablaban de los horrores de la capital y la posibilidad de mudarse a un sitio más tranquilo. De pronto, alguien sugirió la ciudad de Puebla, de innegable hermosura, con buena vida cultural, espléndida comida y cercana a la Ciudad de México. "El problema es la gente", comentó un contertulio. Antes de que pudiera hablarse de un prejuicio hacia los poblanos, mi padre alteró la reunión con esta frase:

—Pero ¿por qué les importa la gente?

—Bueno, es que *hay* gente —respondió cáusticamente Rossi.

Mi padre hacía notable abstracción de las personas. Olvidaba los rostros como si pertenecieran al clima que tampoco le interesaba. Esto le permitía concentrarse en sus asuntos. No llegaba a calificar como egoísta porque reaccionaba a las llamadas de atención de quienes lo necesitaban, pero se apartaba dichosamente del entorno.

En forma curiosa, también se desentendía de su cuerpo. Cuando yo era niño, si me quejaba de un dolor decía:

—No seas tiquismiquis.

Ser "tiquismiquis" significaba tener cólicos, jaqueca, diarrea, calambres, malestares que él soportaba en secreto.

Su estoicismo y su excepcional constitución física le permitieron vivir al margen de la salud hasta muy avanzada edad. En caso necesario, como ocurrió en el Coloquio de Invierno, recurría a la fuerza de la voluntad.

En 2003, a los ochenta y un años, pasó por un quebranto mayor. Sufrió un derrame cerebral en Oaxaca. De manera insólita, pudo volver por su cuenta a la Ciudad de México. Yo vivía entonces en Barcelona y regresé al país temiendo estar ante el anuncio de un desenlace fatal. La demora en ser atendido le causó daños irreversibles. Perdió por un tiempo el uso del idioma; luego, su cerebro reaccionó de modo peculiar: mi padre habló en francés. Semanas más tarde tuvo una lenta y relativa mejoría; recuperó el lenguaje común y la facultad de concentrarse.

Antes de volver a sus intereses de siempre, se entretuvo con programas de televisión que interpretaba a su manera. En las tardes veía repeticiones de la serie *Bonanza*. Tal vez recordó que Wittgenstein disfrutaba los *westerns* como un ejercicio de ética. Lo cierto es que un día me dijo:

—Esto es más profundo de lo que piensas.

Habló de la relación entre los tres hermanos de la serie, que le recordaban a los Karamázov, y de la peculiar presencia de un cocinero chino, que representaba al Otro.

Le conté esto en un correo electrónico al novelista peruano Alonso Cueto y me contestó lo siguiente:

Todo esto me ha hecho recordar que yo también fui aficionado a *Bonanza* cuando era joven. Recuerdo que había siempre un elemento ético presente en los argumentos. Incluso en esa época (los años sesenta), el tema del racismo siempre aparecía, pues los hermanos y el padre defendían a los negros de los abusos, y respetaban y querían a su cocinero chino. Era un padre con tres hijos de distintas mujeres, lo que ayudaba a que fueran tan distintos. La serie mezclaba el *western* con la comedia familiar, dos grandes tradiciones americanas. El tema de la utopía aparecía también en La Ponderosa. Todo eso parece algo anacrónico ahora, pero tal vez no lo es tanto. Mientras pensaba en eso, recordaba esa otra novela, esta vez sobre cinco hermanas, que hablan de los valores pero también del amor, en *Orgullo y prejuicio*. Las series de televisión posteriores en Estados Unidos son un espejo de la evolución: hay mucho más cinismo y las familias se han desmembrado (como en *Seinfeld* y *Two and a Half Men*).

Pocos días después, Cueto añadió:

Después de escribirte el último correo, prendí la televisión y por obra de un programado azar, estaba empezando en ese mismo canal un capítulo de *Bonanza*. A diferencia de otras veces y gracias a nuestras conversaciones digitales, lo vi completo, algo que no hacía en cuarenta o cincuenta años. Un vecino inmigrante italiano de los Cartwright ve llegar a un grupo de indios que se instalan en su tierra y decide darles protección, pues comprende que han sufrido mucho. Sin embargo, la ley lo obliga a sacarlos para que vayan a la reserva. En torno a todo eso, su familia italiana y el cocinero chino de los Cartwright entran en conflicto. Un tema para reflexiones éticas en torno a las diferencias culturales que seguramente está en la base del interés de tu padre y de Miró Quesada. Mi padre también fue filósofo, por eso lo conozco a Paco Miró Quesada, y ésos eran los temas que se planteaban en algunas conversaciones. Creo que voy a ver la serie de vez en cuando desde ahora.

Las reflexiones de Alonso Cueto me ayudaron a entender lo que mi padre veía sin explicarlo del todo. Los avatares del rancho La Ponderosa le permitieron retomar lentamente los asuntos que le interesaban antes del ictus. La diversidad, la autonomía de los pueblos originarios, la relación entre la ética y el poder volvieron a él a través de los vaqueros, los colonos y los inmigrantes que disputaban por tierras y colindancias.

Una tarde se animó a asomarse a las hojas tamaño carta que doblaba a la mitad para hacer cuadernos de notas. Su caligrafía de trazos de alfiler le pareció extraña, pero más extraño le pareció lo que esas letras decían o trataban de decir. Ese texto continuaba las reflexiones de *El poder y el valor*. Desconcertado, mi padre dijo:

—No entiendo mi mente —sus palabras cayeron con tristeza.

Al cabo de unos días mejoró lo suficiente para pasar de la melancolía a la irritación. Tuvo que enfrentar un asunto de la vida práctica. No podía imitar su propia firma y había olvidado el código de su tarjeta. Estaba al margen de sus recursos.

Por un tiempo, la incapacidad física lo convirtió en un paria y descargó su ira contra los abusos del sistema capitalista. Se sabía en desventaja, pero quería luchar. Me pidió que lo acompañara al banco, donde un ejecutivo lo conocía bien.

Ajeno a las fisonomías y los rasgos de carácter, se servía de recursos simbólicos para reconocer a las personas. Definía a la gente por sus ideas o su escenografía. Al entrar a la sucursal descubrió que el escritorio del ejecutivo estaba vacío:

—¡Puta madre! —exclamó con fuerza, alterando el tedio de las transacciones bancarias.

De niño, yo no podía decir "chin" sin que él me regañara. Cualquier grosería o asomo de grosería estaba proscrita en el léxico familiar. En su caso, los insultos eran sustituidos por palabras que parecían sacadas de una novela de Galdós: "truhán", "malandrín", "zafio". El derrame acabó con esas reservas y con su cuota de paciencia, nunca muy elevada.

Curiosamente, el ejecutivo sí estaba ahí, pero se encontraba en el escritorio de al lado, lo cual lo volvía irreconocible para mi padre. Este despiste no era producto del accidente vascular, sino de su manera de percibir la realidad. En una ocasión, mi hermana Carmen lo visitó en su oficina y él pasó ante ella diciendo: "Buenos días, señorita", incapaz de reconocerla en ese ámbito. En otra ocasión, al salir de un restaurante, tomó un objeto de la mesa creyendo que se trataba de la gorra de uno de los comensales; ya en el estacionamiento, preguntó a quién pertenecía y descubrimos que se había llevado el tortillero. Cuando me hablaba por teléfono, decía: "Habla tu papá: Luis Villoro", como si yo pudiera tener otro.

La imposible vida real lo asedió con mayor fuerza en los días posteriores al derrame, y los desajustes de los que siempre nos reímos se volvieron trágicos. Pero una vez más dio muestras de insólita entereza. Tramitó entre insultos y jaculatorias un nuevo Número de Identificación Personal, lo apuntó en las libretas diminutas que guardaba en distintos cajones, supervisó las tribulaciones de la familia Cartwright en *Bonanza* y su mirada volvió a iluminarse ante la presencia de las mujeres, lo cual le permitió recuperar el vocabulario, que parecía depender del impulso erótico.

Pero un malestar profundo, cercano a la desesperación, lo agobiaba. Quería restaurar algo difícil de describir, una mente de excepcional rigor. Decir que tenía buena memoria es decir muy poco.

Antes del derrame, mantenía activos todos sus conocimientos. Las cosas aprendidas sesenta años atrás estaban tan frescas como las noticias de ayer. Podías hacerle una pregunta de física, astronomía, geografía, música clásica, disciplinas ajenas a su repertorio habitual, y respondía con la inmediatez de quien se dedica de tiempo completo a esa tarea. Su cultura era amplia, pero lo singular era el estado de alerta en que la mantenía, como si en todo momento debiera utilizarla. El derrame equivalía al incendio de una esmerada biblioteca, y él luchaba con heroísmo para apagar el fuego.

Como he dicho, actuaba según la convicción de que las enfermedades empeoran al pensar en ellas. Aceptar un dolor equivalía a confesar un defecto moral. Esta relación pudorosa con el cuerpo se volvió imposible ante un padecimiento que le dificultaba la elocuencia. Era obvio que estaba mal. Odiaba que preguntáramos por su salud y aceptamos prescindir del tema.

Por las tardes, lo visitaba en su casa para leerle un cuento o una novela breve. Me pareció oportuno compartir con él una obra que había admirado en otro tiempo, *El viejo y el mar*, de Ernest Hemingway. La trama se ubica en Cuba, país adorado por mi padre, y recupera la lucha contra los elementos, inútil pero conmovedora: "Un hombre puede ser derrotado, pero no vencido", escribió Hemingway para encomiar la dignidad en la derrota.

Terminada la larga lectura, mi padre resopló y dijo:

—No soy como el pescador, no quiero seguir luchando.

Fue lo más cercano a la resignación que le escuché. La voluntad que parecía inquebrantable había sufrido un revés.

Atesoramos ciertas frases por su rareza: definen a una persona por lo que no debería decir. Fue lo que sucedió con la lectura de *El viejo y el mar*. Mi padre claudicaba, gesto decisivo por insólito.

Como tantas veces, me equivoqué con él. El relato de Hemingway lo hizo sentir vulnerable, pero al día siguiente hablamos del suicidio del autor y lo repudió por completo. Recordó una de sus pasiones de juventud, el existencialismo, y el libro de Camus, *El mito de Sísifo*, en el que señala que no hay problema filosófico más importante que el suicidio. Acto seguido, señaló que Sartre era muy superior a Camus. Habíamos hablado del tema varias veces, con la asimetría del maestro ante el alumno. Mi padre no asumía con sus hijos el tono de quien pronuncia un dictado, pero su trabajada retórica era la de quien, indiscutiblemente, sabía más que nosotros. Muchas veces sus cuatro hijos soñamos que nos daba la razón sin que eso dejara ser, precisamente, un sueño. Yo prefería a Camus sobre Sartre, no sólo como escritor, sino como defensor del hombre rebelde, ajeno a las coacciones del partido y del "compromiso histórico". Mi padre volvió a decir:

—Camus podrá escribir mejor, pero Sartre piensa mejor.

Esta pugna ponía en tensión nuestros oficios. Me dedico a la literatura, donde se aspira a escribir mejor de lo que se piensa, y él se dedicaba a la filosofía, donde se piensa mejor de lo que se escribe.

Después de recordar que Sartre había sido más profundo, aunque menos seductor que Camus, regresó al tema del suicidio:

—La filosofía existe para negarlo. Es una preparación para la muerte, como dijo Montaigne.

Mi padre volvía a argumentar. El filósofo estaba de vuelta.

Sin embargo, aunque regresó a su talante combativo, se negó a recibir tratamientos para disminuir la afasia hasta que supo del Centro Internacional de Restauración Neurológica en Cuba, que le había entusiasmado a Sergio Pitol. Mi padre aceptó ir ahí, pensando menos en su salud que en ser curado por la Revolución.

Las precariedades de la isla no minaron su pasión castrista. Regresó con renovado aprecio por la bandera del rubí y la estrella, y fortalecido por el descanso en un hospital rodeado de jardines.

En 2005, dos años después del incidente vascular, escribió un brillante ensayo, "La filosofía desde la otra cara de la modernidad", donde puso énfasis en la inclusión y el reconocimiento de las diversidades culturales, y en 2006 prosiguió esas reflexiones en "¿Otra democracia es posible?", donde criticó los procedimientos representativos de las democracias parlamentarias y abogó por una democracia directa. Esas ideas fueron la base de un libro que se publicaría después de su muerte, *La alternativa*, y formaron parte de los ensayos que Guillermo Hurtado y yo reunimos en 2022, con motivo de su centenario, en *La identidad múltiple*.

Ante la dificultad de escribir como lo había hecho antes, optó por un estilo más económico, casi aforístico. Otros filósofos, de Demócrito al Wittgenstein del *Tractatus*, pasando por el muy leído Byung Chul-Han, han ejercido un pensamiento epigramático, que no requiere de vastas argumentaciones. Mi padre decantó su capacidad expositiva, transformando una limitación en otra manera de expresarse. No buscó, como el Beethoven de los cuartetos o el Thomas Mann de *Doktor Faustus*, un sofisticado y novedoso "estilo tardío", sino una prosa de supervivencia. Ajeno a la capacidad argumentativa de libros como *Creer, saber, conocer* o *El poder y el valor*, prescindió de toda floritura innecesaria. Al revisar los textos dispersos que integrarían *La identidad múltiple*, Hurtado registró de inmediato el decantado hilo conductor de esas reflexiones: cuando la identidad no es múltiple, hay exclusión; cuando hay exclusión, hay injusticia y ausencia de democracia real.

Ese trabajo fue producto de una enconada lucha consigo mismo. Para un cerebro que recompone sus funciones, al modo de una computadora que se "reinicia", los avances suelen estar acompañados de recaídas. Poco a poco, el sobreviviente comenzó a aprovechar sus desventajas, demostrando que uno de los principios de la sabiduría consiste en convertir los defectos en virtudes.

Me atrevo a decir que incluso se sirvió de la neblina mental que ya no lo abandonó del todo para acomodar la vida a su medida.

Padecía diabetes y tenía prohibidos dos placeres que le resultaban esenciales, el alcohol y los chocolates. Como suele ocurrir, en aras de ayudarlo, sus parientes nos volvimos insoportables. Con la complicidad de su cuidadora, él se hacía de botellas de vino y cajas de chocolates, y no aceptaba comentarios críticos. Con entereza apocalíptica afirmaba:

—Quiero morir contento.

Tres años después del derrame esta disputa proseguía. Mi hija Inés, entonces de seis años, fue a verlo una tarde al salir de la escuela. Hablaron largamente de un asunto que a ambos concernía: la irrenunciable importancia del chocolate.

Por lo que alcancé a oír, Inés le pidió que no confundiera los consejos de la familia con la realidad. No queríamos que se enfermara, pero eso no significaba que los chocolates fueran malos; al contrario, eran tan buenos que había que dosificarlos.

Si mi hermano Miguel heredó, más que ninguno de nosotros, el talento de mi padre para el conocimiento, quien heredó su talento para argumentar fue mi hija Inés.

Después de hablar con ella, mi padre inventó una historia. Sabía que nos podíamos oponer a lo que pretendía decir con sensatez y que, en cambio, callábamos cuando hablaba como si no las tuviera todas consigo. En la siguiente reunión dijo con gestualidad teatral:

—Me visitó mi hija menor, la que vive en Francia.

Se refería a Inés, que vivía en México, pero estudiaba en el Liceo Francés.

—Es una psicoanalista de altísimo nivel —continuó.

¿La confundía con su hija Carmen, que ejerce el psicoanálisis en Guadalajara?

—Me reveló la clave de los chocolates. Ahora entiendo por qué ustedes están equivocados.

Repitió lo dicho por Inés y supimos que tenía razón. El prohibicionismo extremo lo hacía ver como alguien indigno de confianza, incapaz de moderación alguna. De manera libre y racional, él debía decidir su propia cuota de vino y chocolates. El argumento era incontrovertible. Además, se apoyaba en una suave chifladura: una presunta psicoanalista de seis años convertía un placer peligroso en dosificada prescripción médica.

En sus últimos diez años mi padre reveló en forma sorprendente su capacidad para sobreponerse a los desgastes de la edad. Todo lo que aprendió en sus años de fortaleza le sirvió para resistir en la debilidad. En muchos sentidos fue su mejor década.

Al preguntarle cuál había sido su edad favorita respondía sin vacilar:

—Los treinta años.

Esa edad de elección lo situaba antes de todo lo demás, a la puerta de sus libros, sus matrimonios, sus cargos universitarios, sus compromisos políticos. Le gustaba verse así, como una hoja en blanco a punto de ser escrita, en los albores de una trayectoria. Las turbulencias posteriores le brindaron momentos de gozo, pero su edad perfecta parecía ser la de una vida potencial, hecha de promesas y conjeturas.

Sin embargo, la plenitud le llegó cuando ya parecía imposible. No me refiero a sus logros intelectuales o académicos, sino a algo más profundo: la vida como obra.

Sus apariciones públicas menguaron, pero sus relaciones personales se fortalecieron. En la vejez, reunió los restos de un naufragio para ejercer el gozo, la serenidad, la armonía entre los sentimientos y las ideas. En compañía de la filósofa Fernanda Navarro, su última mujer, fue capaz de un sostenido atrevimiento: ser feliz sin caer en las banalidades que siempre repudió.

¿De qué sirve dedicarse a la reflexión si no es para refutar la adversidad? Séneca y Epicuro pasaron por lo mismo antes que él. El primero aceptó la fatalidad con digna aquiescencia, el segundo ejerció la dicha consciente de sus límites. Mi padre combinó ambos recursos y nunca fue tan feliz como en sus años finales.

De más está decir que sus nuevas habilidades lo volvieron caprichoso. Hizo lo que le dio la gana sin perjudicar a nadie. Siempre preocupados, sus parientes pensamos que podía dañarse a sí mismo. Salía a caminar a deshoras sin avisar. Vivía en la colonia Guadalupe Inn, muy cerca de Plaza Altavista, donde solía ir al cine. Pero la ciudad se había degradado en tal forma que la calle de una cuadra que debía recorrer ya era temible e incluso había sido descrita en noticiarios de televisión como un enclave del hampa (todo un récord, tomando en cuenta que cualquier calle de la capital se prestaba para un asalto). La "cuadra del peligro" tenía las banquetas rotas; pequeños comercios se habían convertido en centros de reunión de hombres que alzaban su camiseta para ventilarse el vientre mientras compartían cervezas. Dos o tres motocicletas dificultaban el tránsito por la vereda y no pertenecían a repartidores; parecían estar ahí como una posibilidad de escape. Pero mi padre siguió yendo al cine apoyado en su bastón sin ser víctima de un atraco.

El cajón de su buró se había convertido en una combinación de cajero automático y farmacia. Le gustaba tener billetes para sentirse seguro, aunque no los necesitara de momento, y guardaba ahí sus medicamentos de importancia, entre ellos las pastillas Viagra Flash, que hacían pensar que sus escarceos amorosos no habían terminado y por las que, naturalmente, jamás le pregunté.

Continuaba viajando a Chiapas para ver a los zapatistas, hacía donaciones imprevistas, comía en La Casserole un menú kamikaze (crema de queso, sesos en mantequilla negra y *brownie*) y recibía a personas que podían aprovecharse de su hospitalidad. En el fondo, nada de eso era nocivo: todo estaba bajo control, menos nuestra preocupación. Nos había acostumbrado en tal forma a su firmeza de carácter que nos costaba trabajo adaptarnos al nuevo sesgo de su inteligencia, que sorteaba la debilidad física con los variados registros del afecto, la voluntad y la picardía.

Quienes hablaban con él por primera vez admiraban su buen juicio y su vocabulario. Conservaba el dominio del balón, aunque ya no podía jugar un partido. Quienes lo conocíamos de tiempo atrás sabíamos que era otro.

Recuerdo un episodio de su elocuencia. Por ahí de 1976, asistí a una conferencia suya en la Universidad Autónoma

Metropolitana-Iztapalapa. Había iniciado su disertación cuando el Teatro del Fuego Nuevo se quedó a oscuras, víctima de un apagón. Con toda calma, dijo:

—Afortunadamente, las palabras y las ideas son luminosas en sí mismas —y continuó en forma impecable.

Ese orador magistral había desaparecido, pero la figura que lo sustituía era fascinante. Con menos registros lograba más, no en el campo intelectual, sino en el entorno afectivo, en el que nunca se había sentido muy cómodo. Disfrutaba cada momento del día, desde la puntual lectura de *La Jornada* en la mañana hasta la cena de tortilla de patatas que le hacía su cuñado Fernando. No dejó de reflexionar ni de asociar cualquier tema con sus ideas. Mantuvo su correspondencia con el subcomandante Marcos y sus diálogos con Pablo González Casanova, el compañero de generación que más admiraba, escribió *La alternativa*, sobre el original camino emprendido por los zapatistas, se acercó al budismo, leyó poemas, vio documentales científicos y sorteó a los médicos como si gozara de salud perfecta.

Con el pretexto de no ser entubado ni mantenido en estado larvario, esquivaba las consultas. Estaba bastante bien para su edad, pero ya sabemos cómo son las familias. Alguien tenía que vigilarlo.

A pesar de su resistencia, lo acompañé varias veces al médico. Cuando le preguntaban si se había sometido a cirugías, descartaba esa información como si se tratara de una propuesta. Entonces yo recordaba que le habían hecho una angioplastia y lo habían operado de la próstata:

—¡Cómo te acuerdas de tantas cosas! —exclamaba con genuina admiración.

A falta de achaques reales, los parientes pensamos en algunos imaginarios. Sospechábamos que su puritanismo ante la enfermedad podía ocultar algún mal. De sus cuatro hijos, yo era el único que vivía en la Ciudad de México. Además, soy el primogénito y nací en una época en que eso incluía responsabilidades. Por lo tanto, mis hermanos confiaban en que lo llevara al médico.

Los padres les niegan cosas a los hijos, pensando, no siempre con razón, que eso los beneficia. Pasan los años, la relación de autoridad se invierte y los hijos les niegan cosas a los padres, pensando, no siempre con razón, que eso los beneficia.

Las principales desavenencias con mi padre venían de la convicción de que no se cuidaba. Queríamos que se comportara de un modo y hacía lo contrario. No se trataba de una contienda abierta, pero, si lo hubiera sido, él habría ganado todas las partidas. Varias veces les dije a mis hermanos que su manera de ser se imponía a la nuestra. No se trataba sólo de terquedad, sino de astucia.

De haber sido hijo único, habría juzgado que mi padre disfrutaba de los acomodos de la buena vejez. Pero no estaba solo en este análisis. Con la mejor intención, mis hermanos hacían toda clase de preguntas sobre su estado de salud. Durante una década respondí en forma infructuosa al interrogatorio de una psicoanalista, una economista de la salud y un doctor en física que vivían lejos y anhelaban estar cerca. Para acabar de una vez por todas con la presión familiar, decidí que mi padre viera a un geriatra capaz de hacer un diagnóstico de conjunto.

Se acercaba a los noventa años sin haber consultado a un especialista de ese tipo y se negaba a ver a un "médico de viejos".

Busqué a especialistas que pudieran caerle bien, hasta que el doctor Guillermo Soberón me recomendó a un geriatra que se había doctorado en Francia y era buen lector de filosofía. No le dije a mi padre que iríamos a una consulta; le propuse que sostuviera un coloquio con alguien que lo había leído; aceptó, con más curiosidad que convicción.

El geriatra resultó ser una persona amable y culta que compartía los gustos parisinos de mi padre. Hablaron con buen ánimo de diversos temas hasta que el médico deslizó el diálogo hacia la consulta:

—Si le digo que el señor Martínez vive en la calle Centenario número 4, departamento 105, ¿me puede decir cuál es su dirección?

—No.

—¿No me puede decir el nombre de la calle?

—No.

—¿Por qué?

—Porque no conozco al señor Martínez.

—Se trata de una hipótesis, necesito saber si usted recuerda lo que le digo.

—Recuerdo lo que me interesa, no lo que no tiene sentido. ¿Por qué debo interesarme en el señor Martínez?

—Estamos haciendo un ejercicio.

—Entonces no me pregunte por su calle, dígame qué tengo que ver con el señor Martínez.

—No tiene nada que ver.

—¿Lo ve? Su pregunta es insustancial.

—Quiero saber si retiene los datos.

—Retengo los datos que aportan sentido, ¿cuál es el sentido del señor Martínez?

El filósofo se imponía al médico, que buscó un nuevo ángulo de ataque:

—¿Le preocupa la muerte?

—Como a todo mundo.

—¿Teme morir?

—No demasiado, trato de olvidarme de mí mismo.

—¿Está deprimido?

—Para nada, ese olvido conduce a la felicidad. ¿Ha leído libros de budismo?

—No.

—Debe hacerlo.

—¿Cuál me recomienda?

La sesión cambió de signo; mi padre comenzó a recetar lecturas y el médico a tomar apuntes. Contemplé con orgullo ese diálogo inesperado, sabiendo que nadie podía estar más sano que mi padre a sus casi noventa años.

Al salir del consultorio, exclamó:

—¡Es un doctor espléndido! —atribuía al médico el diálogo que él había guiado.

Fue el sesgo dominante de sus últimos años. Lo significativo venía de los demás. No quería ser el centro de ninguna conversación. Acostado en la cama, preguntaba:

—Cuéntame cómo estás.

Si yo procuraba pasar a un asunto que lo incluía, me atajaba de inmediato:

—¿Cómo estás *tú*?

En 2007 coincidimos en Madrid. Yo tenía una modesta participación en Casa de América y él iba a recibir un premio. Quise acompañarlo, pero se negó a decirme dónde sería la entrega y no encontré datos en internet. Pensé que no nos veríamos, pero se presentó a mi mesa redonda, se hizo amigo de los demás participantes (entre ellos Alonso Cueto), departió con todo mundo y Daniel Mordzinski lo inmortalizó en un retrato. Feliz de ser un testigo, no quiso que nadie lo viera como protagonista.

Sus últimos años representaron la culminación de una experiencia. Al verlo tan conforme con su situación, le dije:

—Montaigne dijo que la filosofía es una preparación para la muerte, pero a ti se te está pasando la mano.

En vez de sus acostumbradas réplicas, sonrió y dijo una frase inesperada:

—Tienes razón.

9

El jardín del filósofo

El 5 de marzo de 2014, Miércoles de Ceniza, mi padre llamó a mi hermana Renata para felicitarla por su cumpleaños. Después de colgar el teléfono, dio las gracias a la empleada que le ofrecía algo y cerró los ojos, como quien cierra un libro. Yo estaba comiendo con mis hijos cuando sonó el celular. Era Marta. Entre sollozos, dijo que mi padre había muerto. La noticia no podía sorprendernos. Mi padre tenía noventa y un años, rara vez salía de casa, pasaba la mayor parte del día acostado en la cama y se despedía lentamente de sus querencias.

Para reconciliarnos con la pérdida de un ser querido buscamos palabras y gestos capaces de indicar que preveía e incluso aceptaba su destino. Salió por última vez a la calle el 25 de febrero de 2014 para asistir a mi ingreso en El Colegio Nacional, del que él también formaba parte. Se negó a ser recibido con una silla de ruedas y caminó con enorme esfuerzo hasta el aula principal, apoyado en un bastón. Lo hizo con tal lentitud que fue uno de los últimos en entrar a la sala, lo cual provocó que el verdadero ingreso a El Colegio fuera el suyo. La gente vio su semblante quijotesco, la barba blanca y las facciones acusadas, la mirada brillante, las manos recias que saludaban a distancia a personas que tal vez desconocía. De manera curiosa, como si la biología respondiera a un principio volitivo, había envejecido como una representación de sus creencias; encarnaba, de un modo casi exagerado, la figura de un pensador.

Al volver a su casa, habló con su mujer, la filósofa Fernanda Navarro, y ella tuvo el tino de grabar esa conversación. El tema fue la higuera de Buda. Mi padre recordó la fronda bajo la cual Siddhartha Gautama se sentó a meditar y alcanzó la iluminación. Ese árbol, que recibió una denominación sagrada (*ficus religiosa*), prefiguraba la última morada de mi padre.

Semanas antes de esa grabación, mi padre había tenido una última conversación con mi hermana Carmen, que vive en Guadalajara y estaba de visita. Ella subió a su cuarto y lo oyó decir de repente:

—¿Sabes que venimos de Etiopía?

Carmen se desconcertó con la pregunta, pero no demasiado. Estaba acostumbrada a que el mayor de nosotros introdujera en la conversación pensamientos sueltos que hilvanaba poco a poco. En el tono en que otra persona aludiría a una anécdota familiar, él retomaba un cabo de la historia del mundo.

Obviamente, no se refería a un pariente remoto surgido de las sabanas de África, sino al origen de la especie y la tumultuosa historia que había permitido que un padre y una hija se reunieran en ese cuarto. El encuentro se grabó con fuego en la mente de Carmen, no sólo por ser el último, sino por aludir al flujo incesante de la vida. En 2017, incluyó este poema en su libro *Liquidámbar*:

Salimos de Etiopía, tú lo dijiste
poco antes de morir.

Mirando los reflejos que provocaba
sobre los muros de tu cuarto, el tiempo.
Lo dejaste salir como un dicho casual.
Una frase cualquiera en la mañana
que arropaba el domingo.

Con naturalidad, el árbol
dejó caer la flor que había cumplido
su tarea de flor sobre la rama
y ahora la soltaba, inútil ya en el árbol,
delicada materia de la luz
para unirse a la tierra y comenzar.

Yo la tomé en mis manos como un soplo.
La guardé en mis oídos con tu voz.
La coseché en mi fuente.

En los años en que mi padre fue embajador en la Unesco trabó contacto fugaz con un hombre que, muy a su pesar, era diplomático. Como tantos escritores peruanos, Julio Ramón Ribeyro supo que en Lima carecería de estímulos para dedicarse de lleno a la literatura y buscó suerte en Europa, viviendo durante décadas en pensiones de mala muerte y asumiendo los trabajos que sólo hacen los extranjeros. Su crónica de aquellos días cristalizó en un diario formidable que desde su título alude a las penurias que debió sobrellevar: *La tentación del fracaso.*

Con el tiempo, Ribeyro ganó merecido prestigio como cuentista y se incorporó a la legación peruana en la Unesco, de la que llegó a ser titular. Ahí conoció a mi padre. Sería falso decir que fueron amigos. Simpatizaron de un modo tímido. Ribeyro había pasado por terribles enfermedades, en gran medida provocadas por su incombustible adicción al tabaco que dio lugar a una joya sobre el placer de la adicción: *Sólo para fumadores.*

Era un hombre de nariz enfática, tan delgado que parecía siempre de perfil y que regaló a mi padre un libro con el recato de quien pide una disculpa: *Prosas apátridas.*

Mi padre expresaba con facilidad una cordialidad genérica, pero requería de una respuesta elocuente para pasar a la siguiente fase del trato social. No se fijaba en las peculiaridades de carácter; dependía de que el otro, más atento a esas cosas que él, mencionara algún asunto que pudiera unirlos. Ribeyro, por su parte, era dueño de una discreción elegante, digna de un poeta portugués. Resultaba difícil que hablaran mucho.

Prosas apátridas reúne textos sin género preciso, ajenos a un territorio propio. Mi padre apreció la forma en que Ribeyro se ensayaba a sí mismo, usando la narrativa como un modo pensar. Esa inteligencia libre, que no busca articularse en un sistema, le recordó un libro de su gran amigo Alejandro Rossi, *Manual del distraído*, título que, por cierto, podría definir el carácter de mi padre.

En las representaciones que la pintura sacra ha hecho de las Tres Gracias, la Fe suele mirar hacia un sitio lejano, imposible de ubicar: busca lo que no está ahí; ese punto lejano determina su convicción. La Esperanza y la Caridad no pueden distraerse del mismo modo. Para mi padre, la amistad era un acto de fe. Creía en las bondades del afecto, pero no siempre encontraba la manera de encarnarlo. Respetaba e incluso admiraba a la gente silenciosa, pero le costaba trabajo tomar la iniciativa para que la conversación prosiguiera más allá del entusiasta saludo inicial. Alejandro Rossi era un conversador inagotable; con enorme destreza, ponía a mi padre en situación de decir cosas interesantes. No tuvo la misma suerte con el reservado Julio Ramón Ribeyro. Sin embargo, mi padre lo leyó con una atención que rara vez confería a los narradores que registran el evanescente territorio de los días comunes.

En *Prosas apátridas*, Ribeyro concibe la vida como "algo exterior a los seres, algo que los preexiste". El organismo es el receptáculo transitorio de una energía que lo trasciende: "La vida está en los seres, pero los seres no son la vida". Esta rueda de la existencia coincide con los apuntes postreros de mi padre, en los que buscó asociar el budismo con el largo camino de los zapatistas.

En su última plática con mi hermana Carmen, se refirió a ese incesante fluir. En efecto: venimos de Etiopía, la primera escala de la especie posterior al estallido del universo.

Si con Carmen habló del origen, en sus últimas palabras mi padre habló del porvenir. Pasaba la mañana en cama, leyendo *La Jornada* y *El País*. Al verlo sumido en las noticias, yo le preguntaba:

—¿Qué posibilidades hay de cambiar el mundo?

Él sonreía, pero contestaba en serio: todos los días hallaba un pretexto para transformar la realidad.

Cuando terminó mi acto de ingreso a El Colegio Nacional, me senté a su lado. Él estaba junto a mi madre, en el aula que lentamente se vaciaba. Un fotógrafo se acercó y tomó el retrato que conservo en mi buró. Mi padre sonríe, con el rostro ilusionado de quien avista un molino de viento. Mi madre lo mira con admiración. En ese momento él me preguntó:

—¿Qué planes tienes?

Yo estaba aturdido: mi único plan era sobreponerme a la emoción de esa noche.

—¿No estás escribiendo nada? —me preguntó—: ¡Haz planes!

Una vez más él ya estaba en el futuro.

Mis hermanos pidieron que hablara con mi padre sobre el destino de sus restos mortales. La conversación no podía ser más incómoda. Durante semanas lo visité sin atreverme a sacar el tema, hasta que aludí al eufemismo de su "última voluntad". Me vio como si le propusiera comprar un coche.

—¿A qué te refieres? —hizo la pregunta con la que descartaba de antemano cualquier respuesta.

Hablé del tránsito final y respondió como quien zanja un asunto mil veces discutido:

—Me creman y ya.

—¿Y qué hacemos con las cenizas?

—Tírenlas a la basura, o al canal del desagüe.

Le pedí que no pensara en él sino en nosotros, que deseábamos honrarlo.

—Perdón, perdón, hagan lo que les dé la gana.

Quise que participara en la decisión. Mencioné a la Universidad y me atajó de inmediato:

—No quiero honores, las ceremonias académicas son un teatro de la vanidad.

Había pasado la mayor parte de su vida en las aulas de Ciudad Universitaria, pero no quería que una placa de bronce llevara su nombre.

Le hablé de un árbol, sin insignia ni frases conmemorativas. La idea le gustó, pero ninguno de los lugares que le propuse le pareció apropiado. Se había desprendido de sus libros como un gesto de desposesión radical y quería hacer lo mismo con su cuerpo. El ciclo de la materia debía asimilarlo sin festejos ni nomenclaturas.

—Pero nosotros queremos hacer algo.

Me vio de un modo compasivo: después de tanto tiempo a su lado, yo todavía creía en las fiestas, las ceremonias, tal vez, incluso, en los repugnantes honores.

—Hace mucho que el Necaxa no gana el campeonato, papá.

En 1996 habíamos ido por última vez juntos al Estadio Azteca, a la final del Necaxa contra el Celaya. Esa vez nos abrazamos con desconocidos en las tribunas para celebrar el inaudito triunfo de los Rayos. Aunque él le iba a los Pumas, participó con gusto en el ritual.

Cuando muriera, también abrazaríamos con gran afecto a las personas desconocidas que irían al funeral.

Mi padre entendió que yo no poseía su espiritualidad y necesitaba esos abrazos. Me vio, como si yo volviera a ser el niño que iba con él a los estadios, y dijo con una sonrisa, no desprovista de orgullo:

—¿Qué lugar te gusta para mi árbol?

No mencioné la selva ni los bosques de las cañadas ni las montañas zapatistas en Chiapas por temor a que asomara la palabra "homenaje" y él suspendiera la conversación.

Preferí hablar de Palenque, donde yo había hecho un programa de la serie *Piedras que hablan*. Esa maravillosa necrópolis no sólo albergaba los restos de Pakal II y la Reina Roja, sino de estudiosos contemporáneos del pasado indígena, como Alberto Ruz Lhuillier y Linda Schele. Ambos habían nacido en el extranjero (Ruz en Francia, Schele en Estados Unidos) y habían hecho suyo el legado maya. Mi padre, nacido en Barcelona y mexicano por ardua voluntad, podía encontrar ahí una última morada.

El sitio le gustó, pero le molestó la idea de que pudiera formar parte del inventario arqueológico. No quería que una placa con su nombre distrajera del Templo de las Inscripciones.

—Hay un río en Palenque, podemos lanzar ahí las cenizas.

—Tal vez, tal vez… —contestó.

Era lo más cerca que podía estar de una aceptación y así se lo dije a mis hermanos y a Fernanda Navarro.

Después de su muerte comenzó la batalla de los nombres. Durante siglos, las familias utilizaron apelativos de sombra para afianzarse a la costumbre y evitar pugnas al interior del clan. Mi padre debía llamarse Luis, como su abuelo materno, pero recibió otros dos nombres de compromiso, Anselmo y Antonio, que muy rara vez usó.

Cuando mi tío Miguel murió, en 1990, fui el encargado de aportar los datos para el acta de defunción y no mencioné sus nombres adicionales, que para mí habían sido clandestinos. Fue necesario hacer complicados trámites para que volviera a morir con su nombre completo.

Para evitar esto, me aseguré de que mi padre falleciera como Luis Anselmo Antonio, lo cual llevó a otro problema. En muchos documentos aparecía sólo como Luis y a veces con uno de sus dos nombres adicionales. El último trámite (eso espero) con la burocracia de la muerte concluyó en 2022, ocho años después de su fallecimiento.

El funeral en Gayosso Félix Cuevas reunió a cientos de personas de la academia, el zapatismo, las luchas sindicales y, naturalmente, la familia. Siguiendo su disposición, no fue velado en El Colegio Nacional ni dimos declaraciones a la prensa. *La Jornada* tuvo la generosidad de dedicarle su portada, donde lo destacó como el "filósofo de las luchas sociales" y le concedió seis páginas de comentarios.

Como ya dije, la primera corona luctuosa que llegó a la funeraria pertenecía al Hostal de los Quesos, la antigua taquería revolucionaria. Poco a poco llegaron más y más flores hasta que el recinto se convirtió en un jardín.

Los presos políticos de la comunidad de Atenco, que él ayudó a liberar, montaron una guardia de honor junto a su féretro y gritaron: "¡La lucha sigue!".

Una mujer pelirroja, de unos sesenta y cinco años bien llevados, se acercó a decirme que era su amiga de la cafetería de Plaza Inn, centro comercial cercano a la casa de mi padre. Yo ignoraba su existencia, como el de tantas amigas que se interesaron en su vida o la complicaron.

El rector de la UNAM, José Narro, llegó a rendir sus respetos y, a falta de otro interlocutor, se dirigió a mi hija Inés, entonces de catorce años, y le habló de la autonomía, el sentido de la educación y el magisterio de su abuelo con una impetuosa retórica que la sumió en la perplejidad.

Mientras tanto, el ataúd se cubría de talismanes: paliacates zapatistas, un búho, aliado de Minerva, los chocolates que tanto le gustaban.

A diferencia de Aristóteles, Epicuro no quiso reunir a sus seguidores en una Academia; prefirió hacerlo en un Jardín. Mi padre habría disfrutado que esa reunión póstuma se acercara más a la concepción de Epicuro.

Numerosas personas llegaron a decirme que mi padre les había prestado dinero, había tenido una participación decisiva en una junta, había salvado a la universidad de una huelga, había escrito un texto que decidió una vocación, había dado una clase inolvidable, había sido muy guapo y muy coqueto, jamás había dicho una mentira, había criticado sin ofender, había hablado por él, por ella, por nosotros todos.

Ese torbellino de palabras resultó tan intoxicante como el aroma de las flores. Abrumado por tanta admiración y tanto afecto, yo me limitaba a dar las gracias ante cada testimonio.

Cuando llegó el momento de la cremación, unos empleados llegaron por el ataúd y mi padre fue despedido con una ovación digna de los mejores toreros de su juventud.

Mis hermanos y yo descendimos al cuarto donde un empleado de la funeraria comentó que había leído a mi padre y que también él tenía inclinaciones filosóficas. Si en el piso superior mi padre había sido recordado con una pasión no desprovista de idolatría, ahora era objeto de un estrafalario homenaje. El funcionario pidió permiso para expresarnos su concepción personal de la existencia antes de entregar el cuerpo a las llamas. Aturdidos como estábamos, aceptamos oírlo. Sacó unas hojas engargoladas y nos compartió su idea teosófica del ser. Sus palabras nos hicieron mucho bien. Del dolor por la pérdida y los excesivos afectos recibidos, pasamos a algo inesperado: el humor. El discurso del pensador funerario era estrambótico y por eso mismo nos sentó de maravilla. No hubiéramos soportado otra reflexión profunda. En la parte baja de la funeraria, el doctor Luis Villoro Toranzo recibió el atolondrado discurso de alguien que hubiera sido el peor de sus alumnos. La picaresca reconforta más que la gloria. Apenas pude contener la risa y evité intercambiar miradas con mi hermana Renata para no sucumbir a una carcajada.

Cuando la arenga terminó, la agradecimos con una solemnidad digna de esa parodia y el cadáver de mi padre pasó al rito del fuego.

En lo que se consumía, volvimos a la parte superior, donde ya casi no quedaba nadie y donde una de sus exmujeres destapaba una botella de whisky.

Había ido a una pequeña tienda abierta las veinticuatro horas donde circulan bebidas aparentemente legales que no se consiguen en otros sitios. El whisky tenía una marca que nadie había visto.

—Me salió baratísimo —dijo ella, repartiendo pequeños vasos de plástico.

Bebimos en memoria del filósofo que era pasto de las llamas. Para sobrellevar el momento, comenté que la cobertura de *La Jornada* me había parecido extraordinaria.

—¿Qué tiene de extraordinario? —preguntó la mujer que había convivido largos años con mi padre.

—No es común que un periódico dedique seis planas a un filósofo —dije.

Antes de seguir, es necesario recordar que estábamos emocionalmente rebasados, dispuestos a decir cosas raras.

Lo que su exmujer dijo tuvo un alto valor terapéutico. No enterrábamos a un héroe, sino a una persona, y ella nos lo recordó.

—El hombre de la hora no es tu papá —comentó—, sólo hay una persona que merece seis páginas en *La Jornada*.

—¿Quién es? —preguntó uno de mis hermanos.

—Vladimir Putin, no hay nadie igual. Acaba de impedir un conflicto en Medio Oriente y es el único estadista que no se subordina a Estados Unidos y le pone freno a la OTAN. Tu papá tuvo muchos méritos, pero no hay que exagerar.

Apuramos el whisky en los vasitos de plástico y nos servimos otra ronda, sin decir palabra.

Recordé la apasionada arenga de mi padre mientras su hermano Miguel era cremado y el latiguillo que la acompañaba: "¡No fue feliz!".

Un par de años antes, Sergio Pitol había elogiado con elocuencia la eficaz restauración del orgullo ruso por parte de Putin. Traductor de Chéjov y Pilniak, Sergio había vivido en Moscú y sabía de lo que hablaba.

Según sabemos, Putin se perpetuaría en el poder en perjuicio de su país y su reputación. En 2014 ya era un represor que envenenaba disidentes, pero jugaba un papel geopolítico fundamental para mantener a raya las tentaciones imperiales de Estados Unidos.

Lo cierto es que, sin compartir la admiración por Putin, fue saludable que el filósofo de la discrepancia escapara a la unanimidad y la idolatría. Brindamos por nuestros rusos favoritos y por el de mi padre, Aliosha Karamázov.

Días después sobrevino la discusión de qué hacer con las cenizas. Hablé de lo que mi padre había dicho acerca de Palenque. Mi hermano Miguel preguntó en espera de una respuesta de objetiva exactitud:

—¿Estás seguro de que ésa era su voluntad?

—No, no estoy seguro, lo aceptó porque las demás alternativas no le gustaron.

—Entonces podríamos pensar en otra cosa.

Miguel tenía razón. Mi padre no había decidido su último destino, simplemente se resignó a lo que yo le dije.

Entonces asumimos posturas que nos dividieron en dos grupos. Mis tres hermanos querían que las cenizas se conservaran en un sitio privado, una urna en la cripta de una iglesia, y Fernanda Navarro y yo no dejábamos de pensar en un árbol en territorio zapatista. Con razón, mis hermanos no deseaban que la memoria paterna se tergiversara con reivindicaciones políticas. También con razón, Fernanda y yo argumentábamos que había dedicado sus últimas energías al zapatismo y que ellos custodiarían sus restos sin apropiarse de él en forma indebida. Nos parecía correcto rendirle un último tributo. Que alguien deteste los homenajes es un paradójico motivo para homenajearlo. El abandono del yo, con el que mi padre soñaba en plan budista, ya había sido logrado por él. Nosotros debíamos recordarlo de la mejor manera.

Fernanda se comunicó con el comandante David, en el caracol de Oventik, y de inmediato hubo una emocionada respuesta. Nada le gustaría más a la comunidad que recibir los restos del filósofo.

Esto acentuó la discusión binaria en el seno de la familia, hasta que mi sobrina Mariana, que es budista, señaló que no había el menor problema en dividir las cenizas, pues eso no violentaba la unidad espiritual de su abuelo. Así llegamos a una decisión salomónica. La mitad de las cenizas fue a dar a la iglesia de los dominicos en el Centro Cultural Universitario y la otra mitad al caracol número 2 en Oventik, Chiapas.

Costó trabajo organizar el acto luctuoso porque, una vez más, los zapatistas fueron agredidos. Desde 1994, se asume que en los territorios que controla el EZLN reina la calma. No es así. El homenaje a Luis Villoro se suspendió porque José Luis Solís López, conocido como el maestro Galeano, que pertenecía a la Escuelita Zapatista, fue asesinado por paramilitares. A partir de ese momento, el subcomandante Marcos dio un insólito viraje. El EZLN anunció la muerte de quien había sido su vocero y el nacimiento de otra figura, el subcomandante Galeano, que honraba al maestro recientemente asesinado (que, a su vez, se había apropiado de ese nombre de guerra en homenaje al insurgente Hermenegildo Galeana).

En un giro cervantista, Marcos no desapareció del todo; se convirtió en un autor "difunto" del que Galeano es albacea. Cervantes asegura que no es el padre del *Quijote*, sino su padrastro: no se postula como autor del texto, sino como recopilador de los papeles del árabe Cide Hamete Benengeli. Del mismo modo, ahora Galeano da a conocer textos dispersos del comandante desaparecido y los comenta con su propia voz.

Desde el principio del levantamiento se cuestionó el papel mediático de Marcos. ¿Era legítimo que una causa indígena fuera guiada por un carismático intelectual de clase media? La habilidad discursiva de Marcos fue descrita como una "genial impostura".

Pues bien: en 2014, a veinte años de la insurrección, el *sub* no vaciló en prescindir del capital político asociado con la figura de Marcos para iniciar otra fase de la contienda bajo la piel imaginaria de Galeano. Además, dejó de ser vocero del EZLN y esa tarea recayó en el comandante Moisés.

El homenaje a mi padre se llevó a cabo el 2 de mayo de 2015. Fernanda y yo viajamos a nombre de la familia. Oventik está en la parte alta de Chiapas. El viaje de dos horas de San Cristóbal al caracol número 2 nos hizo pensar que íbamos directo a una nube. Y, en efecto, la neblina no se disipó. Pasamos por el cuartel del ejército cercano a la frontera zapatista y, un poco más adelante, empezamos a ver gente con pasamontañas y carteles que anunciaban el homenaje al filósofo de las causas sociales.

Entre jirones de niebla, el pueblo entero saludaba a los recién llegados. El EZLN había hecho pública la actividad, de modo que miles de simpatizantes acudieron a la cita.

En un principio, mi padre desconfió de un levantamiento que parecía repetir las estrategias de la guerrilla guevarista. No fue a la Convención de Aguascalientes, de agosto de 1994, de la que escribí con entusiasmo. Sin embargo, poco después, y en gran medida animado por sus amigos Pablo González Casanova y Adolfo Gilly, se acercó al movimiento hasta convertirse en uno de sus principales acompañantes y asesores. Como era de esperarse, Marcos le dio un trato preferencial y estableció con él una entrañable relación.

El 2 de mayo de 2015, en compañía de Fernanda Navarro, caminé entre las casas de madera pintadas con murales coloridos, rumbo al sitio donde el comandante David, responsable de la zona, nos esperaba para compartir una taza de té de canela.

Antes de que pudiéramos decir otra cosa, un grupo de mujeres se acercó a darnos bordados para mis hijos y mis hermanos, a los que ubicaban a la perfección por nombre y por edad. En esos diseños, una familia de gente pequeña luchaba contra un monstruo de mil cabezas, la hidra del capitalismo. ¿Hay otro ejército que comience una sesión entregando bordados de infantil inventiva? La frase de Baudelaire, "tenemos de genios lo que conservamos de niños", se aplica a numerosos artistas; rara vez a un movimiento político.

Fernanda llevaba las cenizas de mi padre y le pedí al comandante David que buscara un sitio apropiado para ellas.

—Déjeme pensar —contestó con seriedad.

A pesar del pasamontañas, pude ver las arrugas en torno a los ojos, la piel curtida por el alto sol de la montaña. El comandante llevaba un faldón corto que dejaba al descubierto las piernas robustas de alguien que no ha dejado de caminar en décadas y se ha ejercitado al grado de que sus músculos parecen troncos de árbol. Elegiría bien la última morada de mi padre.

Un par de horas después me dijo:

—Ya encontré el sitio. Quiero que su papá descanse bajo un liquidámbar; es un árbol joven, que le va a dar sombra durante unos cien años; además, está muy cerca de donde nosotros nos juntamos y queremos tenerlo cerca.

Fuimos al lugar. En efecto, el árbol se encontraba a unos metros del salón de madera donde los zapatistas hacen sus asambleas. La gente del caracol había cubierto de flores el lugar y un letrero en semicírculo decía: "Luis Villoro Toranzo, 1922-2014, filósofo zapatista".

Depositamos las cenizas bajo el árbol y el viento llevó unas cuantas al ala de mi sombrero, de donde no pude despegarlas. La ronda de la materia seguía su curso.

Como la mayoría de los zapatistas, el comandante David es católico y propuso poner una cruz en la tumba. Fernanda le dijo que con el nombre bastaba.

De ahí fuimos a la explanada principal donde la gente esperaba los discursos que serían pronunciados desde un templete. En medio de la nube avistamos manchas de colores que eran gorras de beisbolista y camisetas de los asistentes. Todo se difuminaba en un mundo sin contornos, hecho de vapor de agua y enmarcado por los pinos que no dejaban de mecerse.

Con la misma capacidad de síntesis con que David explicó las razones para elegir un árbol y no otro, el comandante Moisés dijo que se celebraría un doble homenaje que era complementario: Luis Villoro había sido un maestro que se convirtió en zapatista y Galeano un zapatista que se volvió maestro.

Adolfo Gilly, Fernanda Navarro y yo hablamos ante la gente borrada por la niebla. Dentro de una nube imaginábamos un país distinto.

Marcos tardó en llegar, reforzando con la expectativa el impacto de su entrada al foro de madera. Venía con un capote para la lluvia que, ya en el foro, se quitó con cierto trabajo. Llevaba un reloj en cada muñeca y su emblemática pipa en la mano. Nos abrazamos y me dijo:

—¿Cómo estás, hermano?

Desde el inicio del movimiento, los zapatistas sustituyeron los apelativos de "camarada" y "compañero", típicos de la izquierda, por el más próximo de "hermano". Además, mi padre había encontrado un hijo adicional en Marcos, ahora Galeano. Esto llevó al subcomandante a escribirme misivas en las que firmaba como "tu hermano (bajo protesta)" y aclaraba que esa protesta era mi derecho, no el suyo, pues apreciaba que lo incluyéramos en la familia.

Mientras la nube ganaba espesura, Galeano exhumó un discurso del "difunto" Marcos. El texto era extenso, incluso para él, pero valía la pena escucharlo. Con reverencia por el detalle, el subcomandante explicó la forma en que el filósofo se incorporó a las filas zapatistas. Rebasados los setenta años, llegó con su habitual ropa de calle al punto de vigilancia de

Cama de Nubes y sostuvo un diálogo filosófico a espaldas del tiempo y de la Historia. Cito una parte de ese texto:

—Subcomandante —escuché su voz, y su figura se recortó en el umbral.

El guardia alcanzó a balbucear: "Se metió sin avisar, le dije que esperara, no obedeció".

"Ajá, no obedeció, como de por sí. Déjalo", le dije al vigía y nos dimos un abrazo con don Luis Villoro Toranzo, nacido en Barcelona, Cataluña, Estado Español, el 3 de noviembre de 1922.

Le ofrecí una silla.

Don Luis se sentó, se quitó la boina y se frotó las manos sonriendo. Imagino que por el frío.

¿Dije ya que hacía frío esa madrugada?

Hacía de por sí, como de por sí cuando no hay luz que entibie la sombra, como hoy. Es más, el frío mordía las mejillas como amante obseso.

Don Luis no parecía tomar nota de ello.

"¿Hace frío en Barcelona?", le pregunté, un poco como saludo de bienvenida, otro poco para distraerlo mientras discretamente apagaba yo la computadora.

En fin, guardé la portátil, pedí café para tres y volví a encender la pipa, rellena como estaba de tabaco usado y húmedo.

No recuerdo ahora si don Luis respondió a la pregunta sobre el clima en Barcelona.

Sí que esperó pacientemente a que terminara yo de darme por vencido, y dejara de tratar de avivar las brasas de la cazueleja.

"¿No tendrá tabaco de casualidad?", le pregunté anticipando con desilusión su negativa.

"No recuerdo", dijo, y siguió sonriendo.

¿Se refería al frío en Barcelona o a si llevaba tabaco?

Pero no eran esas las principales preguntas que se me acumulaban en la cazuela apagada de la pipa.

Antes de preguntarle al doctor en Filosofía Luis Villoro Toranzo qué diablos hacía ahí, pues dejen les explico.

En esas fechas, el cuartel general del EZLN era el "Cama de Nubes", nombrado así porque se encuentra en lo alto de una sierra y, fuera de los pocos días de la seca, se mantiene de continuo cubierto por nubes. Aunque de por sí la comandancia general es trashumante, a veces se aposenta ahí, aunque con más brevedad que las nubes.

"El Cama de Nubes".

Llegar ahí no es fácil. Primero se deben cruzar potreros y acahuales. Malo si lluvia, malo si sol. Después de unas dos horas de espinas e insultos, se llega al pie de la montaña. De ahí se eleva un estrecho sendero que faldea el contorno del cerro de modo que siempre hay un abismo a la derecha. No, no fueron consideraciones políticas las que decidieron ese trazo en espiral ascendente, sino el corte caprichoso de ese pico montañoso en mitad de la sierra. Aunque uno no paraba de subir hasta que estaba casi a las puertas de la champa de la comandancia general del ezetaelene, se habían realizado algunas obras de ingeniería militar de modo que el puesto de vigía tuviera tiempo y distancia para un avistamiento oportuno.

De ahí, el *caminamiento* de acceso al cuartel era propositivamente difícil. A la rudeza de la montaña, habíamos agregado palotadas puntiagudas, zanjas y espinas, de modo que sólo era posible transitar por él de uno en uno.

[...]

Con estas referencias, era lógico que la primera pregunta que aflorara fuera:

"¿Y cómo llegó hasta aquí don Luis?"

Él respondió: "Caminando", con la misma tranquilidad que si hubiera dicho: "En taxi".

Don Luis se veía completo, sin agitación visible, su boina intacta, su saco oscuro con apenas unas hebras de bejucos y ramas, su pantalón de pana apenas manchado y sólo en el bies, sus zapatos mocasines de una pieza. Todo completo. Si acaso había algo que notar en su barba de días y el evidente absurdo de su camisa clara, con el cuello almidonado abierto.

[...]

Entonces le hice la pregunta que habría de marcar esa madrugada:

"¿Y qué es lo que quiere don Luis?"

"Quiero entrarme de zapatista", respondió.

No había en su voz rastro alguno de burla, sarcasmo o ironía. Tampoco duda, temor, inseguridad.

Acto seguido, el subcomandante enlistó los numerosos inconvenientes para ser zapatista. De acuerdo con el relato, mi padre los rechazó uno a uno. Marcos acudió entonces a un último recurso:

"Además", añadí con displicencia, "ya no hay pasamontañas".

Era evidente que yo estaba haciendo el mejor papel. Por más que me reacomodaba en la silla y movía nervioso las cosas sobre la mesa, no encontraba cuál era la explicación lógica al absurdo de la situación.

Don Luis se acomodó la boina sobre la plata de su rala cabellera.

Pensé que se iba a despedir pero, cuando me incorporaba para llamar a la guardia para que lo acompañara, dijo:

"Éste es mi pasamontañas", dijo señalando su boina.

Cuando le argumenté que el pasamontañas debía ocultar el rostro de modo que sólo la mirada permaneciera, me refutó: "¿No se puede ocultar el rostro sin cubrirlo?"

En ese momento agradecí dos cosas:

Una, que en el continuo mover las cosas sobre la mesa, había encontrado una bolsita de tabaco seco.

La otra, que la pregunta del doctor en Filosofía Luis Villoro Toranzo me daba tiempo para tratar de acomodar las piezas y entender de qué iba todo eso.

Así que, me resguardé detrás de las palabras para pensar mejor:

"Se puede, don Luis, pero para lograrlo tiene que modificar como quien dice el entorno. Hacerse invisible es, entonces, no llamar la atención, ser uno más entre muchos. Por ejemplo, se puede ocultar a alguien que perdió el ojo derecho y usa un parche, haciendo que muchos usen un parche en el ojo derecho, o que alguien llame la atención y se ponga un parche en el ojo derecho. Todas las miradas irán sobre quien llama la atención, y los demás parches pasan a segundo plano. De ese modo, el tuerto real se vuelve invisible y puede moverse a sus anchas".

[…]

"Pero", interrumpió él, encajando sin dificultad el calambre, "otra forma de no llamar la atención, es decir, de pasar desapercibido, es no modificar la rutina, seguir vistiendo lo de costumbre. Al mirarme con la boina negra, no verán nada extraño. En cambio, si me pongo un pasamontañas, pues eso sería una modificación radical. Me verían. Llamaría la atención. Dirían: 'Es el profesor Luis Villoro con pasamontañas, ha enloquecido, pobre, tal vez oculta alguna deformación reciente, o las huellas de la vejez, o la enfermedad, o un crimen inconfesable'. *Mutatis mutandis*, si se deja de hacer algo rutinario, o de costumbre, llama la atención. Por ejemplo, subcomandante, si usted deja la pipa, llama la atención. Si se pone un parche en el ojo, otro ejemplo, se fijarán más y empezarán a especular si lo ha perdido o si lo tiene amoratado por un golpe".

"Buen punto", dije y discretamente tomé nota.

Don Luis continuó: "Si me pongo la boina, cualquiera que me vea no dirá nada, pensará que sigo siendo el mismo".

Entonces agregó como conclusión lógica:

"Y mi nombre de lucha va a ser 'Luis Villoro Toranzo'".

"Pero Don Luis", rechacé, "si de por sí ése es su nombre".

"Correcto", dijo levantando el índice derecho. "Si me pongo ese nombre de lucha, nadie va a saber que soy zapatista. Todos pensarán que soy el filósofo Luis Villoro Toranzo. ¿No dijo usted que al cubrirse el rostro los zapatistas se mostraban?"

Asentí sabiendo adónde iba.

"Ahí está, con la boina y el nombre me muestro, es decir, me oculto".

Marcos no pudo refutar este discurso y le asignó al filósofo la misión que en rigor ya cumplía: sería "posta" o centinela.

¿Qué tan verídico es este sugerente relato, cercano a *El hombre que fue jueves*, de Chesterton, donde los anarquistas descubren que la mejor forma de ocultarse es disfrazarse de anarquistas?

Marcos-Galeano acudió a su capacidad literaria para rendir tributo a mi padre. Ciertos detalles pueden considerarse imprecisos, pero la memoria siempre modifica algo. Lo singular es que, fueran ésas o no las circunstancias, el texto reflejaba a cabalidad el modo de pensar del filósofo. Poco importa que el líder rebelde exagerara o modificara la anécdota para causar mayor efecto; lo relevante es que captó el espíritu de su modelo.

Hay algo que decir de las caminatas de mi padre. Cuando vivíamos en Mixcoac, caminaba de ida y vuelta a Ciudad Universitaria unos doce kilómetros. Muchas veces salía a discutir con Alejandro Rossi en largos trayectos que ellos asociaban con la famosa *Wanderung* de las universidades alemanas donde, una vez al año, ciertas discusiones académicas se resuelven caminando. Tener un propósito definido le permitía recorrer trayectos muy extensos. En cambio, no le gustaba deambular sin meta precisa. Cuando me visitó en Berlín Oriental, donde yo viví de 1981 a 1984, salió a ver la ciudad por su cuenta y tardó mucho en regresar. Finalmente, lo vimos llegar furioso al departamento, la cara enrojecida por el esfuerzo:

—¡No sé por qué el socialismo debe estar reñido con los taxis! —exclamó.

Nada más lógico, por el contrario, que hubiera caminado hasta el cuartel de Cama de Nubes. Ese trayecto era una peregrinación.

Después de expresar un educado recelo a que las cenizas reposaran en territorio zapatista, Carmen, Renata y Miguel decidieron ir por su cuenta a Oventik. Visitaron el sitio en tres viajes distintos. Llegar a la sombra del árbol señalado, ante la tumba siempre cubierta de flores, representó, para cada uno de ellos, una experiencia que los conmovió en forma inesperada. Los ritos funerarios tienen un sentido de transfiguración. Mi hermana Carmen resumió las emociones de los cuatro hermanos en su libro *Liquidámbar*.

Ahí escribe:

Quítale al tronco su raíz.
A la rama, el tronco.
Quita a la hoja, la rama
que la sostiene
y a la flor, la hoja
y al fruto, la flor que lo parió.

Solo, sin su árbol
al fruto no le queda más remedio
que ser
árbol.

EPÍLOGO

Parientes lejanos

En la madrugada del 5 de agosto de 2022 mi madre recibió una llamada que no debió responder. Una voz áspera e impositiva le dijo que tenían secuestrado a su hijo.

En México, los montajes telefónicos para fingir plagios y pedir rescate son tristemente comunes. Mi madre había pasado varias veces por esa falsa amenaza. Fui testigo directo de una de ellas; hablábamos por el teléfono de su casa cuando sonó el de su consultorio; me pidió un momento para contestar y la oí decir a la distancia: "¡No tengo ningún hijo!". Cuando retomó el auricular pregunté por qué me había negado: "Dijeron que estabas secuestrado", respondió con calma.

Aunque el crimen pertenece a nuestros hábitos cotidianos, el 5 de agosto mi madre pensó que el asunto iba en serio. Por una vez, los nervios le fallaron.

Nada más lógico que una seguidora de Freud sea atrapada por un acto fallido de la conciencia. A los ochenta y nueve años sus facultades se mantienen intactas, pero no deja de ser una mujer apasionada, sujeta a las traiciones del sentimiento. El día anterior había tenido una desavenencia conmigo; este desacuerdo se volvió en su contra a las tres de la mañana: en la confusión del duermevela y ante la voz de un desconocido que prometía cortarme un dedo, sólo pensó en salvarme. Recordó que tenía una cantidad en efectivo y pidió a los secuestradores que fueran a su casa.

Llegaron en diez minutos, lo cual revela que estaban cerca, marcando teléfonos de la zona, que suelen comenzar con 55 54 (por esos días, otras amigas de mi madre que viven en el vecindario fueron víctimas de la misma estafa).

Después de dar el dinero a un muchacho con gorra de beisbolista, que quedó en pasar por medio millón de pesos al día siguiente, llamó al celular de Sofía, mi esposa, y supo que todo estaba bien en nuestra casa.

El susto se transformó en rabia, impotencia y angustia por haberse expuesto de ese modo. Los criminales ya conocían su casa, sabían que disponía de recursos y la buscarían al día siguiente.

Esto activó una operación de huida. Mi madre se mudó a una unidad habitacional en Copilco, abandonando el sitio en el que había vivido desde 1969, cuando nos mudamos de la colonia Del Valle a la Del Carmen-Coyoacán. En rigor, sólo ha tenido esa casa, decorada a lo largo de medio siglo como una extensión de su carácter.

La pequeña construcción de dos plantas había pertenecido al dueño del cabaret El Quid, que le aportó una escenografía vagamente francesa: mansardas y ventanas ojos de buey en la fachada, espejos por todas partes, paredes tapizadas en tela con flores de lis, arbotantes y candelabros dorados. Mi madre mitigó estos excesos, mandó construir una chimenea en la sala para hacerla más acogedora y reunió ahí sus objetos personales, que incluían un piano de media cola, un enorme retrato de San Dimas, el *Buen Ladrón*, pintado por un maestro de la escuela flamenca, una reproducción de *Los borrachos*, de Velázquez, un aparador con la vajilla que le regaló mi abuela paterna, cuadros y dibujos hechos por amigos y pacientes, y cientos de recuerdos de sus viajes, entre los que destacaba una sopera de cerámica en forma de repollo conseguida en Portugal.

La casa rodeaba a mi madre como la concha de un caracol. Ahí había convivido con sucesivas generaciones de perros y gatos, incluido al amo actual del territorio, el *yorkie* Chiquilín. Ahí había hospedado a parientes y amigos en desgracia, atendido con absoluta dedicación a sus pacientes de psicoterapia y a los múltiples invitados a sus desayunos, comidas y cenas. Era imposible imaginarla en otro espacio. La mudanza de agosto equivalía a una deportación, pero ella la aceptó con entereza y se recriminó por su imprudencia. En una ciudad sin ley había olvidado que el delito es una costumbre.

Se mudó a la unidad habitacional en compañía de Chiquilín, que niega su tamaño con un carácter resuelto, y de Juanita, su cuidadora. Mi hermana Carmen llegó de Guadalajara para ayudar en la mudanza y aportar sensatez a la decisión. Con buen juicio, comentó que Chiquilín podría pasear sin abandonar el perímetro de la unidad habitacional. Aunque esto no significaba otra cosa que recorrer un estacionamiento, la emergencia hizo que convirtiéramos las limitaciones en virtudes.

El 17 de febrero de ese mismo año, yo había sido víctima de un robo a mano armada en compañía de un amigo. Íbamos a bordo de su camioneta cuando fuimos encañonados en un semáforo. Minutos después, mencionamos el asunto en Twitter para que otros no corrieran la misma suerte en esa esquina, el asunto se volvió viral y la policía detuvo a un sospechoso. Semanas más tarde, al entrar en contacto con los familiares y los abogados del muchacho detenido, supimos que la justicia había fabricado a un culpable. En la Barra de Abogados conseguimos a un penalista que se dedica a defender inocentes e iniciamos un proceso que duraría ocho meses para liberar al estudiante de Arquitectura que padeció un calvario mucho peor que el nuestro. Pasamos por el purgatorio de las oficinas donde la jurisprudencia no es otra cosa que un obstáculo hasta que el caso se resolvió gracias al apoyo de la fiscal general, Ernestina Godoy.

Hablar de crímenes en la Ciudad de México es como hablar del clima en Inglaterra. En las reuniones los chilangos bromeamos: "No se vale contar más de dos asaltos por persona". Además, tenemos la certeza de que lo peor es no haber sido asaltado. Puesto que a todos nos corresponde una cuota de delitos, pasar por ese expediente significa estar en regla. Si no te han asaltado, significa que serás el próximo.

La declaración que mi amigo y yo hicimos en la fiscalía de Coyoacán condujo a la captura de un inocente. Después de esa experiencia no quise que mi madre se expusiera en el ministerio público. Aceptó su ostracismo en la unidad habitacional y comenzó a concebir otros destinos. Habló de un asilo de calidad en el que tenía amistades e incluso fantaseó con las desventajas de estar ahí: en su condición de terapeuta, descubriría manías y traumas de la tercera edad que nadie más había vislumbrado.

Lo cierto es que su instalación en el departamento no pudo ser más transitoria. Llegó ahí como a una casa de seguridad. No quiso poner un solo adorno o colgar un cuadro. Ni siquiera se molestó en lograr que la televisión sintonizara sus dos canales favoritos: el 22 y TV-UNAM.

Los presuntos secuestradores buscaron a mi madre al día siguiente de la primera llamada. Juanita les dijo que la señora había sufrido una crisis nerviosa y estaba hospitalizada. A partir de entonces, la casa quedó bajo el cuidado del señor Sabino, encargado de no abrir la puerta ni contestar el teléfono.

Suprimimos toda seña de vida en esa casa hasta que logramos cambiar el número telefónico. Las dimensiones del crimen en la Ciudad de México son tan elevadas que las medidas de "seguridad" equivalen a un simple conjuro. Aun así, nos sentimos más tranquilos con el cambio de teléfono y con el sistema de cámaras de vigilancia que instaló mi esposa (el dueño de la empresa llegó a revisar la zona a bordo de un BMW, lo cual confirmó que en una ciudad violenta pocos negocios prosperan tanto como las medidas de protección y custodia).

Con estos cambios, mi madre empezó a ir de vacaciones a su casa. Citaba ahí a algunos amigos y luego volvía a su refugio en la unidad habitacional. Al cabo de dos meses estaba de vuelta en la colonia Del Carmen.

Todo peligro otorga relieve a lo que se puede perder. La posibilidad de que mi madre dejara la casa de su vida nos acercó mucho.

A principios de diciembre le pedí que nos viéramos con calma para hablar de mi padre. Él le había ayudado a comprar la casa y ella sabía que yo escribía un libro sobre la figura paterna.

No la consulté en los textos que anteceden a éste, escritos a lo largo de más de diez años, pero me serví de las anécdotas que ha contado a lo largo de los años con su especial habilidad para ubicarlas en el calendario y el santoral: "Era el día de San Cristóbal de 1958…"

De manera casi imperceptible, la mano de sombra de mi madre cobró progresiva importancia en la composición de este libro. Pensaba escribir sobre mi padre cuando advertí que escribía sobre mi madre o, más específicamente, sobre la forma en que mi madre lo había visto a él. Mis recuerdos dependían de lo que ella me había enseñado a ver. Durante décadas se había afanado en que tuviéramos una visión familiar muy precisa del mayor de nosotros. Se había separado de mi padre para evocarlo con exactitud a la distancia, algo muy parecido a lo que yo trataba de hacer a través de la escritura. Me pareció imprescindible agregar un epílogo.

Y aquí estamos.

Mi padre era el desconocido de la familia, la persona que debía ser investigada. Mi madre transparenta sus afectos, sus opiniones, sus temores, sus guerras santas. Detesta cualquier forma de injusticia y encuentra maneras muy personales de combatirla. Por motivos no siempre explicables, defiende a un político que los demás condenan, a un general injustamente acusado, a un director de cine condenado por vengativas maniobras; con el mismo empeño, flagela a personajes que pueden ser los mismos que en otro tiempo ha defendido.

Convencida de sus fines, le gusta tener razón sin necesidad de demostrarlo. Descubre la inocencia o la culpabilidad en los ojos de una persona. Es incapaz de tener tratos indiferenciados y se involucra en los destinos ajenos con energía descomunal. Vive para ayudar, amar y regañar a los demás. Su lealtad siempre es superior a sus caprichos, lo cual le permite mantener relaciones estrechas con amistades de hierro, pero también con personas que no han dejado de decepcionarla en cuarenta años (si prescindiera de ese trato, su curiosidad se quedaría sin saber hasta dónde son capaces de llegar).

Su sentido de la amistad es tan profundo que modifica su vida. Me limito a poner un ejemplo. La directora Sandra Félix adaptó textos de mi hermana Carmen para una obra de teatro y conoció a mi madre. Cuando Sandra supo que había escrito un libro sobre Strindberg, le pidió que la asesorara en su siguiente montaje, una versión contemporánea de *La señorita Julia*. Poco después, la amistad con la directora pasó a un plano sorprendente: mi madre se convirtió en actriz y desempeñó un papel *trans* como Miguel Hidalgo, Padre de la Patria, en una obra basada en las historietas de Rius. Además, estableció estrechos lazos con los jóvenes actores que integraban el reparto; viajaba en el metro con ellos y les resolvía toda clase de problemas.

¿Cómo narrar a alguien que se narra tan satisfactoriamente a sí misma? Mi madre vive en estado de literatura; para ella, las suposiciones siempre superan a los hechos y sus tramas cotidianas sólo tienen sentido si el desenlace es sorprendente. No analiza a la gente por lo que hace, sino por lo que podría hacer. "Es capaz de matar", dice de alguien de plácida apariencia que poco a poco revela oscuras intenciones. Su acercamiento a los demás es siempre potencial porque anticipa con rigor a las personas. Los actos inconexos e inexplicables de los otros le permiten elaborar una "construcción de sentido". En el tramo final de este libro advertí que no era discípulo del filósofo, sino de ella.

Cuando Katia Mann fue hospitalizada por un problema respiratorio, en el sitio donde su marido ubicaría *La montaña mágica*, la familia del novelista se sometió a un nuevo orden. Hasta ese momento, Katia había resuelto todos los problemas mundanos para que el escritor pudiera trabajar con fértil disciplina. En su calidad de atenta lectora, también se ocupaba de comentar y corregir las páginas que su esposo producía día a día.

Mann dependía al máximo de ella y no imaginaba la vida en su ausencia. Aunque se sentía atraído por los hombres, optó por Katia, que le brindó un seguro oasis. La guerra y el exilio obligaron al novelista a mudarse con frecuencia. En los muros de sus sucesivos cuartos de escritura, colgó el mismo óleo que representaba a varios hombres desnudos, recordatorio de lo que le gustaba y de lo que debía prescindir para crear.

Todo cambió con la hospitalización de Katia, más prolongada de lo que ambos esperaban (de hecho, el novelista descubriría que el dilatado tratamiento era otra clase de enfermedad que sólo tenía alivio huyendo del sanatorio).

Mientras Katia respiraba el delgado aire de la montaña, Thomas se hizo cargo de sus hijos, que le parecieron bastante extraños. Tomó detallado apunte de su conducta y en su siguiente visita al sanatorio informó a Katia de lo que pasaba en casa. Uno de los niños era demasiado huraño, otro se mostraba narcisista y agresivo, otra era conspiradora, otra más se entregaba con dulzura a una melancolía excesiva...

—O sea que están como siempre —sonrió Katia.

Nada había cambiado, pero el novelista lo notaba por primera vez.

Algo parecido se puede decir de lo que pasó con mi padre después del divorcio. Desde entonces, Luis Villoro descubrió que tenía hijos.

—Él funcionaba por la culpa y me aproveché de eso para que se acercara a ustedes —dijo mi madre con malicia, cuando nos reunimos para fraguar el epílogo de este libro.

Terminaba el año en el que yo fui asaltado y ella estuvo a punto de perder la casa. Me invitó a tomar el chocolate que prepara a las cinco de la tarde y que confirma su teoría de que la ignoro, pues nunca lo tomo.

Ante mi negativa, no pasamos a la cocina donde ha colgado una foto del papa Francisco, sino al piso superior, a la pequeña sala en la que ve la televisión, lee y sostiene largas conversaciones telefónicas. Un sistema de cuerdas, activado por una polea, le permite subir cosas de la cocina en un portaviandas. Desde hace más de medio siglo las paredes están decoradas con las reproducciones de pintores impresionistas que ella compró en su luna de miel. Más reciente es el póster con una foto de mi padre, tomada en sus últimos años, cuando era un hombre de barba blanca y sonrisa fácil.

Mientras hablábamos, Chiquilín exigía ser subido a un sofá o ser cambiado a otro. Izzy, la gata que fue de mi hija pero que no pudo vivir en nuestra casa porque la repudió mi gato Capuchino, dormía en otro sillón.

—Tu papá descubrió que tenía hijos con el divorcio. Fue lo mejor que hizo —repitió mi madre—. ¿De veras no quieres chocolate?

Le pedí que nos remontáramos a un viaje que hizo a Oriente en compañía de mi padre. Yo tenía entonces siete años y me desperté para verlos partir. Sentí entonces un vacío que no he olvidado. Con su destreza para las fechas, ella dijo:

—Salimos en la madrugada del 1° de abril de 1964. Me fui a despedir de ti y fingiste que dormías. Cuando me subí al taxi te vi paradito en la ventana; se me partió el corazón al irme.

Quería saber del viaje porque ella me había dicho que fue entonces cuando decidió separarse de mi padre.

Mi abuela solía decir que el estado ideal de la mujer es la viudez. Mi madre convirtió ese anhelo en una decisión voluntaria y considera que no hay mejor estado que el divorcio. El viaje a Oriente la acercó a su condición definitiva de mujer libre.

En esa época entusiasta, el gobierno mexicano promovía la cultura. Mi padre fue invitado a dar conferencias en varios países del lejano Oriente, recibió un boleto de primera clase y lo convirtió en dos de clase turista. Mi madre aprovechó para conocer sitios legendarios a los que no volvería; en alguno de ellos (¿Bangkok?, ¿Hong Kong?, ¿Manila?) pensaba acceder al estado ideal de la mujer.

En abril de 1964, Estela Ruiz Milán iba a cumplir treinta y un años, era muy hermosa y no le faltaban pretendientes. Ya había iniciado su trabajo como terapeuta, que hasta la fecha no la abandona en momento alguno.

Es experta en detectar segundas intenciones. Cuando mencioné el viaje intuyó que quería hablar de la separación y dijo:

—Nos quedan cincuenta minutos —como si estuviéramos en sesión psicoanalítica, y aclaró—: Chiquilín espera que lo saque a pasear.

El *yorkie* es algo más que un animal de compañía; en su tercera edad canina ha contraído hábitos cronometrados. La sesión llegaría a una pausa con sus ladridos.

Mi madre siempre nos dejó claro que su matrimonio fue triste, motivado por anhelos que nunca se cumplieron. Como tantas uniones de la época, la suya estuvo más cerca de un pacto social que de un impulso amoroso.

—A tu papá le gustaban las tuertas, las cojas o las guapas con tal de que no entraran en la respetable fórmula del matrimonio. No descartaba a las demás, por feas que fueran. Yo le gusté por error. ¿Quieres saber más?

El problema de preguntar es que te pueden responder. Yo no quería saberlo todo, me bastaban ciertos datos para concluir mi libro. La curiosidad de un hijo es necesariamente relativa; pero ella se sintió estimulada por el desafío de hablar en función de un texto y nuestra dinámica se invirtió; parecía más interesada en mi libro que yo.

Lo que conocemos y lo que decimos de una persona es una franja del trato que hemos tenido con ella. Elegimos una perspectiva y un encuadre. Tanto Luis como Estela habían tenido una férrea formación católica. Fueron educados para asociar la carnalidad con el pecado y para creer que todas las variantes de la austeridad son méritos morales. Se casaron cuando ella tenía veintiún años y él treinta y dos, convencidos de cumplir con lo que la sociedad esperaba de ellos. La sensualidad y los arrebatos pasionales no formaban parte de ese trato y acaso debían ser buscados en otro sitio. Muchas décadas después, mi madre podía criticar con justificada razón las limitaciones emocionales de mi padre, aunque en su día las tomó como parte de la norma.

Toda narración se basa en un desfase: hoy cuento otro momento. La Estela actual hablaba en nombre de lo que no pudo ver o vio demasiado tarde en su juventud. La historia que decidía contar enfatizaba momentos críticos que yo debía dosificar porque también mi libro dependía de un desfase para construir mi propio personaje.

Recordé a la mejor alumna que he tenido en talleres de cuento. En sus inicios, ella escribía en forma notable pero aún no daba su máximo esfuerzo; cansada de corregir una y otra vez el mismo manuscrito, quería pasar a otra cosa: "Mi libro te interesa más a ti que a mí", me dijo. Mi exigencia venía de lo mucho que esperaba de ella, que ya estaba al margen de ese texto. Todo autor se convierte en su propio borrador. La alumna preferida había agotado sus energías para corregirse en esa obra y esperaba hacerlo en las siguientes. Tenía razón. Hoy es una de las principales autoras de América Latina.

Ahora mi madre se situaba en la posición en la que yo estuve ante esa alumna. Un manuscrito siempre es modificable y ella parecía calibrar qué tanto me interesaba mi propio libro:

—¿Qué más quieres saber? —preguntó con firmeza.

—Háblame del viaje —repetí.

—Fue un desastre, él no quería comprar ningún recuerdo, le molestaba cargar cosas, hacer maletas, tomar decisiones prácticas, pero eso no es lo importante. Cuando llegamos a Tokio se quejó del cuarto de hotel. "¿No te gusta porque tiene cama matrimonial?", le dije. No supo qué contestar. En otro momento comenté: "Hace tanto calor que dan ganas de estar desnudo". ¿Sabes qué contestó? "No somos animales".

La cercanía a los cuerpos de los padres siempre es incómoda. Mi madre lo sabía y no cruzó en exceso esa línea.

Para cambiar de tema, pregunté por las conferencias que él dio durante la gira. Chiquilín hizo un gruñido. Como si hablara con su mascota, mi madre dijo:

—El hotel de Kioto sí le gustó porque tenía camas gemelas.

Le expliqué que no podía meter esas cosas en mi libro y le pedí que me contara de las conferencias.

—Hablaba mal inglés —se limitó a decir.

—Pero era elocuente.

—Era rebuscado, que no es lo mismo. No era Schopen-hauer, aunque se le parecía en algo. Como todos los intelectuales de su generación, tu papá pensaba que las mujeres eran "criaturas de cabellos largos e ideas cortas". Me pedía que no hablara en las reuniones para no hacer el ridículo. Pero llegué a influirlo. Cuando escribía mi tesis sobre Azorín le dije: "El silencio significa"; poco después él escribió *La significación del silencio* —hizo una pausa y añadió—: Chiquilín tiene prisa.

Fui al baño a lavarme la cara. Si no conociera a mi madre, pensaría que aprovechaba la ocasión para un tardío ajuste de cuentas, animada por el despecho y el resentimiento. Pero yo no estaba ante un impulsivo desahogo; ella hablaba con serenidad mientras acariciaba el pelambre blanco y gris de la gata Izzy.

Durante décadas, había sido la mejor abogada de mi padre; sin embargo, en forma sorpresiva, ahora sus palabras seguían otro rumbo.

Mi madre estudió Letras Españolas y luego se doctoró en Psicología. Lectora atenta, ha sabido combinar sus dos carreras y su condición de madre para sobreinterpretar con inteligencia mis palabras. Decir que escribo para ella es decir muy poco: escribo para su interpretación.

El tema de este libro nos unía de un modo particular; ella conocía la materia prima en una proximidad que me era ajena. Rodeada de sus reproducciones de Monet y Van Gogh, se refirió a los años de insatisfacción al lado de mi padre sin el menor énfasis dramático. Uno de los orgullos de su vida es que nadie ha podido hipnotizarla; ni siquiera el Profesor Alba, célebre mesmerista capaz de poner en trance a la gente que lo veía por televisión, había podido con ella. Sin embargo, en este momento su actitud era cercana al hipnotismo. Hablaba de situaciones que la habían afectado con la calma de quien las observa a distancia, desde la perspectiva que permite separar los hechos del dolor que causaron en su día. A los ochenta y nueve años, la mujer incapaz de ser hipnotizada había encontrado un sabio modo de ponerse en trance:

—Nos quedan cinco minutos —señaló a Chiquilín—: es tan puntual como Kant para su paseo.

No quise soltar el hilo de la conversación y le pedí que siguiera hablando de la India.

—Tendrás que esperar, esa escala no dura cinco minutos.

Se puso de pie y Chiquilín comenzó a saltar.

Hicimos un recorrido en el que el *yorkie* marcó el momento exacto de cruzar la calle y el número de vueltas que debíamos dar.

—Sabe lo que quiere —dijo mi madre con admiración.

Regresamos a la casa y esta vez nos instalamos en la cocina para preparar la cena del perro. De vez en cuando, desviábamos la vista a los monitores de las cámaras de seguridad que registraban a quienes hacían cola en la salchichonería de al lado.

—Me voy a aprender las caras de todos los clientes antes de ver un asaltante —dijo mi madre.

El *yorkie* aguardaba la comida en tensa expectativa.

—Tiene capacidad de demora —informó mi madre—, en eso es superior a la gente de la familia, aunque ya sabes que yo sólo tengo a mis hijos, esos "parientes lejanos"… —agregó en tono irónico, aludiendo al supuesto alejamiento de mi hermana Carmen y mío; luego volvió a encomiar la personalidad de Chiquilín—: tiene gran tolerancia a la frustración.

El *yorkie* no sólo es su mejor compañía, sino su último y muy exitoso paciente psicoanalítico.

—Te quedaste en la India —recordé el momento en que había suspendido su relato.

—Me hubiera quedado —contestó, refiriéndose a otra cosa—: no lo hice por ustedes.

Cuando mis padres llegaron a la India, el embajador era Octavio Paz. Mi padre y él se admiraban y habían abordado temas semejantes en sus libros. Guillermo Hurtado ha llamado la atención sobre el paralelismo que guardan el capítulo final de la versión definitiva de *El laberinto de la soledad* y "Soledad y comunión", conferencia que mi padre dictó el 29 de octubre de 1948 en la UNAM y que al siguiente año publicó en la revista *Filosofía y Letras*. De acuerdo con Hurtado, Paz busca trascender la abismal soledad del ser humano contemporáneo a través del amor, mientras que Luis Villoro procura hacer lo mismo a través de la comunidad. Mi padre escribe en ese texto:

> Pocas veces se había hablado tanto como ahora de la necesidad de un nuevo sentido de comunidad. Y es que pocas veces habíamos experimentado una conciencia más punzante de nuestra soledad. El hombre de nuestro tiempo es, ante todo, un solitario; y él no hace más que reflejar el sentimiento de soledad de nuestra época.

> La separación de la naturaleza comienza con el cristianismo, que escinde al hombre de su entorno y le otorga una meta

trascendente. Mi padre pasó por ese proceso en la educación católica que nunca lo abandonó del todo y entendió, con Kierkegaard, que la soledad también representa un incentivo: sólo gracias a ese desafío se experimenta la autenticidad. En 1948, el joven filósofo argumenta: "Únicamente cuando me conozco en soledad, experimento mi originalidad, mi singularidad irreductible, la infinita distancia que separa mi existencia del modo de ser de cualquier otra realidad". Esto precipita al ser humano a la angustia de la libertad: "Al saberme solo, me conozco libre".

Sin embargo, la libertad llega acompañada de un demonio: "Detrás de cada acto plenamente libre vemos dibujarse una evanescente silueta: la soberbia". Para superar el vértigo de elegir libremente el abismo y la caída, la persona solitaria anhela algo que le es totalmente ajeno y siente "la apetencia de lo otro". El amor surge como un posible vínculo, pero la posesividad elimina el sentido del otro: "Así, la más plena comunión lleva larvada en su seno la profunda soledad". Acto seguido, Luis Villoro cita a Machado: "Imán que al atraer repele". Y agrega: "Más me atrae el ser amado mientras más me repele; porque lo pongo a él más firmemente como único en soledad. Así luchan en el amor dos soledades frente a frente". El amante depende de la libertad del otro: "Por eso el amor no suprime nuestra angustia, antes bien, nos confirma en ella [...] La comunión sólo se sostiene en el constante fracaso de la unificación a la que tiende".

La angustia de la soledad sólo puede ser trascendida de manera plena por la noción de "comunidad", distinta al encuentro amoroso.

Vale la pena comparar estas ideas con las de Octavio Paz en "La dialéctica de la soledad", apéndice a *El laberinto de la soledad* (la primera edición, en Cuadernos Americanos, de

1950, se vio aumentada en la edición del Fondo de Cultura Económica, de 1959). Ahí, el poeta escribe:

> El hombre es el único ser que se siente solo y el único que es búsqueda de otro. Su naturaleza —si se puede hablar de naturaleza al referirse al hombre, el ser que, precisamente, se ha inventado a sí mismo al decirle "no" a la naturaleza— consiste en aspirar a realizarse en otro. El hombre es nostalgia y búsqueda de comunión.

En el mismo tono en el que mi padre recuperaba a Kierkegaard para hablar de los desafíos del ser aislado, Paz comenta: "La soledad, que es la condición misma de nuestra vida, se nos aparece como una prueba y una purgación". Sin embargo, a diferencia de mi padre, que consideraba que el amor es una vana solución que confirma al solitario en su angustia, Paz argumenta:

> En nuestro tiempo el amor es escándalo y desorden, transgresión: el de dos astros que rompen la fatalidad de sus órbitas y se encuentran en la mitad del espacio. La concepción romántica del amor, que implica ruptura y catástrofe, es la única que conocemos porque todo en la sociedad impide que el amor sea libre elección.

El problema no está en la pulsión amorosa, sino en la sociedad represiva que impide realizarla. No es casual que esa sociedad también se oponga a la poesía, testimonio del amor: "El amor es uno de los más claros ejemplos de ese doble instinto que nos lleva a cavar y ahondar en nosotros mismos y, simultáneamente, a salir de nosotros y realizarnos en otro: muerte y recreación, soledad y comunión". Las últimas palabras de este párrafo coinciden con el título de la conferencia de mi padre.

Resulta interesante situar a dos pensadores obsesionados en superar el predicamento de la soledad en las reuniones que compartieron en la India en compañía de la guapa esposa de uno de ellos, el filósofo que no creía en la superación del aislamiento a través del amor y anhelaba el contacto comunitario que vislumbró en su adolescencia bajo el nombre de "Cartago" y que años después encontraría en Chiapas. El filósofo y el poeta compartían el tren de sus ideas, pero no su punto de llegada.

Mi madre colocó en una bandeja las tres porciones de la cena para Chiquilín y comentó algo que nunca me había dicho. En ese momento, el poeta estaba soltero, aún no iniciaba su relación con Marie-Jo y ambos se sintieron atraídos. Él era un hombre muy apuesto, de intensos ojos azules, muy agradable y brillante. Lo único que a ella le disgustaba era su tono de voz, pero lo olvidaba cuando leía poemas viéndola a los ojos.

Paz defendía y practicaba el amor libre; había escrito páginas notables sobre el erotismo y criticaba las convenciones matrimoniales que obstruyen la pasión. Una noche, cuando los tres cenaban en la residencia del embajador, el poeta habló de un brahmán anciano que se había acostado con una mujer de treinta y cinco años. Poco después, la chica declaró que había asumido el sexo como una experiencia religiosa: el cuerpo era su altar.

El poeta ofreció un cuenco con frutas:

—Coman con las manos, así comemos aquí.

Mi padre criticó lo que la mujer había dicho del cuerpo y aprovechó para desaprobar las estatuas de representaciones sexuales que había visto en ciertos templos indios.

Paz sonrió y vio a mi madre, en espera de respuesta.

—Si la chica no lo hacía a los treinta y cinco años, ¡entonces cuándo! —dijo ella en forma provocadora. Hizo una pausa en su relato para aportar una acotación desde el presente—: Tu papá pensaba que el sentimiento religioso no podía ser sórdido y asoció la actitud del brahmán con la sordidez. "¡Pero si el sexo es lo más sublime!", dijo Octavio.

Agradecí que Chiquilín ladrara para celebrar su cena, interrumpiendo la conversación.

—¿Paz te propuso que te quedaras?

—Para nada; tal vez ni siquiera lo pensó; fue muy correcto y educado, pero la atracción mutua era obvia. Cuando nos despedimos se quedó en su jardín, con una mirada triste. Bajó los ojos para ver el pasto y caminó muy despacio mientras nuestro coche se alejaba —hizo una pausa para ver el techo y agregó sin ilación—: Tu papá no daba importancia a mis libros de literatura, a los "versitos"; no le gustaba tener esos libros en la casa: "Las novelitas las leemos y las regalamos", decía.

Mi madre exageraba. Le recordé que nunca se deshizo de sus libros de Kafka, Huxley, Mann o Dostoievski.

—Porque es literatura de ideas. Si crees que exagero no pongas eso en tu libro. Luis fue una persona magnífica, muy justa, muy apoyadora, pero los diez años con él… —se interrumpió con un suspiro—. Cuando llegamos a Bangkok decidí dejarlo y fui por mi cuenta a Hong Kong.

Mi madre hablaba como un personaje de Somerset Maugham. Aproveché para decirle:

—No puedes estar orgullosa de tu matrimonio, pero sí de haber tronado en Bangkok, no cualquiera lo logra.

Recordé el tardío texto de mi padre en el que criticó que Octavio Paz no fuera congruente en su conducta pública con la radicalidad que implicaba su poesía. ¿Podría deberse a celos muy lejanos?

—De ningún modo —respondió ella—; eso fue insignificante; Octavio y tu papá se apreciaban mucho; lo que te cuento sólo fue una posibilidad; te lo digo porque te interesa la literatura.

Tenía razón: la discrepancia entre el poeta y el filósofo era de índole más profunda y dependía de la disyuntiva para escapar a la cárcel del aislamiento: el Amor o la Comunidad. Lo curioso es que mi madre hubiera sido un elemento vivo de esa discrepancia.

Propuso que volviéramos a la sala de la televisión. Al llegar ahí, la capacidad de demora de Chiquilín llegó a su fin. Ladró en forma intempestiva.

—Estás ocupando su lugar —mi madre usó el tono que merecen las obviedades.

Me cambié de sillón y ella siguió hablando.

Al volver del viaje a Oriente, encontró que su padre estaba enfermo y se dedicó a cuidarlo hasta que él murió. Eso pospuso la separación; cuando finalmente hablaron al respecto, mi padre trató de que reconsiderara. El 8 de septiembre de 1965, en el décimo aniversario de su matrimonio, le dio por primera vez un ramo de rosas, que ya no sirvió de nada.

Cuando salieron de la casa de Santander, él dijo una frase que ella no olvidaría:

—No quedó ni el polvo.

Mi hermana, mi madre y yo nos mudamos a un departamento en la privada de San Borja, en la colonia Del Valle. Mi madre se hizo cargo del Centro de Teatro Infantil, donde descubrí la fascinación por la escena, y más tarde dirigió el Pabellón de Día del Hospital Psiquiátrico Infantil; se formó como psicoanalista, se doctoró, publicó un libro sobre Strindberg y dio exitosas conferencias sobre Bergman ("las neurosis suecas me fascinan", es una de sus frases). Tuvo varias relaciones sentimentales, pero no quiso atarse a ninguna de ellas y procuró mantenerlas alejadas de nosotros, aunque su carácter emotivo y su gusto por la conversación nos hizo estar más al tanto de lo que ella suponía. Con el apoyo de Margo Glantz y Ruth Netzker, exesposa de Emilio Uranga, formó una inquebrantable cofradía de mujeres liberadas que fumaban, oían *bossa nova* y no necesitaban maridos.

Ya lo dije: no es necesario descifrar a mi madre por escrito porque no necesita ser imaginada; su vida ya es literatura. En cambio, mi padre es buen tema para un escritor que prefiere escribir de lo que ignora.

—Siempre nos hablaste bien de él —le dije.

—Claro, quería que tuvieran una imagen justa.

Del mismo modo en que mi padre descubrió que tenía hijos cuando se hizo cargo de nosotros después del divorcio, ella descubrió que valía la pena construir una representación positiva de él: no podíamos vivir con ese "pariente lejano", pero podíamos inventar una manera de quererlo.

Fue muy cuidadosa en todo lo que nos dijo durante décadas. Sin embargo, ahora hacía críticas como un sastre que de pronto muestra las costuras invisibles que han sostenido un tejido. ¿Acudía al expediente jurídico de decir la verdad y toda la verdad que durante mucho tiempo había callado? Recordé que Alejandro Rossi criticaba a sus amigos con la pasión de quien corrige un borrador, es decir, como quien comparte la responsabilidad de sus defectos. Mi madre parecía actuar del mismo modo.

Pocos días antes, el Instituto de Investigaciones Filosóficas había rendido un homenaje a mi padre por su centenario. Ella había oído las ponencias. Le pregunté qué le habían parecido.

—Los filósofos dicen lo que pueden —respondió sin interés.

—¿Qué te gustó de él? —le pregunté.

Desvió la vista a Chiquilín, que dormía con un suave ronroneo. Como si el tono de voz dependiera de ese leal asistente, habló en forma más pausada y poco a poco su voz se cubrió de una suave nostalgia:

—Lo conocí en Guanajuato, donde él daba clases. Yo había ido a estudiar Letras y vivía en casa de las señoritas Villaseñor. El 4 de abril de 1953, Sábado de Gloria, lo vi en una tertulia literaria. Tengo una memoria inútil para las fechas, ya lo sabes.

—Si recuerdas eso es que te importó.

—Me pareció guapo por deducción.

—¿Qué quieres decir?

—Trataba de verse feo, de que la gente no se fijara en él. Volví a verlo al año siguiente, el Viernes de Dolores. Empezó a ir al café donde yo me reunía con mis amigos de la universidad. A todos les sorprendió que él llegara y pensaron que lo hacía por mí.

Mi madre encendió un cigarro. Es la única persona que fuma en la familia y nos hemos acostumbrado a que ejerza ese placer solitario en forma selectiva. No es una fumadora compulsiva; elige momentos en los que puede acompañar la conversación con el acompasado movimiento del humo que entra y sale de sus pulmones. Después de dos caladas, adoptó un tono evocativo y recuperó la animada vida en la Universidad de Guanajuato, la sensación de independencia al vivir por vez primera lejos de sus padres, el gusto de asistir a las clases de republicanos españoles como Luis Rius, que recitaba de maravilla la poesía de fray Luis de León y Santa Teresa...

De pronto, el teléfono sonó con la contundencia de una alarma, interrumpiendo el tono de ensoñación en el que ella había caído. Por lo común, su teléfono suena a todas horas, pero después de la extorsión poca gente conocía su nuevo número. El timbre se había vuelto insólito y nos sobresaltó. Mi madre contestó con una voz enteramente distinta a la que usa conmigo (su excesiva amabilidad reveló que se trataba de alguien que no pertenecía a su círculo más cercano).

Mientras ella hablaba me trasladé mentalmente al sitio donde mis padres se conocieron. Tenía suficientes datos para hacerlo porque en 2018 había interrogado a mi madre sobre ese periodo para mencionarlo en mi discurso de aceptación del Premio Ibargüengoitia, que se entrega en la ciudad que los unió.

El primer rector de la Universidad de Guanajuato fue Armando Olivares, abogado amigo de las humanidades que reclutó a tres jóvenes profesores españoles que se instalaron en la calle de Pocitos 13: Luis Rius, Horacio López Suárez y Luis Villoro. El poeta Pedro Garfias también había pasado por ahí y más tarde lo haría Juan Espinasa, que se casaría con Alicia Yllades, prestigiada en Guanajuato por disponer del teléfono número 1.

La característica decisiva de los jóvenes profesores españoles no era académica sino física. López Suárez tenía el defecto de ser demasiado guapo y, por riguroso contraste, preferir a las feas. Rius tenía otra clase de defecto: amaba a todas las mujeres y todas lo amaban. El tercero en discordia era un filósofo retraído, un tanto solemne, que había estudiado con los jesuitas y participaba en la vida como en una liturgia: Villoro. Dentro de las virtudes del rector Olivares se contaba la de ser entusiasta de la actuación. En los entremeses cervantinos solía representar el papel del propio Miguel de Cervantes. Una noche no pudo actuar y fue sustituido por Luis Villoro, profesor de Filosofía. Estela, estudiante de Letras, vio con detenimiento a ese hombre once años mayor que ella que mejoraba al hablar en público y consideró que mejoraría más si ella contribuía a revelarle que la emoción existe.

El santoral se puso de su parte. El 24 de junio, Día de San Juan, fueron a una fiesta en la Presa de la Olla, y el 31 de julio, Día de San Ignacio de Loyola, hicieron una excursión al Cerro de la Bufa.

Alguna vez coincidieron en la librería El Gallo Pitagórico y actuaron juntos en *El retablo de las maravillas*. En esas ocasiones, Luis la evadió con epistemológico cuidado. De haber tenido ella más experiencia habría sabido que así se enamora un filósofo. Fueron otros los que le revelaron que el joven autor de *Los grandes momentos del indigenismo en México* estaba interesado en ella. La seña inconfundible era que le había dado por aparecer en el Café Valadez, al que Estela iba todos los días. Hasta entonces, el profesor había sido un misántropo que sólo socializaba con Hegel. El pintor Manuel Leal, dedicado a captar la vida de la ciudad, retrató a mi madre en una de sus célebres escenas colectivas y con certera intuición colocó en sus manos un libro cuyo título era *Filosofía*. Cuando el cuadro se exhibió en la Posada Santa Fe, Guanajuato se enteró del romance antes de que se enterara la protagonista.

El hombre que la seguía sin atreverse a hablar con ella escribiría más tarde *La significación del silencio*, pero nunca llegaría a interesarse en la causa emocional de las ideas. Sin invadir en exceso los territorios del doctor Freud, pienso que escribo por la importancia que mi madre le dio a la vida íntima y por la importancia que no le dio mi padre.

Alguna vez lo acorralé para que recordara sus años en Guanajuato, esperando que hablara de mi madre. Respondió que había trabajado para un hombre extraordinario, el rector Armando Olivares, quien, enfermo de gravedad, recibió un diagnóstico que le prometía dos años de vida. El fundador de la Universidad de Guanajuato hizo tantas cosas en ese lapso que murió antes de la fecha, agobiado por el esfuerzo, convirtiendo su fin en un acto moral. Mi padre lo comparó con Alejandro Magno, que prefirió una intensa vida breve a una dilatada vida tediosa. Cuando le pregunté por mi mamá, dijo: "Ah, sí, también la conocí en Guanajuato".

En *El retablo de las maravillas* él era un soldado que pensaba en la grandeza de Alejandro Magno y ella una aldeana. El pueblo inventado por Cervantes estaba en Guanajuato.

Según conviene a la comedia, los enredos concluyeron poco después con una boda y el nacimiento de un niño.

Recordé todo esto mientras mi madre hablaba con el gusto de quien descubre por primera vez el teléfono y la cortesía de quien se dirige a una persona que nunca será verdaderamente de confianza.

Cuando colgó, vio el cigarro consumido en el cenicero y preguntó:

—¿En qué estábamos? Ah, en Octavio Paz.

—Ya hablamos de eso —le dije.

—No de esto. En enero de 1955 regresé de Guanajuato a la Ciudad de México y fui a una conferencia de Octavio, en la Librería Universitaria. Tu papá también fue, pensando que me encontraría ahí. A la salida me acompañó a mi coche y le dije: "No espero nada de ti". Estaba cansada de su indecisión. Al día siguiente me propuso matrimonio.

—¿Eso te emocionó?

—Él era difícil de conquistar y me sentí orgullosa. Luis era un hombre moral y eso me gustaba, pero no se comportaba así por un espontáneo amor al prójimo, sino por responsabilidad y sentido del deber.

—Eso ya es bastante, ¿no crees?

—Nos relacionamos como se relacionaría el refrigerador con la lavadora.

—Al menos provengo de electrodomésticos complementarios —dije, sin causarle la menor gracia.

—Cuando entré a psicoanálisis le regalé *Pigmalión*. Él hubiera querido formarme, pero no pudo. Yo no quería un maestro, quería un amor. "No te hice yo", me dijo una vez.

—Nunca nos hablaste de él de esa manera.

—Porque estaban creciendo y no quería que tuvieran una mala imagen paterna.

—Y se llevaban bien.

—Nunca nos peleamos, él siempre fue muy educado, y lo fue más después del divorcio.

—Y nos enseñaste a apreciarlo.

—Le costaba trabajo sentir, pero tenía valores.

—Y tal vez tú sientes demasiado —me atreví a decir; por toda respuesta dijo:

—Se dedicó a cosas importantes.

—Lo admirábamos porque tú lo admirabas, al menos eso nos hiciste creer.

—No admiras a la gente por lo que es, sino por lo que ves en ella. Era importante que quisieras a tu padre.

Mi padre no pudo adiestrar a mi madre, pero ella nos había adiestrado a nosotros. Durante medio siglo nos había dicho cosas que nos ayudaban a quererlo. La imagen que teníamos de él era su obra.

—Pero no sólo pensaste en nosotros, también pensabas en ti.

—¿Qué quieres decir?

—Mamá, vives rodeada de talismanes de mi papá —señalé el cartel con su foto y, en una repisa, búhos que le habían pertenecido, dos veladoras, más fotografías—. ¡Tienes un altar para él!

Esos objetos narraban la historia de amor que ella no quería contar, pero que sin duda había vivido. Mi madre me vio a los ojos:

—Este altar es para mi amigo el viejito, no para la persona con la que me casé. Tu papá se humanizó con los años. Por eso le tengo su altarcito. La vejez lo volvió cariñoso.

—¿Te hubiera gustado que fuera así contigo?

—No lo sé. Te voy a contar una cosa: cuando él tenía más de ochenta yo iba a cuidarlo los fines de semana porque no quería que estuviera solo. ¿Te acuerdas de las pesadillas que tenía? Despertaba con alaridos a medianoche, y no podías tocarlo porque se asustaba más. Tenías que hablarle suavecito, suavecito. De viejo tenía menos pesadillas, me gustaba estar con él, pero tenía miedo de que al despertar pensara que yo era su mujer.

—Ya no eras su mujer, pero le pusiste un altar.

—Tengo un altar porque así pienso en lo que pudo ser. Mi amigo el viejito me hace pensar en el joven que conocí y que descubrió demasiado tarde lo que llevaba dentro.

—Esperaste cincuenta años para saberlo.

—No me lo reconoces, pero soy paciente.

—Y en todos esos años hablaste bien de él.

—Por ustedes.

—Por ti: querías quererlo. ¿No es eso amor?

Mi madre acarició maquinalmente a Chiquilín. Había visto todas las películas de Bergman y leído todas las obras de Strindberg para analizar los más arduos dramas de pareja. Apreciaba la fuerza reveladora de las escenas en las que se llega a un clímax en el que no se puede decir nada peor del otro. De algún modo, había preparado un epílogo sueco para mi libro, pero su naturaleza era distinta. El resistente alegato sobre el desamor se desvanecía.

—¿Cuándo prendes las veladoras? —le pregunté.

—Cuando tú no estás.

—¿Lo amaste?

—Tengo nostalgia de lo que esperaba de él.

—Te admiraba, muy en su estilo dijo que habías tenido una *Anhebung*, te superaste más allá de lo que él pensaba.

—Admirar no basta en una relación, lo sabes bien.

—Esperaste cincuenta años para amarlo.

—Si tú lo dices.

—"Yo no lo sé de cierto. Lo supongo".

—Eso ya es literatura —reconoció la cita—. Eres mentiroso, Juanito, lo bueno es que nadie te cree.

Chiquilín dormía profundamente. Mi madre desvió la vista al teléfono, sorprendida de que no volviera a sonar. Un efecto secundario del crimen había sido ese encuentro en silencio, sin las muchas voces que animan la vida de mi madre.

—¿Con eso tienes? —volvió a sonreír.

Me puse de pie. Antes de despedirme, revisé la repisa con recuerdos de mi padre reunidos a lo largo de los años. Vi las mechas carbonizadas de las veladoras, los ojos abiertos de los búhos, las fotos en las que él sonreía.

La mujer que se alejó de mi padre había decidido amarlo por su cuenta. Ahí estaba el testimonio que yo había tardado sesenta y seis años en entender.

La figura del mundo.

Ciudad de México,
22 de febrero de 2023

Luis Villoro en la Universidad de la Tierra, de San Cristóbal de Las Casas, con el subcomandante Marcos, en 2008.

ÍNDICE

La figura del mundo de Juan Villoro
se terminó de imprimir en el mes de julio de 2023
en los talleres de
Grafimex Impresores S.A. de C.V.
Av. de las Torres No. 256 Valle de San Lorenzo
Iztapalapa, C.P. 09970, CDMX, Tel:3004-4444